講談社文庫

サンセット・サンライズ

楡 周平

JN179659

講談社

目　次

サンセット・サンライズ

プロローグ

「はぁ〜い……竿上げてえ〜……」

潮風の中に船頭の良く間延びした声が流れた。

〃いそかぜ丸〃は房州勝浦《ぼうしゅうかつうら》を拠点とする漁船で、週末は遊漁船になる。

「あ〜っ……やっぱり、遅かったのかなあ……。全然、当たりがこねえんだもの、わざわざ川崎《かわさき》から来たのに……」

西尾晋作《にしおしんさく》は、リールを巻き上げにかかりながら、チッと短く舌打ちをした。

「まっ、ヒラメは、そう簡単には釣れるもんじゃねえしな。だから高値がつくんだよ。バンバン釣れたら雑魚《ざこ》じゃねえか」

千葉の県境に近い茨城の町に住み、農業を営んでいる釣り仲間の奥山《おくやま》が、達観した言葉を口にする。

「でも、船でたった一枚ですよ。いくらなんでも、酷《ひど》くありませんか」

晋作は大阪に本拠を置く大手電気機器メーカー〃シンバル〃東京支社に勤務する三

十六歳になったばかりのサラリーマンだ。釣りが大好き、獲物を調理して酒を呑むのが何よりの楽しみとあって、土曜日は未明に起床し、主に関東圏の漁場を訪ねるのを常としている。

ここ勝浦は、頻繁に訪ねる釣り場の一つ。いそかぜ丸は乗合船だが、馴染みの客が大半だ。長く通い続けていると、親しく言葉を交わすようにもなるわけで、奥山もそんな釣り仲間の一人だ。年齢は正確には分からないが、六十代も半ばといったところか。日焼けした顔、がっしりとした体格は、いかにも農家のオヤジだ。

船頭の息子、通称〝テッちゃん〟が、舷側《げんそく》の通路を歩きながら、早くも生き餌《え》の小《こ》鰯《いわし》が入ったバケツを片づけにかかる。

「テッちゃんよ。親父さん勘が鈍ったんじゃねえの？　いくらなんでも、坊主はないっしょ」

船頭はもちろん、息子のテツとも長い付き合いで、軽口や冗談が十分通じる仲だ。惨敗の悔しさもあって、晋作は悪態をついた。

「勘もなにも、魚探《ぎょたん》見て船をつけんすから、いるはずなんすけどねえ」

底魚《そこざかな》のヒラメは、魚探には映らない。餌とする鰯や小魚が群れる場所を探すのだ。

「これじゃ、買った方がマシじゃねえか」

「食うだけならね。引きの感触、魚とのやり取りが面白くて来てんでしょ？」

「当たりがねえんだもの、やり取りも引きの感触もねえだろが」

「フグ、結構釣ったじゃないっすか」

捻《ねじ》った深紅《しんく》のタオルを頭に巻き、青い漁師合羽を着たテツは、まだ二十四歳。タバコをくわえた口の端を歪めニヤリと笑う。

「馬鹿いってんじゃねえよ。ヒラメ狙いで来たのに、フグ釣って喜ぶ釣り師がどこにいるよ」

「え〜っ。フグを目当てに来る客も沢山いるのに、そんなこといってたらバチ当たるよ。港に戻ったら、オヤジがちゃんと下《お》ろしてやっからさ。刺身にするもよし、鍋にするもよし、唐揚げにしてもよしだもの、今夜は贅沢な晩飯になるじゃないすか」

「一人身じゃ、こんなに沢山持って帰っても、食い切れねえよ」

「だったら、彼女、呼べばいいじゃないっすか？　二人でしっぽりフグ鍋をつくなんて、最高じゃないっすか」

「なっ……」

晋作が独身、彼女ナシなのを知っているテツは、痛いところを突いてくる。

「それに、こんなに船が出てんだもの、そりゃあ、簡単に釣れるわけないっしょ」

「まだ、シーズンだろ！　魚影が濃いと思ったから――」

「あのね、西尾さん……」

テツは晋作の言葉を遮《さえぎ》って続けた。

「ヒラメは年中いるの。いれば釣れるの。釣れば減るの。しかもシーズンもそろそろ終わりだよ？　十二月から二月は、みんなヒラメ狙いで来るんだよ。だから一隻《いっせき》、一日一枚揚がるかどうかでも不思議じゃないの」

「じゃあ、戻りまぁ〜す」

船頭ののんびりした口調のアナウンスがしゃくに障《さわ》る。

「だいたいさあ、あののんびりした口調がいけねえんだよ。釣りだって、勢いってもんが必要だろが。アナウンスはもっと威勢良くやんねえと——」

「はいはい。分かりましたから」

テツは、苦笑しながら再び晋作の言葉を遮ると、生きた小鰯が泳ぎ回るバケツを持ち上げ、船首に向かって歩み去る。

「あいつも、大きくなったもんだなあ」

その後ろ姿を見ながら、奥山は感慨深げにいった。「俺が、勝浦に通いはじめた頃は、高校に入学したばかりでさあ。茶髪だし、目つきは悪いし、早くもタバコを平然と吹かすわで、他人の子ながら、どんな大人になるんだと心配したけど、もう一丁前の漁師だもんなあ……」

「ほんと、成長しましたよねえ……」

晋作がいそかぜ丸の世話になるようになって六年が経つ。高校を卒業したてのテツは、陸では絵に描いたような不良そのもの。しかも、一旦船に乗ると、仕事は遅いわ、足下はふらつくわで、親父の罵声を散々浴びたものだった。

当時のことを思うと、確かに隔世の感がある。

エンジンの音が高くなり、いそかぜ丸が動きはじめる。

釣れようと釣れまいと、吹き付ける潮風が、船が海面を切る波の音が、ことのほか心地よく感ずるから釣りは不思議なものだ。

そんな感慨に浸っていた晋作に、

「でもなあ、テツのいうのも、もっともなんだよなあ。漁師だってヒラメを狙っているし、週末は俺たちのようなのが、ごまんと押しかけてくんだもの。なんぼ海は広いといったって、数そのものが減っちまっても不思議じゃねえよ」

奥山は、誰にいうともなく一人ごちた。

「そんなことあるんですかねえ」

「あると思うよ」

そういった奥山は、晋作に視線を向けてくると、真顔でいった。「この話をするとさ、誰も信じちゃくれないんだけど、俺、七年前の夏、ヒラメを三十枚揚げたことがあるんだ」

「さん・じゅう・まい！　まっさかあ〜」

　晋作の声が裏返る。

　ロシアの諺《ことわざ》に、〝釣りの話をする時は両手を縛れ〟とあるが、これは概《おおむ》ね正しい。釣り師が釣果《ちょうか》の自慢をはじめると、獲物のサイズを示す両手の幅が、どんどん広がっていくからだ。逃した獲物のサイズもまた同じなら、釣り上げた数もまた同じ。かなり割り引いて聞くのが鉄則だ。

「なっ、そういうだろ？」

　思った通りの反応に、薄い笑みを浮かべた奥山だったが、それでも話を続ける。

「でもな本当なんだよ。七年前に、三陸《さんりく》の海で、ヒラメを三十枚。もちろん、俺一人でじゃねえよ。うちのかかあと、孫の三人で……」

「七年前の三陸というと、大震災から二年経った頃ですね」

「八月中旬のことだったから、正確にいえば、二年と五ヵ月ってとこかな。うちのかかあは、宮城の県北の出でさ。毎年夏には孫を連れて帰省してたんだけど、震災があってからは、実家の方もなかなか落ち着かなくて、震災の年と翌年は、ご無沙汰してたのさ」

「奥さんのご実家は大丈夫だったんですか？」

「実家は、海からちょっと離れた町にあったから、津波の被害はなかったんだけど、家の中はしっちゃかめっちゃかだし、沿岸部はあの通りの惨状だったからなあ。盆だとはいえ、なかなか行く気にはなれなくて……」

そうか、あれから九年も経つのか……。

あの日のことは、いまも鮮明に覚えている。

晋作が激しい揺れに見舞われたのは、東京支社が入居するオフィスビルの二十四階でのことだった。揺れは激しさを増すばかりで、一向に収まる気配はない。そのうち、扉が開いたキャビネットからファイルが飛び出し、デスクの上のマグカップが滑り落ちた。それらの破壊音、女性社員の悲鳴、男性社員の怒鳴り声が入り交じり、ビルが軋《きし》む音が聞こえた時には、死ぬのかと本気で思った。

凄まじい揺れが収まった後の、オフィスの光景に愕然としたものだったが、それから暫くして、東北沿岸を襲う津波の映像を目にした時には、かつて覚えたこともない恐怖と、人命が失われていく様を、ただ見守るしかないことへの焦り、無力感、罪悪感に苛《さいな》まれたものだった。

「そりゃあそうですよね……。もう、東北は二度と立ち直れないんじゃないかと思いましたもの……」

「かかあの実家は無事だったけど、他人《ひと》ごととは思えなくてさ。東北道が通行可能になってからは、実家に生活物資を届けに行ったついでに、何度かボランティアに参加したんだけどね。そりゃあ被災地は酷いもんだったからねえ……」

被災地の役に立ちたいという思いは抱いたものの、仕事もあって、ついぞ果たすことができなかった晋作は、後ろめたい気持ちを覚えて口を噤《つぐ》んだ。

「それでも、やっぱり東北の人は、我慢強いんだよなあ。二年も経つと、それなりに生活の形が整って来てね」

奥山は、感慨深げにいう。「家や職場を失っても、収入がありゃ生活していけるからな。沿岸部は漁師を職業にしてる人も多いから、岸壁の再建が終わった地域もあったし、漁もできるようになったのさ。それで、船を借りてやれば、漁師の小遣い程度にはなるだろうと思って、孫にはじめての釣りを経験させてやることにしたんだ。そしたら——」

「ヒラメ、三十枚ですか？」

晋作は、奥山の言葉を先回りした。

「ヒラメをやりたいっていったのは孫でね。もちろん、初心者には難し過ぎる。はじめて行った釣りが坊主じゃ二度と行くかって思うんじゃねえかと心配になってさ。カレイとか、アイナメとか、簡単に釣れるやつを狙おうっていったんだが、何でか知らねえけど、どうしてもヒラメだっていい張るもんでさ……」

はじめての釣りで、ヒラメ三十枚？　そんな馬鹿な話があるかよ。

鼻で笑いそうになるのを晋作は堪《こら》え、

「ビギナーズラックっていうやつですかね」

ちょっぴり皮肉を込めながらも、話に乗ってやった。

「そうそう、まさにそれよ。なんせ、一投目を投じた途端に当たりが来てさ、しかも一荷《いっか》だぜ」

ほ〜ら、やっぱり嘘だ。

「奥山さん……ヒラメ釣りに一荷はないでしょう。ヒラメの仕掛けは、普通、針は一つじゃないですか」

してやったりとばかりに、嘲笑を浮かべた晋作だったが、

「残念でした。ところ変われば品変わるってやつでね。宮城辺りのヒラメ釣りは、天秤の両側に針をつけんの」

おそらくは、この話を聞かされた釣り仲間も突っ込み処とばかりに、同様の指摘をしたのだろう。奥山は、あざ笑うかのように、にっと唇の間から、黄ばんだ歯を覗かせ、さらに話を続ける。

「そこから先は、お祭りさ。あっ、糸がこんがらかったんじゃねえよ。もう、入れ食い。釣り堀状態。入れた先から、ヒラメが揚がって、終わった時には船の生《い》け簀《す》の底が見えなくなっちまってんだもん」

「お孫さん、はじめての釣りっていいましたよね」

「うん」

「最初にそんな経験したら、釣り、ナメますよ」

悔し紛れにいった晋作だったが、うらやましさを覚えたこともあって、「そこ、どこなんですか？」と問うてしまった。

「ところがねえ……、翌年からはさっぱりなのさ」

奥山はいう。「釣果は天候次第、運次第ってこともあるし、さっぱりとはいっても、三陸の海はやっぱり豊かだ。ヒラメが駄目なら、アイナメやメバルに狙いを変えりゃ、十分な釣果を得られはするんだが、復興が進むに連れ、釣り船がたくさん出るようになってさ。三十枚揚がった時には、たった二隻しか出ていなかったのが、いまじゃ、かなりの数が出るようになってんだ。あれだけ、釣り師が集まって釣りまくれば、そりゃあヒラメだって数が減っちまうよ」

「それでも、釣れることは釣れるんでしょう？　少なくとも、関東近辺よりは！」

三十枚はあり得ないとしても、一日に二枚、三枚と釣れるのなら、夏休みの釣行はそこで決定だ。

「そりゃあ、そうさあ」

どうやら奥山は、晋作が何を考えているか、お見通しらしく、ニヤリと笑う。

「で、場所はどこなんです？」

改めて問うた晋作に、奥山は宮城県のある地名を口にした。

第一章

1

シンバル東京支社の二十四階には、社員が〝小部屋〟と呼ぶ十畳ほどの会議室がある。

財務部資産管理課の全員に、急遽招集がかかったのは、二〇二〇年、三月上旬のある日のことだった。

課長の小柳勲《こやなぎいさお》が率いる資産管理課は、男女それぞれ五名、都合十名で構成される。

時刻は午前十時十五分。出社したばかりの晋作は、コーヒーが入ったマグカップを手に小部屋に入った。

席順が決まっているわけではないが、そこは日本企業である。窓際の席を上座として、左右順番に社歴が長い順に座るのが暗黙の了解事項だ。

課長代理の晋作は資産管理課のナンバーツーだ。「おはよう」と声をかけながら、左側の一番奥の席に座った。

「まさか、発熱してたりしませんよね」

右斜め前の席に座る玉木《たまき》桜子《さくらこ》が、胡乱《うろん》気な眼差しで晋作を見ると、マスク越しにくぐもった声でいった。「西尾さん、なんか、顔、赤くありません？　まさか、例のウイルスに感染してたりして……」

「週末に、海釣りに行ったからじゃないかな。この時期でも船の上にいりゃあ、多少日焼けもするし、潮風に晒《さら》されりゃあ赤くもなるさ」

「先週も釣りに行ったっていってましたけど、そんなに赤くなっていませんでしたけど？　西尾さん、今年に入ってすぐ、中国に出張しましたよね。まさか、その時に感染してたりして……」

「俺が行ったのは上海《シャンハイ》。コロナが爆発的に流行してるのは武漢《ぶかん》。しかも、潜伏期間は二週間だぜ。感染してたら、とっくに発症してるって。そんな、ばい菌を見るような目で見ないでくれよ」

シンバルでは、入社五年目で主任、十年目で課長代理に昇進するのが決まりだ。入社して五年の桜子は、三人いる主任の中で最も若い。

「西尾さん、川崎に住んでるんでしたよね。横浜《よこはま》で騒ぎになってる客船じゃ集団感染が起きて、病院に運び込まれる乗客や船員が続出したんですよ。横浜は川崎の隣町だし、船釣りは船縁に並んで竿を下ろすんでしょう？　感染者が隣にいれば、一発じゃないですか。こんな小さな部屋に、こんだけの人数が肩寄せ合ってミーティングをしたら、もし西尾さんがウイルスを持ってたら、ここにいる全員が感染してしまいますよ」

すかさず桜子に続いていったのは、晋作より一つ下の課長代理、平野《ひらの》武則《たけのり》だ。

その言葉が終わった瞬間、隣に座る海老沢《えびさわ》克也《かつや》が、そっと距離を置いた。

「な……なんだよ。みんな、どうしたんだよ。出張の時に、買い込んできたマスクを分けてやったら、みんなあんなに喜んでたくせに」

テレビをつければ、報道はコロナ一色。しかも、猛威を振るう海外の映像を流して、「二週間後の東京の姿だ」と、恐怖を煽《あお》るものだから、世間の関心も高まるばかりだ。

加えて、感染防止に役立つとして、様々な日用品を挙げた影響で、テレビで紹介された商品は買い占めがはじまり、あっという間に入手困難になってしまうのは東日本大震災の時に経験済みだ。

そこでウイルス系の感染予防ならマスクだと考え、ひと箱五十枚入りを二十箱、都合千枚を、年始の中国出張の際に持ち帰ったのだった。

果たして、その後、春節で来日した中国人観光客や転売目的の〝転売ヤー〟がまとめ買いに走ったお陰で、国内ではマスクの入手が極めて困難になり、ネコも杓子もマスク、マスク……。課の全員に五十枚ずつ分けてやった時には、晋作の先見の明を絶讃したくせに、なんて言い草だ。

「ネットのフリーマーケットで売りゃあ、マスク一枚いくらすると思ってんだよ。ただで分けてやったのに、そんないい方はないだろさ」

恩に着せるつもりはないが、マスクを渡した時の喜び様を思えば、まさに掌返《てのひらがえ》しそのものだ。

腹立たしさを覚えた晋作は、

「ゴホッ……」

わざと咳《せき》をしてみせた。

居並ぶ同僚の驚くまいことか。

桜子は、顔面を引きつらせ腰を浮かすわ、正面の武則は、上体を仰《の》け反《ぞ》らしながらマスク越しに口元を腕で覆う。

「ちょ……ちょっと、西尾さん。咳が出るって……」

金切り声を上げる桜子に、

「あれっ、風邪ひいちゃったかナ」

晋作は軽くいい、マスクの下でニヤリと笑った。

「大体、こんな時に釣りに行くなんて、不謹慎ですよ！　しかも乗合船だなんて、いったい何考えてんですか」

「寒風吹きすさぶ海の上。最強の自然換気の中にいるんだもん、感染防止に最も適した環境じゃん」

「でも、中国から帰ってきて、咳って――」

「冗談だよ、冗談。人をばい菌扱いするから、わざと咳してみせただけ」

晋作がいったその時、小部屋のドアが開き、小柳が姿を現した。

「遅くなって、申し訳ない」

小柳は詫びの言葉を口にしながら、窓を背にして席に着くと、「本部長が招集したマネージャー会議が、たったいま終わってね、大阪本社、東京支社の管理部門の業務をテレワークにすると決まりそうなんだと」

憮然とした声でいった。

「テレワーク？　どうしてまた？」

思わず晋作が訊《たず》ねると、

「社長の意向なんだとさ」

小柳は、投げやりな口調でいう。「社長は、時代の先を見据えて動く人だ。今回のコロナ騒動は、簡単には収まらない。感染拡大を防ぐためには、人の動きを封じるのが最も効果的だが、それでは経済が立ち行かなくなってしまう。つまり、人命と経済がトレードオフの関係になってしまうのだから、国も決定的な対策を打ち出すことはできない。ならば、我が社は会社として社員の感染を防ぎながら、企業活動を正常に続ける対策を独自に打ち出すしかないと、おっしゃったそうでね」

「それで、テレワークを」

社長らしいナ……と晋作は思った。

社長の大津《おおつ》誠一郎《せいいちろう》は、シンバル躍進の立役者と称され、社のみならず、実業界においてもカリスマ的存在として広く世に知られる人物だ。

事実、大阪の小さな電気関連部品メーカーであったシンバルが、世界中に販売網を持つ企業に成長したのは、彼の経営手腕の賜物である。

いまや見る影もないが、かつて、日本の家電メーカーが世界を席巻《せっけん》していた時代にあって、シンバルが急成長を遂げたのも、大手メーカーが手をつけていない市場、いまでいう〝ニッチ〟な市場に大津が経営資源を集中させたからだ。

一般家庭向けの医療機器、計測器といった細々《こまごま》とした物の製造からはじまり、やがて電子機器が社会インフラに取り入れられるようになると、時代のニーズを先取りして、動きの鈍い大手電機メーカーを尻目に、いち早くそうした市場に進出したのだ。

いまでは子会社、関連会社を含めれば従業員数約三万人、売上高に至っては一兆円の大台が視野に入ってきた立派な大企業である。大津も七十九歳になったとはいえ、まだまだ元気で、最高経営責任者《CEO》として、経営の最前線で指揮を執っている。

特筆すべきは、大津の人間性で、傲慢《ごうまん》、過信、我《が》を通すといった成功者にありがちな態度、素振《そぶ》り、言動は一切見せない。社員の雇用を護《まも》るというポリシーは一貫しているし、昼食は社員食堂で摂《と》るのを常とし、その会話の中で会社の改善すべき点や新製品のアイデアを拾い上げ、たとえ他部門の社員の発案でも、筋がいいと思えば、即座に取り入れる。

だから、社員が大津に寄せる信頼は絶対的なものだし、彼の命《めい》に異を唱える者はまずいない。

「全く、困ったもんだ……」

ところが、小柳は眉間《みけん》に深い皺を刻むと、低い声で漏らす。「テレワークなんてものを導入したら、部下の管理や仕事の進捗《しんちょく》状況を把握できないよ。コミュニケーションを取るにしたって、指示を出すにしたって、いままでは〝ちょっと〟って声を掛けりゃ済んでいたのが、そうはいかなくなっちゃうわけだし……」

「ちょっと」って、昔の巡査じゃあるまいし。いま時の若い世代は、日頃のコミュニケーションどころか、仕事の連絡だってラインやショートメールで済ましてしまう。

「そんなことといってると、時代についていけなくなるぞ」といってやりたいところだが、新技術や環境の変化に直面すると、真っ先に抵抗を示すのが中高年である。

「それは、慣れの問題じゃないですかね」

そこで晋作はいった。「パソコンのOSにしたって、そうじゃないですか。長年使ってきたOSのサポートを終了するといわれりゃ、文句いいながらも新しいのを使うしかありませんよね。最初は違いに戸惑うことはあっても、慣れてしまうと、それを使うのが当たり前になってしまうでしょう？　それと同じなんじゃないですかね」

「私も、そう思います」

桜子が、すかさず口を挟んだ。「うちの部署がパーティションになった時も、課長同じ事をいいましたよ。部下の勤務態度が分からなくなる、声を掛けづらくなるとか……。だけど、いまはあって当たり前。何もお困りになっていないでしょう？」

そういえば、三年前に全事業所のオフィスにパーティションの導入を決めたのも大津だった。社員の自立性、自主管理能力を向上させるためには、日本企業が伝統としてきた相互監視の〝島〟文化はむしろ百害あって一利なし。そもそも、管理職の役目とは、部下を監視することにはあらず。監視しなければ評価ができないというのであれば、管理職者に値せずと自らいっているようなものだと、反対意見を撥《は》ね付けたのだ。

あの時の大津の言葉を口にしかけたその時、晋作より早く、克也が問うた。

「で、それ本決まりなんですか」

「社長のことだ、やるんだろうね」

よほど腹に据えかねているのか、小柳は目を半開きにして両眉を吊り上げる。「社員の仕事観、生活観が大きく変わる、それもいい方に変わるかもしれないし、これまで減らそうにも限度があった固定費を、大幅に削減できるチャンスだっていっているそうだからね」

「それ、どういうことです？　いくらコロナが新型ウイルスだっていっても、そのうちワクチンや治療薬が開発されるでしょう。そうなったら、いまの勤務形態に戻すことになるのでは？」

克也が首を傾《かし》げると、

「それが、どうも戻す気はないらしいんだよなあ……」

小柳はマスク越しに溜息をつくと、続けた。

「テレワークの最大のメリットは、オフィスを持つ必要がないことだ。大阪は自社ビルだが、東京は賃貸。しかもこのビルの賃料相場は、坪六万円。七フロアーの内、五フロアーがいらなくなれば、いったいどれだけの賃料が削減できるよ」

「確かに……」

シンバルが入居しているこのビルのフロアー面積がどれほどかは分からないが、東京支社には千人以上の従業員が勤務している。賃料だけでも七割以上が削減できるとなれば、これは大きい。

「それに、通勤費も削減できれば、電気代に機器のリース料だってかからなくなるし……」

「で、生活観が変わるってのは？」

「テレワークは社員が住む場所を自由に選択できるってことさ」

小柳はいう。「さすがに海外とまではいかんだろうが、国内なら極端な話、北は北海道、南は沖縄まで居住地は選び放題。地方へ行けば家賃は安いし、趣味や余暇のためにカネ使って遠くまで出かける必要もなくなるからね」

その時、晋作の脳裏に浮かんだのは、趣味の釣りのことである。豊かな漁場の傍《そば》に住めば、休日には一日中、いや、平日だって出勤前と退勤後の二度、陸から釣りを楽しむことができるようになる。

さすがは社長！

快哉《かいさい》の声を上げそうになった晋作だったが、それより早く、

「それに、こうもいったそうだ」

小柳は続ける。

「コロナ騒動が収まるまでは、緊急措置としてテレワークを導入する企業が増えるはず。その間にテレワークでも業務に支障をきたさないことが分かれば、経営者の関心は、固定費の削減効果に向く。もし、これを機に、恒久的にテレワークを導入する企業が続出すれば何が起こるか……」

「オフィス需要の縮小でしょうね」

そういった克也に、

「読みが甘いね」

小柳は、ふんと鼻を鳴らすと、続けていった。

「首都圏の不動産価格、つまり住宅価格も下がると社長はいうんだよ」

「えっ……」

克也は、ぎょっとした顔になって、短く声を漏らした。

「当たり前だろ? 首都圏から、どんどん人が出ていけば、住宅需要だって落ちるに決まってんだろ。まして、場所を選ばないんだもの、高いカネ払って、首都圏に住宅を買うヤツだっていなくなるし、借りるやつだって減るだろさ」

「えっ……。えええ……」

克也は腰を浮かすと、「それ、困ります。だって、二年前に港南《こうなん》にマンション買ったばっかですよ。三十五年のローンを抱えてしまったんですよ。その間に価値が落ちてしまったら、老後のプランにも――」

　克也が慌てるのも無理はない。二十七歳で学生時代から付き合っていた後輩女性と結婚した克也は、港南にマンションを購入したのが自慢である。

「だから、そうなる前に生活設計を改めて考え直し、策を講じるいい機会になるって、社長はいったたってんだ」

　相変わらず、忌々《いまいま》しげにいう小柳に、

「それで、いつからテレワークを開始するんですか？」

　晋作は問うた。

「社長のことだ。決定したら、アサップ。準備が整った部署から随時だろうさ」

　アサップとは、英語のアズ・スーン・アズ・ポッシブルの略で、可能な限り早くを意味するのだが、小柳は、どこか捨て鉢な口調でいう。

　はは あ。もしかして課長、パソコンを使いこなす自信がないんだな……。

　パソコンなしでは、仕事にならない時代になってもなお、苦手な中高年はごまんといる。小柳もそんな人間の一人で、スキルを要する業務は部下に命じてやらせてきたツケが、回ってこようとしているのだ。

　なるほど、小柳がテレワークの導入に難色を示すわけだ。

　マスクの下で、ニヤリと笑った晋作だったが、どうやら桜子も感づいたらしい。

「テレワーク、いいと思いまぁ〜す。課長は、不安を覚えていらっしゃるようですけど、大丈夫。慣れの問題ですよ。パソコンはすぐに使いこなせるようになりますって」

「使いこなせるかどうかなんて、心配してねえよ。俺だって、すぐに……」

しかし、そこから先が続かない。

ぷいと顔を背け、口を噤んでしまった。

それも道理である。

桜子に目をやると、彼女は両眉を微《かす》かに吊り上げ、目元を緩ませながら、「本当にできるの？」といわんばかりに、意地悪な目で小柳を凝視している。

「まっ、そういうわけだ。テレワークの準備が整い次第、基本的に出社は不要。今日から、ただちに準備に取りかかる。情報システム部がサポートしてくれるそうだが、各部署に担当者を置けという指示が出ている」

そこで、小柳は桜子に視線をやると、「うちの課では、玉木さんに担当してもらうことにする。いいね」

仕返しだといわんばかりに、険のある口調で命じた。

2

ロックが解除される音に続いてドアが開き、母の雅恵《まさえ》が晋作を迎えた。

「お帰り」

「ただいま」

玄関に入った晋作が、靴を脱ぐ間に、

「珍しいわね。普段は電話一つくれないのに、いきなり帰ってくるなんて。どういう風の吹き回しかしら？」

ちょっぴり皮肉が籠《こ》もっているが、雅恵はどこか嬉しそうにいう。

「いや、一昨日、釣りに出かけたんだけど、フグが沢山釣れたもんで、三人で鍋でもしようかと思ってさ」

「フグ？」

雅恵は少しぎょっとした顔をすると、「大丈夫なの？　素人《しろうと》が捌《さば》いたフグなんか食べて、当たっちゃったら大変よ」

滅相もないとばかりに顔を強ばらせる。

「大丈夫だよ。俺は釣っただけ。捌いたのは船頭で、ちゃんと免許持ってるから」

晋作は上《あ》がり框《かまち》に立ち、雅恵に向かって微笑《ほほえ》むと、「ショウサイフグだけど、結構いけるんだ。たんまりあるから、テッサ、てっちり、唐揚げ、今晩はフグのフルコースだ」

先に立って、キッチンへと歩いた。

晋作の実家は千葉の舞浜《まいはま》にあり、準大手証券会社で役員をしている父親の淳一《じゅんいち》が、三十年前に購入した一戸建てだ。

都内の大学を終えるまでは、晋作もここで両親と同居していたのだが、就職を機に家を出て以来、川崎に借りたマンション住まいをしている。

独身の気楽さに加えて、川崎と舞浜は電車で一時間もかからない。その気になればいつでも会える距離にいるせいか、気がつけば、実家に帰るのは正月程度。それも、大晦日と元日を過ごすのが精々だ。

台所と続きになっているリビングに淳一がゴルフ中継に見入っている姿があった。

「親父、ただいま」

「おう、珍しいな。相変わらず、やってんのか」

淳一は、ソファーに腰を下ろしたまま、握った拳で竿を上げる仕草をする。

「フグ……」

晋作は、手にぶら下げていた小型のクーラーを翳《かざ》して見せた。

「いいねえ」

淳一は相好《そうごう》を崩し、「どれどれ、ちょっと見せてみろ」

ソファーから立ち上がり、台所に入ってきた。

晋作はキッチンに立つと、手を洗い、クーラーの中から、三枚に下ろしたフグを取り出した。鶏肉のささ身のような、まるまるとした身。そして骨だ。

「ほう、こいつあ美味《うま》そうだ」

「美味そうじゃなくて、美味いんだよ」

肩越しに覗き込む淳一に向かって、晋作はいい、

「身は刺身と唐揚げ、骨は焼いて骨酒《こつざけ》にすると、これがまた美味いんだ」

オーブンを開け、フグの骨を並べはじめた。

「あら、あなたがやってくれるの？」

雅恵が、驚いたようにいう。

「釣るのも楽しいけど、釣った以上は、美味しく食べなきゃ。長くやってりゃ、自然と料理の腕も上がるさ。まっ、今日は全部俺がやるから。それに、暫く会えなくなるかもしれないし……」

晋作の意味ありげな言葉に、

「暫く会えなくなるって、どういうこと？　まさか転勤？」

すかさず雅恵が反応する。

「転勤じゃなくて……。いや、転勤みたいなもんかな」

晋作はこたえにならない言葉を返した。

「転勤みたいなものって、どういうことだ？」

怪訝《けげん》な声で問うてきた淳一に、晋作はこたえた。

「うちの会社、管理部門の大半をテレワークにすることになりそうなんだ。当面の間とはいうけれど、業務に支障がなければ、そのまま完全移行になりそうでね」

「コロナの感染防止策ってわけか」

晋作は頷《うなず》くと、

「この方針を打ち出したのは、社長だからね。従業員の感染防止が目的だけど、これを機にテレワークに完全移行すれば、オフィスの家賃を大幅に削減できるだろ？　その狙いもあるんだから、騒動が収まっても元に戻ることはない。だったら、試しにどこか遠くの町で暮らしてみようかって考えてんだ」

シンクの収納扉を開け、包丁を取り出した。

「遠くの町って、どこよ？」

雅恵が、困惑した様子で問うてきた。

「まだ、決めちゃいないけど、東北なんか、いいかも……」

「東北？」

「驚くほどのことじゃないだろ？」

晋作は、ふっと笑った。「仙台《せんだい》まで新幹線で一時間半、盛岡《もりおか》だって二時間やそこらだよ。時間だけなら、立派に通勤圏内じゃん」

「でも、新幹線は二十四時間動いているわけじゃないし――」

「電車なんて、日本中そうじゃん。どこへ行っても、深夜から未明までは動いちゃいないだろ？」

「それはそうだけど、何か緊急事態があったら――」

「親父、六十一歳。お袋、五十九歳」

晋作は、雅恵の言葉を遮ると続けた。

「まだまだ若いし、どちらも健康に問題を抱えているわけじゃないだろ？　それに、川崎に住んでいても、ここに帰って来るのは正月ぐらいのもんじゃん。いまと何も変わりゃしないよ」

「そりゃそうだけど……」

「それにさ、いまのマンションは１ＬＤＫで、毎月十二万円もの家賃を払ってんだぜ。田舎《いなか》に行けば、五、六万も出せばもっと広い、それこそ一軒家が借りられるかもしれないんだよ」

「どーせ、お前のことだ。海っぱたに住んで、釣り三昧《ざんまい》の生活を楽しもうって目論《もくろ》んでんだろ」

さすがは親父だ。察しがいい。

晋作は、フグの身をそぎ切りにしていた包丁を止め、淳一を見るとニヤリと笑った。

「東北の海の傍って、被災地じゃない？」

雅恵が金切り声を上げる。「そんな、津波に襲われた場所なんて、よしなさいよ！　また大地震が起きて津波が来たらどうするの」

「地震のことを心配したら、日本に安全なところなんてありゃしないよ」

晋作は、再び手を動かしながら鼻で笑った。「実際うちは無事だったけど、舞浜だって、あの地震の時には液状化現象が起きて、ダメージを被った家がいっぱいあったじゃん」

痛いところを突かれて黙ってしまった雅恵に、晋作は続けた。

「それに、何も永住するってわけじゃないんだ。その土地の暮らしを楽しんだら、今度は別の土地に移る。転勤なら住む場所は選べないけど、テレワークは選ぶことができんだもの、思う存分楽しまなきゃ」

「各地を転々とするって、流浪の民じゃあるまいし……」

雅恵は、釈然としない様子でいい、「そんな生活を続けていたら、あなた、いつになっても、所帯を持てないわよ。もう三十六歳なんだから、真剣に結婚を考えないと、お嫁さんの来手がなくなっちゃうわよ」

今度は、雅恵が晋作の痛いところを突いてきた。

「別に、首都圏に住んでりゃ結婚相手が見つかるってわけじゃないだろ？」

「テレワークって、早い話が在宅勤務ってことでしょ？　相手の人となりや性格が分かるのも、毎日顔をつきあわせていればこそじゃない。それが、一日中家に閉じ籠もって仕事してたら――」

「オンラインで随時、モニター越しに相手の顔を見ながら会話をし、会議するんだ。いまと何も変わらないよ」

「会話するのは、仕事で関係する人とだけでしょ？　出会いの機会が限定されちゃうじゃない」

「何も、結婚相手を社内で見つけなきゃならないわけじゃなし、結婚なんて、縁じゃん。移り住んだ町で出会いがあるかもしれないだろ？」

息子を案ずる、母親の気持ちも分からないではないが、三十六歳という年齢を〝まだ〟と取るか、〝もう〟と取るかは、それこそ感覚の違いというものだ。

「う〜ん、さすがは大津さんだねえ……」

その時、淳一が唸った。「ＩＴ企業の中には、以前からテレワークを導入している会社がいくつもあるし、その他の業種でも、コロナを機に、テレワークに切り替える会社も増えているというからな。しかし、中小企業はまだしも、大企業ともなると、そう簡単にはいかんだろうに、よく決断したもんだねえ」

「シンバルは、事実上、大津さんのオーナー企業だもの」

「そうだな……」

淳一は、しみじみといいながら、こくりと頷く。「長所、短所、両面あるが、決断、即実行。意思決定が早いのは、オーナー企業なればこそだ。サラリーマン社長の企業では、そうはいかんからな」

淳一が、何をいわんとしているか、改めて説明を求めるまでもない。

大企業、それも、長い歴史を持つ上場企業の大半はサラリーマン社長だ。

大卒で入社し、激烈な出世競争を勝ち抜き、ようやく社長の座を射止めたものの、会社を意のままに動かせるかといえばそんなことはない。

何十年もかけてようやく社長になったからには、長くその座に留まりたいと考えるのは人間の常である。業績は常に株主に監視され、満足させる業績を上げることができなければ即解任。年度ごとに結果を出し続けなければならない上に、代わりは幾らでもいる。いきおい、攻めよりも、守り。長期的ビジョンに基づく戦略よりも、確実に利益を出す。つまり、どうしても短期的な視点で経営を行いがちになる。

かつては世界に名を馳せた名門企業が、イノベーションの波について行けず、いまや見る影もなく凋落《ちょうらく》してしまったのはそこに原因がある、というのが予《かね》てからの淳一の持論だったからだ。

確かに、それは事実というもので、一代にして成功を収めたベンチャー企業に共通するのは、創業者が確たるビジョンを持ち、誰に気兼ねすることなく夢の実現に向かって素早く、かつ猛烈な勢いで突き進んだことだ。

「あなた、何を暢気《のんき》なことをいってるの!」

雅恵の激しい一喝が飛んだ。「晋二《しんじ》は、とっくに結婚してるのよ。間もなく子供も生まれるのよ。ただでさえも順番が逆になってしまってるのに――」

「えっ! 晋二、子供ができたの?」

晋作は雅恵の言葉を遮り、驚きの言葉を口にした。

晋二とは、二年前に結婚した三歳違いの弟のことだが、子供ができたとははじめて聞く。

「あなたねえ、まだ若いつもりでいるんだろうけど、年取ってからの子育ては大変よ。子供を持つのが遅くなれば、定年になっても働き続けなきゃならないし、それから老後の資金を貯めるったって難しくなるだけなんだから。人生設計ってもんを少しは考えなさいよ！」

「へえ〜。あいつ、結婚式の前の夜に電話してきて、俺、まだ結婚したくない。もっと独身を謳歌したいって、さめざめと泣いてたくせに。子供できたんじゃ、終わりじゃん」

「あんた、何てことというの！」

雅恵は怒髪天《どはってん》を衝《つ》く勢いで、椅子から立ち上がる。

だから、実家に足が向かなくなっちまうんだよ。

俺の顔見りゃ、早く結婚しろだの、老後に備えろだの、煩《うるさ》くてかなわねえったらありゃしねえ……。

晋作は、溜息をつきたくなるのを堪え、雅恵に向き直るといった。

「まっ、別に都会で暮らそうなんて思わなけりゃ、何とかなんじゃねえの。地方に住んでも、給与体系は変わらないってのが、テレワークのメリットの一つだもん。東京じゃ中の上くらいの年収だけど、場所によっては、その地域の平均年収の倍以上の額になるところだってあるんだからさ。定年を迎えるまでの間に、地方を転々としながら、終《つい》の住処《すみか》を探して、そこでゆったり暮らせば、何とかなんじゃゃね」

3

「おとうさん、晩ご飯、できたよ」

味噌を溶き終えた関野《せきの》百香《ももか》は、ガスコンロの火を止め、居間にいる章男《あきお》に向かって声をかけた。

「おう……いまいぐ……」

返事はするものの、章男に動く気配はない。

それも道理というもので、居間から聞こえて来るのは、明日の天気予報を伝えるアナウンサーの声である。

章男は岩手との県境近く、宮城県北部の町、宇田濱《うだはま》で漁師をしている。

豊饒《ほうじよう》な三陸の海では、ヒラメ、カレイ、クロソイといった魚類に加え、アワビやホタテ、ウニ、ホヤ、海藻類はメカブ、マツモ、ヒジキ、ノリ等々、揚がる海産物の種類も多い。

章男はワカメの養殖を主にしているが、時にはヒラメやカレイ、タコ、ウニ漁やアワビ漁が解禁になると、それらを獲って生計を立てている。

もちろん、漁師の生活は決して楽なものではない。自然と共存する職業だけに、海が荒れれば船は出せない。大型の台風が襲来すれば、養殖施設が波に攫《さら》われ、一夜にして壊滅、当面の収入を絶たれてしまうこともある。それゆえに、漁師にとって天気予報は最大の関心事なのだ。

百香は、食器棚に置いた時計に目をやった。

午後六時五十九分。間もなく、天気予報が終わる時刻だ。

春近しといえども、三陸はまだ寒さが厳しい。

章男は毎日酒を呑む。今日も、すでに居間でビールを呑みはじめているが、夕食には百香が用意した酒肴を食しながら、焼酎のお湯割りを呑むのが常だ。

台所の片隅に置かれた焼酎の四リットルボトルを食卓の上に置いたその時、音声が七時のニュースに切り替わった。

「待たせだな……」

章男が、台所に入ってくるなり、「おっ、今日はドンコ汁か?」

クンクンと鼻を鳴らす。

「帰りにスーパーに寄ったら、美味しそうなドンコがあったから……。もうドンコも終りだからね」

「スーパーが……。防波堤さ行げば、簡単に釣れるのに……」

「防波堤で漁をする漁師はいないでしょ?」

「んだな」

なんだかんだいいながらも、章男は相好を崩す。

ドンコは、三陸以北でよく食される魚で、巨大なカジカといった外観こそグロテスクだが、味噌汁にすると滅法美味い。特に、この時期脂が乗った肝は絶品で、これが溶け込んだ味噌汁は、章男の大好物なのだ。

食卓には、章男が釣ってきたヒラメとタコの刺身。小鉢にはこれも章男自ら仕込んだスルメイカの塩辛、そしてワカメをたっぷり使った、オニオンサラダが並んでいる。

「ほんでは、いただくべが……」

百香が大ぶりの汁椀に入れたドンコ汁を二つ、食卓の上に置き、椅子に座ったところで、章男が音頭を取った。

「いただきます……」

両手を合わせた百香が続くと、二人の会話が途切れた。

聞こえるのは、章男のすぐ傍に置かれた、石油ストーブの上のヤカンが、しゅうしゅうと湯気を噴く音と、居間から聞こえてくるニュースの音声だけだ。

章男は、おもむろに焼酎のペットボトルを手にすると、大ぶりのグラスに透明な液体を注ぎ入れる。そして返す手で、ヤカンを手にすると、沸騰した湯を足した。

ズッ……。

焼酎を啜《すす》る音に続き「はあ〜」と章男の息を吐く音が聞こえた。

続いて、手製の塩辛を口に入れると、うんうんと二度頷き、出来映えに満足する。

「ここ、五年ばかり、イカもさっぱりだす、サンマも駄目だすな。最初にイカが駄目だった年には、型も小《ち》っさいす、身も細ってで、切り込みにすても、美味いどは思わながったんだげんとも、慣れつうのは恐ろすいもんだ。それなりに切り込みの味がするもんな」

切り込みとは、この辺りの方言で、イカの塩辛のことである。

「サンマが獲れなくなった年は、郵便局も大変だったもの……」

百香は当時のことを思い出しながらいった。

三陸沿岸から北海道にかけての北の海は、サンマの一大漁場だ。

秋になると魚体も大型になり、脂も乗って、いよいよ旬を迎えるのだが、漁場が近海になることもあって、逆に価格は安くなる。

そこで、スーパーや魚屋がこぞって、地方発送のキャンペーンを張るのだったが、民営化を機に郵便局がこのビジネスに参入したのだ。

大量にサンマが獲れるのが当たり前であった時代である。受注を獲得するためには早い内とばかりに、漁がはじまる前に局員は注文獲得に奔走するのが恒例だったが、そこでまさかの不漁に直面することになったのだから、さあ大変。すでに、料金を受け取っていた郵便局は、差額を負担せざるを得なくなり、大変な赤字を出すことになってしまったのだ。

「人も家も津波で流されで、町の様子もすっかり変わってすまったすな。若い人も減るばかりだす、どうなるんだが……」

章男は、また焼酎を啜ると、今度は重い溜息をつく。

――政府は、国内の感染者数が増加傾向にあることから、大規模イベントについて、さらに十日間の自粛を要請することを決定いたしました。これによって――

「なんだが、物騒な世の中になったもんだな。コロナ、コロナって、外国では人がばたばた死んでるっつうす、こんなものが日本で流行《はや》ったら、東京なんかあんだげ人がいんだもの、ひとたまりもねえべさ」

「東京は、まだいいよ。設備の整った病院が沢山あるけど、この近くで大きな病院っていったら、気仙沼《けせんぬま》まで行かなきゃないんだもの。それに、高齢者が圧倒的に多いんだし、地方の方が大変なことになるよ」

「ほんだな……。俺は、一日中海さ出でっから、まず心配はねえだども、百香は大丈夫が？　窓口さいで、始終人ど接してんだもの、危ねえんでないが？」

章男がいう間に、百香はドンコ汁に口を付けた。

地味噌の芳醇な香り、汁の中に溶けた濃厚な肝とドンコの身から出た滋味が一体となって、たまらなく美味しい。

「今日、異動の内示が出てね……」

百香は、椀を置きながらいった。「四月から企画課に移って、空き家問題の仕事をすることになったんだ」

百香は三十九歳。宇田濱の町役場で職員をしている。

今現在は、謄本や抄本といった書類の管理と受け渡し業務を担当しているが、新年度を迎えるにあたり、企画課への異動の内示を受けたのだ。

「空き家問題?」

「津波で家は流されなかったけど、職をなくして、町を出てしまった人は大勢いるし、震災から九年も経つんだもの。この間に、亡くなった方だって沢山いるの。大きな雇用先は全くないし、若い人はどんどん都会に出て行くし……。それで、空きになったまま家が、増える一方なんだ」

「そういえば、花谷《はなたに》さんのところも、ヨシさんが死んで、住む人がいなぐなってすまったな……」

「ヨシ婆ちゃんも、三人いる息子さんは、仙台、埼玉だからね。いまさら戻ってくるはずもないし、取り壊すにしたって、結構おカネがかかるもの。やっぱり、住み手がいないまま、放置されることになるんだろうなあ……」

「家は、人が住まなくなると、すぐに荒れてすまうすな……」

「そこにハクビシンなんかが住み着くと、今度は農家の人が大変なわけよ。実際、空き家が増えるに従って、食害が増えてるし……。それも、明日収穫しようって頃合いを見計らったかのように、食い荒らすんだもの」

「そういえば、最近、野菜を持ってくる人が少なくなった気がするな」

宇田濱は、人口六千人の小さな町だ。漁師は魚、農家は野菜や果物を、やり取りしてお互いの生活を支えながら暮らしている。

もっとも、専業農家は数えるほどで、栽培は自家消費が目的だ。それでも収穫期が短期間に集中するので、食べきれないほどの量になってしまうのだ。

収入が低くとも生活が成り立つのも、食材の調達コストが極めて安いからに他ならない。

暗い話題が続くと、どうしても寡黙になってしまう。

しかし、百香には章男に話さなければならないことがあった。

「あのね、おとうさん……」

百香は切り出した。「上の家を貸しに出そうと思うんだけど」

「上の家を？」

章男は、口元に運びかけたグラスを止め、百香を見る。

「九年間、空き家にしてきたけど、家具も食器も、家電製品だって揃ってるし、高台で津波の心配もないし、三陸の海が一望できる。夜明けの日の出なんて、最高でしょ？　別荘として、借りてくれる人がいるんじゃないかと思って」

「だども、百香、あの家は……」

章男が何をいわんとしているかは、続く言葉を待つまでもない。

「いつまでも、あのままにしておくわけにもいかないし、かといって、あの家に住むつもりもないし……」

百香は、笑みを作ってみせると、「空き家問題を担当することになったんだもの、担当者が空き家を放置したままじゃ、どんな対策を打ち出しても、説得力ないし……」

汁椀を手に取り、また一口、ドンコ汁を啜った。

「それは、そうだげんともさあ」

「それに、海の様子も変わってきてるし、おとうさんだって、無理がきかない歳に差し掛かってんだもの。五万でも六万でも、借りてくれるなら、家計の足しになるじゃない」

「すかす、なじょして、借り手を見つけんだ。五万も出して、別荘借りる人なんか、この辺にはいねえぞ。仙台辺りなら、カネ持ってる人も大勢いっぺげんともさ、道が空《す》いてるどはいっても、二時間やそごらはかかるす、空き家が増えてんのは、どこの町も同じだべ？」

「とりあえず、インターネットで借主を募集してみようと思ってんだ」

「インターネット？」

今年、七十三歳になる章男は、インターネットという言葉は知ってはいても、機能についての知識は全くないはずだ。携帯はいまだガラケーだし、パソコンに至っては触ったこともないのだ。

「ネットは、世界中を網羅してるからね。ここにいながらにして、日本全国津々浦々にまで、募集広告が伝わるの。世の中には物好きが結構いるし、ここでの別荘暮らしに興味を持つ人だって、いるかもしれないわよ」

「こんな、寂《さび》れた町での田舎暮らしに興味を覚える人なんか、いるがなあ」

小首を傾げる章男に向かって、

「別に、おカネがかかるわけでもないし、駄目元でやってみる価値はあると思うけど」

百香は、ついと顎を上げ、微笑んでみせた。

4

築九年、3LDK、未入居、家具、家電製品、食器、寝具等の生活用品完備、ワイファイ使用可
交通　宮城《みやぎ》県北《けんほく》鉄道　宇田濱駅徒歩二十分
家賃　八万円、敷金1ヵ月、礼金0

いよいよ翌日からテレワークがはじまる週末の昼下がり、いきなり検索結果のトップに表示された物件案内に、晋作は目を疑った。

テレワークのメリットの一つは、居住地に制限がないことだが、いざどこにとなると、選択肢が多すぎて、的を絞るのが容易ではない。サーフィンやスキューバダイビング、登山が趣味ならば、すぐに思い浮かぶ土地があるのだろうが、晋作の場合は釣りである。国土を海で囲まれた日本には、釣りに適した場所はどこにでもある。

何気なく検索欄に「宇田濱」の地名を入力したのは、奥山から聞かされた一日でヒラメ三十枚を釣った話と、両親に「東北なんかいいかも……」といったことが頭の片隅にあったからだったのだが、いきなり、まさかの好物件だ。

それも、問い合わせ先を見ると、不動産業者の名前ではなく、個人の名前が記してある。

しかし、浮かれたのは一瞬のことで、晋作は「待てよ」と思った。

とかくうまい話には理由《わけ》があるものだ。不動産物件、特に賃貸物件に潜む罠といえば、真っ先に思い当たるのは一つしかない。不動産業者が介在すれば、曰《いわ》く付きの物件には告知義務が生ずるが、個人契約となれば話は別なのかもしれないからだ。

そこで、晋作は全国を網羅する事故物件サイトにアクセスしてみたのだが、宇田濱周辺にはそれらしきものは見当たらない。

「ふむ……」と晋作は考え込んだ。

築九年、３ＬＤＫ、未入居で八万円の家賃は、都内、いや、ここ川崎ですらあり得ない安さだが、それも都会と比較すればこそ。空き家が激増している地方では、物件はあっても肝心の借り手がいない。そんな町はごまんとあるはずだし、都会と地方とでは、同じ八万円でもおカネの価値、重みが違うものなのかもしれない。

とにかく、訊いてみるだけ訊いてみるか……。怪しいと思ったら、断りゃいいだけのことだし……。

晋作はスマホを手に取ると、物件案内に記載されていた電話番号を入力し、発信ボタンをタップした。

断続的な発信音に続き、呼び出し音が聞こえてくる。

「はい、関野です……」

意外にも女性、それも晋作と同年代と思しき女性の声が聞こえてきた。

「あの……、ネットに掲載されている物件案内を見た者なんですけど」

晋作がいうと、

「えっ！　もうご覧になったんですか？　今朝、アップしたばかりなのに」

関野は、驚いた様子でこたえた。

「今朝……って、じゃあ、僕が最初の？」

「そうなんです。長いこと空き家にしていた家があるもので、誰か借りてくれる人がいないかなと思って、ネットに上げてみたんです。この辺りには、不動産屋さんがないもので……」

不動産屋がないって、どんなとこなんだよ……。

事故物件疑惑以外にも、早くも二つ目の不安要因の出現だ。

なんと反応したらいいものか、言葉に詰まった晋作の気配を察したのだろう、

「いえ、不動産屋さんがないわけじゃないんですけど、ちょっと離れた気仙沼まで行かなきゃならないんです。それに、この辺りは空き家が増える一方で、物件はたくさんあるんですけど、借り手がさっぱりなもので、不動産屋さんにお願いしても、見つ

かるとは思えなくて……」

関野は、慌てて続ける。

「でも、築九年経つとはいえ未入居、しかも家具や生活用品は完備してるわけですよね。築何十年も経つ古い家ならともかく、これほどの条件なら、借り手なんて幾らでも現れるんじゃないですか？」

「それが、違うんです。宇田濱の主要産業は漁業でして、漁師はほぼ漏れなく港の傍に住んでいますし、元々雇用基盤が脆弱《ぜいじゃく》だったこともあって、津波で仕事を失ったのを機に、町を出て行った人がたくさんいる一方で、流入人口はほぼゼロ。住宅需要そのものが全くないんです。近くに気仙沼があるといっても、車で三十分はかかりますので……」

ネットに物件を載せたのは、借り手が現れるのを期待してのことに違いあるまいに、不都合な点を隠そうともしない。不動産を生業《なりわい》にしていないとはいえ、正直な応対ぶりには好感が持てる。

「結構、不便な場所にあるのは分かりましたけど、どうして九年もの間、誰も住んでいなかったんですか？　すぐに生活できるようになってるってことは、その家に住むつもりでお建てになったわけですよね」

関野は、すぐにこたえを返してこなかった。

しばし、電話口で沈黙すると、

「実は、親子で住むつもりだったんですけど、津波で家族を失いまして……」

沈んだ声でいった。

「えっ……」

今度は晋作が黙る番だった。

「いま、父と暮らしている古い家には、家族の思い出がたくさん残っておりまして……。空き家にするのは忍びなくて……」

「そうでしたか……」

なるほど、確かにワケあり物件には違いないが、それならば納得が行く。

晋作は大学を終えるまで実家に住み続けたが、家そのものへの愛着をさほど感じたことはない。多分、それは両親も健在で、晋作は家族の死に直面したことがないからかもしれない。

その点、関野は違うようだ。

おそらくは、生まれてから現在に至るまで宇田濱で家族と共に暮らし、新しい家での暮らしがはじまる寸前に、あの大津波に襲われ家族を亡くしたのだろう。しかも、直前まで一緒だった家族が、一瞬にして帰らぬ人となってしまったのだ。

あれから九年も経つというのに、難を逃れた人たちの間にある、いまに至っても尚、癒《い》えることのない傷の深さを垣間見た思いがして、晋作は言葉が続かなくなった。

「あの……」

関野はいう。「失礼ですが、どちらにお住まいですか？」

「東京……、いや、川崎です」

「川崎？」

「コロナ騒ぎで、勤めている会社がテレワークを導入することになったんです。テレワークなら、どこに住んでも仕事ができますので、地方で暮らしてみるのもいいかなあなんて思ったもので……」

「でも、川崎にお住まいだと、実際に家を見てもらってから決めていただくってわけにはいきませんよね。東京から仙台までは新幹線で一時間半ほどですけど、宇田濱まではさらにローカル線で一時間半、車でも同じくらいかかりますし……」

「そうですねえ……」

晋作は、言葉を濁し考え込んだ。

往復の移動時間だけでも六時間。日帰りは十分可能だとはいえ、物件を見るだけのためとなると、やはり面倒な気がするし、交通費だって馬鹿にならない。

「よろしかったら、物件の写真、お送りしましょうか？　ちょうど、写真をアップしようと思っていたところなんです」

「え……ええ……」

曖昧に返した晋作に、

「家は三陸の海を一望できる高台にありましてね、朝日が昇る光景なんて、それは見事なもので」

関野は物件のアピールをはじめる。「それに、三陸の海はとても豊かで、新鮮な海産物が毎日揚がりますし、春は山に入れば山菜が、近所には農業をなさっている方も多いので、野菜も飛切り新鮮なものが格安で手に入るんです」

セールスポイントとしてはありきたりに過ぎるが、日本全国どこへ行っても田舎は同じようなものだから、これも致し方ないとして、晋作の最大の関心は他にある。

そこで、晋作は問うた。

「あの……、宇田濱って、もの凄く魚影が濃いって聞いたんですけど……」

「ぎょ・えい？」

「魚がよく釣れるってことですよ」

「はいはい、魚釣りが趣味でいらっしゃるんですね？」

「ええ……」

「魚、よく釣れますよぉ。鯛、ヒラメ、カレイ、ネウ、クロソイ、鯖《さば》、鯵《あじ》、カワハギ、イシモチにウミタナゴ、カサゴに穴子《あなご》、タコも釣れますね。父は漁師なもので、週末には遊漁船をやってまして」
「遊漁船を？」

釣れる魚の種類の豊富さもさることながら、父親が遊漁船をやっていると聞いて、晋作は俄然乗り気になってきた。

「この辺りの居酒屋の中には、ヒラメとか鯛とかの高級魚を持ち込むと、キープボトルに替えてくれる店があるんですよ。釣れる時は、本当にたくさん釣れますのでね。自宅で消費するにも限度があるし、冷凍しておくこともできますけど、消費するまで釣りに出かけられないんじゃ、趣味でやってる人は、痛し痒《かゆ》しってものですからね」

「へえ〜。ボトルに替えてくれるんですかぁ」

「店だって、魚の仕入れ代金をセーブできるし、キープしておけばお客さんとして来て下さるんですから、それこそウイン・ウインってものじゃないですか」

晋作が乗り気になってきた気配を察したのだろう。関野の声が明るくなり、口調もいささか砕けてきたように感ずるのは、気のせいではあるまい。

「だから、生活費も都会よりも格段に安くつくと思いますよ」

果たして関野は続ける。

「肉やコンビニに並んでいる商品の値段こそ、都会と変わりませんけど、道の駅に並ぶ地物の野菜は安いし、魚に至っては、漁協の直売所に行けば、飛切り新鮮な魚が、とても安く買えるんです。それに、この辺で娯楽といったら、パチンコぐらいのものですから、そちらにさえ手を出さなければ……」

関野は、そこで急に言葉を呑んだ。

おそらくは、娯楽といえばパチンコといったことが、それだけ娯楽に乏しいということを意味することに気がついたのだ。

しかし、晋作にはマイナス材料にはならない。パチンコなんかには興味はないし、余暇の過ごし方といえば、釣りと料理しかないからだ。

「関野さん、お手数ですが物件の写真、送っていただけないでしょうか。私、興味がありますす」

「もちろんです。どちらにお送りすればよろしいでしょうか。パソコンでも携帯でも、どちらにもお送りできますが？」

「携帯にお願いします、この電話番号に……」

晋作はメールアドレスを告げると、「私、西尾といいます」

はじめて名を名乗った。

「分かりました。すぐに、お送りします。私は、関野百香といいます」

「では、お返事は物件の写真を見てから改めて……」

「よろしくお願いいたします」

回線を切った晋作が、スマホを置こうとすると、メールの着信音が、ピーンと甲高い音を立てた。

晋作は、返す手でメールを開いた。

「写真のみで失礼いたします」の一文に数枚の写真が添付されている。

一枚目は家の外観で、鬱蒼《うっそう》とした木々に囲まれた高台に立つ、二階建ての白亜の戸建住宅が写っている。百香の意向を反映したのか、都会でも間違いなく瀟洒《しょうしゃ》な部類に入るデザインは、こういっては失礼だが、とても東北の漁師の住まいとは思えない。

二枚目はリビングで、三十畳ほどはあるか、床はフローリングで質素だが真新しい応接セットやテレビ等の家電製品が置かれている。ダイニングキッチンもまた新品そのもので、テーブルを囲む四脚の椅子がある。どうやら、オール電化のようでコンロはＩＨ。備え付けの食器棚には、皿や茶碗が整然と並んでいる。

そして、三つの部屋、広い庭の写真に続いて、リビングからの景色と謳《うた》った動画を再生して、晋作は息を呑んだ。

先程関野がいった、三陸の洋上に昇る朝日の光景である。

水平線から深紅、オレンジ色、そして黄色、菫色《すみれいろ》と見事なグラデーションに染まる空。そこに小さな輝点が現れたかと思うと、徐々に光度を増し、やがて強烈な光の塊《かたまり》となる。それにともなって、海面に一直線に伸びていく光の道……。

これほど見事な日の出は、かつて見たことがない。

思わず動画に見入ってしまった晋作だったが、ハッと気がついて、着信履歴の最上位にある関野の携帯番号をタップした。

こんな物件が八万円で借りられる？　そりゃあ借りるしかないっしょ。しかも礼金ないんだもん、期待外れだったら、ひと月やそこらで出りゃいいんだし。そんなことよりも、ぐずぐずしていたら、先を越されんぞ。

発信音が聞こえてくる。それに続いて呼び出し音が……。

こうしている時間ももどかしい。

「関野です」

回線がつながると同時に、関野がこたえた。

「あっ、西尾です。私、借ります。貸して下さい。お願いします！」

晋作は、大声でいった。

5

仙台駅を起点とする宮城県北鉄道は、午前五時台の始発から、午後九時台の最終まで、基本的に一時間に一本しか列車の運行はない。基本的にというのは午前六時、八時、十一時、午後一時、三時、六時台に運行される列車がないからだ。

午前九時発の東北新幹線「はやぶさ」で東京を発ち、仙台に着いたのが、十時半。それから十分後に仙台駅を発つローカル線に乗った晋作は、車窓に広がる三陸の海を眺めていた。

運行本数が少ない上に、一両編成であるにもかかわらず、乗客は晋作以外に僅か三名。それも無理からぬ話で、沿岸は長い時間をかけて自然が造形した光景とは程遠く、コンクリートで補強され、あるいは不自然に抉《えぐ》られてもいれば、平地に人家はほとんど見当たらない。

かつてはこの沿線にも、人家や産業施設が点在し、あるいは砂浜が広がりと、人々の暮らしを感じさせるものが数多く存在したのだろうが、九年前の三月十一日、この地を襲った津波によって全てが破壊されてしまったのだ。

それでも、果てもなく広がる海を眺めていると、心が安らぐから不思議なものだ。ゆったりと流れる時間、眩《まばゆ》いばかりの日の光。春が遅い東北にも、日差しのどこかに、確実に春の訪れを感じさせるものが潜んでいる。

「次は宇田濱、宇田濱に停車します」

列車が減速すると同時に、車内にアナウンスが流れた。

晋作は、それぞれに仕事道具と僅かな衣類を詰めた二つのバッグを手にすると、ドアの前に立った。

やがて、電車が停止する。

宇田濱駅も津波で流されてしまったらしく、ホーム自体はまだ新しいのだが、駅舎らしきものはなく、改札口と思しき部分に屋根がかかっているだけという粗末なものだった。

晋作はドアが開くのを待った。しかし、全くその気配がない。

そういえば……と晋作は、仙台駅でこの車両に乗り込む際に、ドアサイドに大きなボタンが付いていたことを思い出した。

もしかして、開けるのも？

果たして、車内のドア口にもボタンがある。

そっとボタンを押してみると、ドアが開く。

知らなかった……。まさか、この日本に手動でドアを開ける列車が存在するとは……。

慌てて車両を降りた晋作を待ち構えていたのは運転手である。

どうやら、宮城県北鉄道では、運転手が駅員と二役をこなすものらしい。

なんか、すげえところに来ちまったな……。

周囲を見渡せば、線路の向こう側は海。陸側は広大な空き地となっており、人家、商店の類いは影も形もない。直近の建物は、丘というか、山というか、斜面の中腹から上に散在する人家だけである。

まあ、そうだよな……。平地は津波でやられて、残った人たちは高台移転を強いられたんだし……。

海の表情が素晴らしい分だけ、陸側の荒廃した風景が、寂寥《せきりょう》感に拍車を掛ける。

なんか、都落ち感がハンパねえナ……。

思わず、溜息を漏らしてしまった晋作に、

「西尾さん？」

女性の声が聞こえた。

見ると、歳の頃は同年代。僅かに背中にかかる長髪を後ろで結った女性の姿がある。顔の下半分はマスクを着用しているせいで分からないものの、涼やかな目元、均整の取れたスタイルは、なかなかのものだ。

晋作の心臓がドクンと大きな拍動を刻んだ。

つまり、ときめいたのである。

「関野さんですか？」

歩み寄ろうとした晋作だったが、

「ストォ～ップ！」

百香の一喝で足が止まった。

「へっ？」

「大変申し訳ありませんが、首都圏から来た方と接触した場合は、二週間の自宅待機と決まっておりまして。それ以上近づかないで下さい」

地方では首都圏在住者との接触を自主的に制限する動きが広まっているのは知っていたが、まさかの展開である。

これじゃ、まるでばい菌扱いそのものじゃないか。いくら何でも、これはないだろう。

猛然と不快感が込み上げてきて、

「それ、ひどくないですか？　僕は、すでにテレワークをはじめていて、電車に乗ってもいなければ、出社もしてないんですよ。呑みにだって出てないし――」

「感染経路不明者が増えているといいますからね。いまや、誰もが感染者になっている可能性がありますので……」

「しかしですねえ――」

皆まで聞かずに、百香は晋作の言葉を遮る。

「じゃあ、お訊きしますけど、西尾さん、普段のお食事はどうなさってるんですか?」

「極力、人との接触を断つようにしています。パンや食材は、早朝、あるいは深夜にコンビニに行って調達していましたし、時にはウーバーイーツで出前を取ってと――」

「ウーバーイーツの配達員は、不特定多数の方と接触なさっているし、ドアノブとか、いろんな場所を触りますよね。その際、いちいち消毒なさるんでしょうか」

「そ……それは……」

言葉に詰まった晋作に、

「何も意地悪でいっているんじゃないんです」

百香はいう。「この辺りの住人は、高齢者が本当に多くて、万が一にでもコロナに感染すれば、命に関わることになりかねないんです。実際、首都圏在住者と接触した高齢者は二週間、デイサービスに参加することを控えていただくことになっておりますし、私は役場に勤務していますので、西尾さんと接触すれば、二週間、職場に出ることができなくなるんです」

「強制的に?」

「自主的にです。ただし、表向きにはね……」

百香の瞳には、明らかに危機感が浮かんでいる。「高齢化が進んだこの町には、独居老人がたくさんいます。そうした人たちにとって、同年配の地域住民が一堂に集うデイサービスは、唯一の楽しみなんです。もし、デイサービス参加者の中に感染者が一人でもいたとしたらどんなことになると思います?」

「クラスター……が発生する可能性がありますよね……」

「その通りです」

百香は頷くと続ける。

「この町にはコロナの治療ができる病院はありません。気仙沼の市立病院に運ぶことになるんですが、コロナ患者に対応できる病床数は極僅かしかないんです」

確かに、百香のいう通りだ。

高度な医療設備を持つ病院は、東京にこそ数多《あまた》あるが、地方となるとそうはいかない。まして、高齢になればなるほど、感染者の死亡率が高くなる傾向があるのは、パンデミックに至った海外の例からも明らかだ。その上、ワクチンの開発はこれからだし、治療薬も存在しない。重症患者に施される治療法は、人工呼吸器を用いるか、さらに悪化すればECMO《エクモ》(体外式膜型人工肺)の二つに限られているし、どちらにしても体力勝負。いま現在、高齢者が身を護ろうと思えば、人との接触を極力避けることしかない。

「分かりました……」

そうとしかいいようがないのだが、となると問題は、これから二週間の生活である。

晋作は話を前に進めることにした。

「じゃあ、私はどうやって家に行けばいいのでしょう。物件案内には、ここから徒歩二十分とありましたが、まさか歩いて行けとでも？」

「車をお貸しします」

「へっ？」

「免許は、持っていらっしゃいますよね」

「そりゃ、持ってますけど？」

「駐車場に私の車を停めてありますので、それを二週間、お貸しいたします。家までのルートはナビが案内しますので」

「でも、それじゃ、関野さんが……」

「うちは漁師をやっておりますので、車は三台あるんです」

「ああ……そうでしたか……」

「ガソリンは満タンにしておりますので、返却時に満タンにして返していただければ結構ですので」

まるで、レンタカーじゃねえか。

それでも、使用料を取らないだけ、良心的といわねばなるまい。

「あの、食料の買い出しとかは、どうしたら……」

住民と接触するなというからには、スーパーにさえ行くことも憚《はばか》られるような気がして、晋作は問うた。

「食料は後でお届けに上がります。野菜は地元の農家の方から貰ったものが沢山ありますし、魚はほぼ毎日、父が獲ってまいりますので……。他に必要な日用品は、メールを下されば私が買って、お届けします。精算は二週間後で結構です」

親切なのか、ばい菌扱いされているのか、晋作の心中はますます複雑になるばかりだ。

まあ、状況からして仕方がないとしても、こうなると気になるのは、宇田濱に家を借りた最大の目的である。

「あの……」

切り出そうとした晋作だったが、世の中がこんな状況下にある中では、さすがに訊ねるのも憚られ、語尾を濁した。

「なんでしょう?」

百香は、小首を傾げ問い返してくる。

「あの……、二週間の自主隔離要請は理解しましたけど、行動はどの程度制限したらいいんでしょう。ガソリンは満タン返しってことは、人と接触さえしなければ、車でこの辺りを走り回るのはＯＫってことですよね」

「その通りです」

「釣りはどうなんですかね。船は駄目だとしても、磯や砂浜からなら、人と接触することはないと思うんですが」

情けないくらいに、口調が卑屈になるのを感じながら、晋作は問うた。

「そうですねえ……」

視線を落とし、考え込む百香に向かって晋作はいった。

「東京だって、ゴルフはクラブハウスに立ち入らなければＯＫってことになってんですよ。それは密閉、密集、密接、いわゆる三密には当たらないからってのが理由なんです。誰もいない海辺で、一人での釣りなら、感染させる可能性も、感染する可能性もゼロだと思うんですけど」

「それはその通りなんですが……」

百香は、さらに思案を巡らすように言葉を切ると、短い沈黙の後、口を開いた。

「まだ、寒い時期ですからね。海辺に出る人も、それほどいないし、まあいいでしょう。でも、くれぐれも人と接触しないようにして下さいね。釣れる場所は調べておきますし、餌も用意して差し上げますので」

「よろしく、お願いします！」

釣りさえできるのなら、多少の不便もなんのその。

不快感は、一瞬にして吹き飛び、それに代わって思う存分、それこそ毎日釣りを楽しめる喜びが湧き上がってきた。

「こちらが、車のキー。こちらが家の鍵です。何かありましたら、ご遠慮なく、お電話して下さい」

百香は、そういいながら、二つの鍵をベンチの上に置くと、晋作に背を向け、駐車場に停まっている二台の車のうち、運転席に座る人影が見える軽トラックに向かって歩きはじめた。

6

前日に川崎から送った宅配便が届いたのは、その日の夕刻のことだった。

段ボール箱三個の中身は、衣類と仕事の資料、残る一つは釣り道具である。別のケースに入れた釣り竿も、もちろん同時に到着した。

送料は締めて、一万円にも満たない。川崎から、宮城県最北部の海辺の町へ、本格的に引っ越そうものなら、おそらく数十万の費用がかかるはずだが、これもフル・フアニッシュメント、家具、家電が全て揃っているからだ。

それにしても快適に過ぎる空間だと、部屋の中を見渡しながら、晋作は改めて思った。

築九年というが、建物の内部はピカピカ、家具、家電製品もまたしかりである。もっとも、さすがに建家の外観は、白で統一されているだけに、多少汚れは目立つし、家電製品も最新型とはいい難い。それでも、電源を入れれば、問題なく稼働するし、ネット環境も川崎の住まいと遜色ない。

百香からメールが入ったのは、釣り竿を玄関の物置に、衣類を寝室に当てることにした二階の部屋のクローゼットに仕舞い、人心地ついた時のことだった。

〝これから食料と日用品をお届けにまいります。受け渡しは、玄関の外で。ソーシャルディスタンスを厳守することをお忘れなく〟

はいはい、分かりましたよ……。

期待を遥かに凌《しの》ぐ、好物件に巡り会った喜びで、有頂天になった晋作は、ニンマリとしながら、リビングの窓際に歩み寄った。

家は三方が森に囲まれているが、東側は遮るものが何もなく、広い庭の向こうに太平洋が一望できる。そろそろ、日が沈む時刻である。眼下に宇田濱の漁港が望めるが、広い湾の中に無数に浮かぶ黒点は、牡蠣《かき》かホヤか、あるいはホタテの養殖《ようしょく》筏《いかだ》だろう。沖には、明らかに定置網と分かる形状の黒点がある。日没が近いとあって海面は青黒いが、潮の流れがはっきりと見て取れることからも、空気が殊《こと》の外《ほか》綺麗なのが分かる。

物音一つ聞こえない、静謐《せいひつ》な空間に身を置いていると、これまで自分が身を置いていた環境が、いかに音に満たされていたかを思い知らされる。

いいじゃん……。最高じゃん……。

晋作が、徐々に光度が落ちていく外の光景に見入っていたその時、坂道を登ってくる車のエンジン音が聞こえた。

マスクを着用した晋作は玄関に向かい、ドアを開けると外に出た。

果たして、昼間見た軽トラックである。運転しているのは百香だ。

運転席を降りた百香は、そのまま荷台に向かう。

「食料を持って来ました」

ソーシャルディスタンスを取れと念を押されている以上、近づくことはできない。

「ありがとうございます」

百香は、一つの箱を地面の上に置くと、すかさず引き返し、もう一つの箱を、その隣に置いた。

「こちらは、食料と日用品。肉は豚肉を四百グラム、各種調味料、石鹸、シャンプー、トイレットペーパー、洗剤と、すぐに必要なものが入っています。代金は、二週間後にいただきますので、レシートを入れて置きました」

「ご親切な大家さんで、助かります……」

半ば冗談、半ば本気でいった晋作に、百香はマスク越しにフッと笑うと、

「こちらは、米が五キロに野菜と魚。獲れたばかりのネウとクロソイと牡蠣とホタテが入ってます。米、野菜はもらい物だし、魚は父が獲ったものだから、代金はいりません」

「いや、それは駄目ですよ。代金はしっかり払いますので、請求して下さい」

「請求しようにも、値段のつけようがないんです」

百香は当然のようにいう。「それに、ここら辺の農家は、米や野菜を自家消費用に作ってるんですけど、農機具も持ってるし、田んぼだって一つってわけにもいかなくて、どうしても余ってしまうんです。それで、農産物は漁師に、漁師は海産物を農家にと、交換し合いながら、お互いの生活を支えてるんです。だから、漁師の家でも、米、野菜は溢れ返っていて、正直貰ってもらえるとこちらも助かるんです」

「本当にいいんですか？」

都会では考えられない話である。

もし、その話が本当ならば、今後、米と野菜はただってことか？

これじゃあ、肉以外の食費はほとんどかかんないじゃん。

早くも、田舎暮らしのメリット全開だ。

「もちろん」

目を細める百香は、「魚は三枚に下ろしてありますので、お刺身にするなり、煮付けるなり、お好きにどうぞ。西尾さん、お料理大丈夫ですよね」

と問うてきた。

「一応、私、釣り師なもんで、魚下ろすのは自分でできます。それに、料理は趣味なもんで……。ですから次回からは、お魚はそのままで結構です」

すっかり調子づいていった晋作だったが、

「あっ、でも、西尾さんは釣りが趣味でしたね。一匹釣れたら止めにするわけじゃないでしょうから、お魚には不自由しませんね」

百香は、マスク越しに笑い声を上げる。

「そ、そうですね……」

まだ、顔の全貌を見てはいないが、やはり魅力的な女性である。

いや、マスクをしていると、なんだかアラビアンナイトの世界にいるというか、目の表情で相手の内心を察するしかない分だけ、かえってミステリアスで新鮮に思えてくるから不思議なものだ。

そんな晋作の内心など知るよしもない百香は、
「それと……」
運転席に取って返すと、手にしたレジ袋を箱の上に置いた。「これ、釣り餌です」
「えっ……いただいていいんですか？」
「こちらは、釣り道具屋さんで買ったものなので、代金はいただきますね。二週間後
に……」
やたら、二週間後を強調する。
そこで、晋作ははたと気がついた。
新型コロナウイルスの潜伏期間は二週間。感染は主に飛沫や、接触によるとされる
が、感染者が触れた現金からも、感染する可能性があるといわれていることを思い出
したのだ。
やっぱり、俺をばい菌扱いしているわけか……。
複雑な思いに駆られた晋作だったが、百香は公務員だ。晋作と接触して、二週間も
職場に出られないとなれば、年休でまかない切れるかどうかだろうし、連続してそれ
だけの期間休んでしまえば業務に支障をきたしてしまう。

百香は一枚の紙片を取り出すと、

「それから、この辺の釣りのポイントを聞いてきました」

食料品が入った箱の上に置いた。「人気《ひとけ》がないところを選びましたので、車で十分ほどかかるところばかりですけど、浜からはイシモチやカレイが狙えるそうです」

「それはご丁寧に……」

突き放したかと思うと、一転して痒いところに手が届かんばかりのホスピタリティに溢れた行動に、晋作はどちらが百香の本当の姿なのか、戸惑いを覚えた。

「西尾さん」

百香は、改まった口調で呼びかけてくる。

「はい」

「もう一度、いっておきますが、とにかく地元の人との接触は、絶対に避けて下さいね。この辺の人は、情報源といえばテレビと新聞しかありません。情報番組に出て来るコメンテーターや、医療関係者の話はそのまま鵜呑《うの》みにしますから、罹《かか》ったら終わりだと思っている人たちばかりなんです。安全が確認されないうちに、首都圏から来た人がここに住んでいるなんて知れようものなら、私も面倒なことになりますので……」

「分かりました……」

「じゃあ、私はこれで……。何かありましたら、遠慮なく電話して下さい」

百香は、そういい残すと、軽トラックに乗り、去って行く。

テールランプが見えなくなるまで見送った晋作は、家の中に荷物を運び込んだ。

時刻は午後五時半。そろそろ夕食の支度に取りかかる時間である。

そういえば、新幹線からローカル線を乗り継いでの移動となったこともあって、朝食を摂った切り、何も口にしていなかったことに、晋作は今更ながらに気がつき、猛烈な空腹感を覚えた。

一丁、やるか！

まずは、三枚に下ろされた魚を取り出す。

ネウと称した魚がなんであるか、つい聞きそびれたが、薄いピンク色の身をそぎ切り、口に入れてみると、どうやらアイナメのことらしい。

しかし、見事なアイナメである。

関東近辺で揚がるアイナメよりも身は厚いし、魚体も随分大きい。

こんな型のいい、アイナメが釣れるんだ。

早くも、自主隔離明けの釣行に思いを馳せながら刺身の支度を終えた晋作は、クロソイの煮付けに取りかかる。

まるで、どう料理するかを察していたかのように、百香が用意してくれた調味料や食材のラインナップは完璧だ。

醤油、酒、味醂《みりん》と砂糖に水を加えて煮汁を作り、煮立ったところでクロソイの身を投じる。そこにスライスした生姜《しょうが》を入れてクッキングシートの落とし蓋をすれば、あとは煮上がるのを待つだけだ。

さらに、カセットコンロを食卓の上にセットし、焼き網を載せる。この上でホタテを直火焼きするのだ。

独身の釣り師の手際は、我ながら見事なものだと思う。ものの三十分で、本日の夕食が完成する。

支度を終えた晋作は、席についた。

酒は、百香が用意してくれた地酒を呑むことにした。

細身で背が高いグラスに日本酒を注ぎ入れる。適度な粘度を持った、透明な液体を満たし入れたところで、晋作はチビリと口に含んだ。

濃厚だが、切れがある。

くぅ～……。

美味い……。実に美味い……。

口の中、そして喉が火照《ほて》る感覚を、しみじみと味わいながら、晋作は牡蠣を手に取った。

こちらも大ぶり、かつぷっくりと膨《ふく》らんだ見事な牡蠣である。しかも、色は象牙色というか、東京のスーパーで売られている物とは違って、岩牡蠣に近い。

牡蠣といえばポン酢かレモンを搾《しぼ》って食すのが一般的だが、晋作はケチャップとタバスコを使う。

社長の大津は、代を継ぐ前、ニューヨークの大学に留学したことがあり、彼《か》の地の老舗《しにせ》寿司屋で働いていた大将が帰国した後、銀座に開いた店を贔屓《ひいき》にしている。一度同席した際に、その寿司屋でこの食べ方を教わったのだが、これが目から鱗というか、実にイケるのだ。

象牙色の身に落としたケチャップの赤が鮮やかだ。そこにタバスコを落とすと、少し汚らしくなるのだが、それがまた背徳感を覚えていい。

晋作は牡蠣をチュルリと口に入れた。一噛みすると、何とも柔らかな食感である。そして、クリーミーかつ濃厚な甘みとコクが口の中いっぱいに広がる。

こ……これは……。

晋作は白目を剥き、身を仰け反らせて天井を仰ぎ、思わず唸った。

いままで食べてきた牡蠣とは全く違う。味は岩牡蠣に近いが、真牡蠣《まがき》のような切れもある。

牡蠣を二つ平らげ、刺身を摘まみ、煮魚を食しているうちに、ホタテに火が通りはじめる。酒が進むったらない。しかも、そのことごとくが絶品としかいいようがないのだ。

宇田濱に来て正解だったナ。コロナでもなければ、こんな生活、味わうことができなかった……。

不謹慎な思いを抱きつつ、晋作の宇田濱での初めての夜が更けていった。

第二章

1

「今日、港で重蔵《しげぞう》さんに、上の家さ誰が入ったのがって訊かれでさぁ……」

仕事を終えた百香が帰宅するなり、眉間に皺を刻んだ章男が、そう切り出してきたのは、翌日の夕刻のことだった。

「えっ？」

どうして、分かったのだろう……。晋作には、極力外出を控えるように、外に出ても人目を避けるようにと念を押したはずなのに。

そんな思いもあって、百香は短く漏らした。

「家さ明かりが灯《つ》てるど語ってさ」

それかあ……。

全く目ざといというか、暇というか、普段は周囲のことなど関心がないというフリをしていながら、実のところは全く逆だ。娯楽が乏しい上に、住人の誰もが知り合いのような町である。衆人環視の中で生活しているようなものだし、噂話は大好きときている。なにしろ、高齢者が病院に入院しようものなら、即座に伝言ゲームがはじまるのだ。しかも、入院が手術となり、危篤となり、いつの間にか「死んだ」に発展し、「死んだんだって？」と飛び込んで来るのも珍しい話ではない。しかし、それにしてもだ……。

百香は、はあっと溜息をつくと、

「あんな山の上の、明かりを見つける人がいるんだあ……」

脱力感を覚えながら、ぽつりと漏らし、続けていった。

「まあ、長く住むことになれば、住民票を移すことになるでしょうから、役場の人には分かってしまうだろうけど、その時には二週間なんて、とっくに過ぎてるし、大した騒ぎにはならないと思ったんだけど……。それにしても、早すぎだわ……」

「最近でごそ、葬式も葬儀場でやるようになったげんとも、一昔前までは家でやってだんだす、間取りも中の様子も、皆知ってがらな。震災の時のごどはお前も覚えでっぺ？　トモちゃんが、食料運んできた時なんかなんて語らいだが」

改めて問い返すまでもない。

章男がいうように、かつて宇田濱では葬儀は自宅でやるものであったのだが、それに当たっては葬儀の支度はもちろん、精進料理の用意も近隣住民が総出で行うのが決まりであったのだ。台所はもちろん、居間も寝室も出入り自由。プライバシーも何もあったものではなく、それこそ家の様子の一切合切が、丸裸になってしまうのだ。

それゆえに、他人の暮らしに寄せる関心の高さは半端なものではない。

地震直後に襲った津波で宇田濱の町は壊滅したが、山の中腹から上にあった家は難を逃れた。僅か数メートルの差が、明暗を分けたのだが、皆一様に生活物資の調達に苦労することになったのに変わりはない。

幸い関野家には、支援物資の供給体制が整うまでの間、内陸部に住む親戚が備蓄していた米や野菜を届けてくれたのだったが、誰もがそうした支援を受けられたわけではない。

誰かの家に車が来れば、どんな品が、どれほど運び込まれたか。まさに、相互監視システムが働き、「あんだ家《い》は、いいね」と、嫉妬《しっと》と皮肉の籠もった言葉を投げかけられることになったのだ。

被災地では、とかく美談が報じられたものだが、それも真実ではあるものの、同じぐらい人間の奥底に必ずや潜んでいる負の感情が吹き出したエピソードも存在したのだ。

「しっかし暇よねえ……。漁師は朝が早いんだもの、さっさと寝りゃあいいのに……」

毒づいた百香は、続けて問うた。

「それで、おとうさん、なんていったの？」

「たまには、家さ風入れねえば、傷《いた》んですまうがらっていっといださ。いぐらなんでも、東京がら来た人さ、家を貸したなんていえねえべ？　大騒ぎになるに決まってるもの」

「それ、まずくない？」

「なすて？」

「だって、家に風入れるなんていったら、一日でいいじゃない。西尾さん、これからどれだけいるのか分からないのよ。毎晩明かりがついてたら、なんでってことになるじゃない」

章男は、しまったとばかりに舌打ちをする。

章男は根っからの漁師だ。

中学を出ると、早々にマグロ船に乗り組み、一度出港すれば半年以上日本を離れる生活を十五年もの間続けた。過酷な労働だが報酬は良く、その間貯めたおカネで船を買い、ここ宇田濱に戻って漁師をはじめたのだ。

マグロ船の乗組員は約二十名。船上のスペースは限られている上に、遠洋漁船の居住空間は狭く、船員は雑魚寝同然、プライバシーも何もあったものではない。当然、人間関係は濃密になるのだが、広がりはないから、陸《おか》に上がればどうしても人見知り、口下手になってしまう。さらに、正直で嘘はいえない性格だから、「風入れ」というのが精一杯であったのだろう。

「そすたら、なじょにすんべ。人が住みはじめたのはすぐに気がつぐべす、東京がら来たなんて知れたら、大騒ぎになんべさ」

不安げにいう章男だったが、それも無理はない。

平時ならいざ知らず、誰もがコロナへの感染に敏感になっている最中に、首都圏からやって来た人間が住みはじめたなんて知れようものなら、真っ先に住人の非難の矛《ほこ》先《さき》が向くのは誰でもない、家を貸した章男と百香に決まっている。

果たして、章男は続ける。

「宮城だって感染者は出でっけども、仙台だからなあ。ますて、ここは仙台よりも岩手の方が近いす、あっちはいまだゼロだ。宇田濱にすたって、みんな第一号にはなりたくねえって神経質になってんのに、もす、西尾さんが感染すてれば、宇田濱の感染者第一号つうごどになってすまうべさ」

確かに……。

宮城県内で初の感染者が確認されたのは、二月二十九日のことである。それを機に、「県内初の感染者にはなりたくない」だったのが、次第に対象エリアが狭まり、いまでは「宇田濱初にだけは」になっている。

晋作を入居させるに当たっては、そうした風潮を考慮して、地元住民が気がついた頃には二週間が経過していれば、大した問題にはならないと、百香は踏んでいたのだが、どうやら読みが甘かったようだ。

居間の電話がなったのは、その時だった。

「はい、関野です」

受話器を耳にあて、名乗った百香に、

「おう、モモちゃんが？　黒川《くろかわ》だぁ」

くだんの重蔵の声が聞こえてきた。

「あっ、どうもぉ〜」

つとめて明るくこたえた百香に、

「上の家、今日も明かりついでるぞ。消し忘れてんでねえのが？」

重蔵はいう。

一度気にしはじめると、とことん気になる。

高齢者の一人暮らしが増えている宇田濱にあっては、そうした風潮が役に立つことも多々あるのだが、今回ばかりは話は別だ。

百香は、溜息をつきたくなるのをすんでのところで堪え、

「ご親切にすいません。おとうさんの説明が足らなかったようで、申し訳ないです。上の家には、私が暫く住むことになりまして」

咄嗟《とっさ》に嘘をついた。

「モモちゃん、上の家さ住むの？」

重蔵は少し驚いたようにいう。

百香が上の家に住まないでいる理由は、この辺の住人なら誰もが知っているからだ。

「いつまでも空き家にしておくわけにはいきませんので。それにちょっと気分を変えたくて……」

「んだが……。ようやぐその気になったが……」

感慨深げにいう重蔵だったが、声のどこかに嬉しさが籠もっているのを感じ、百香は内心で、「しまった」と思った。

あの家に、晋作が住んでいることは、いずれ重蔵はおろか、周辺住民の知るところになるだろう。女一人で住んでいるはずの家に、独り身の男が住んでいれば、どんなことになるか……。まして、百香も独身だ。噂話が大好きな住民たちに格好の話題を

提供することになる。

「章男さんも、まだ元気だすな。あんだも、たまには息抜きすてえべす。それに、ずっと明かりの消えた家さ、明かりがつくのはいいもんだすなあ」

呵々《かか》と笑い声を上げる重蔵の言葉を聞きながら、百香は頭を抱えたくなった。

2

「やっぱりテレワークって、悪くありませんよねえ。うちの課って、結構仲がいい方だと思うんですけど、二日連チャンで呑み会をやるなんて初めてだし、なんたって帰りの心配をしないで呑めるのがいいですよぉ。マスクをしなくてもいいしぃ……」

パソコンのモニターに映る桜子が、すっかりリラックスした表情で顔を綻《ほころ》ばせる。

桜子は大の酒好きにして酒豪である。しかも、「酒に背中は見せない」を公言し、一人酒も当たり前らしく、帰宅途中に夕食を角打《かくう》ちで済ませてしまうのも度々のことだという。それゆえに〝巣ごもり生活〟のアフターファイブはどうも勝手が違うらしく、「オンライン呑み会をやりませんか」と提案してきたのだ。

試しにとばかりに晋作と武則、克也の四人でやってみたところ、これが滅法楽しい。そこで今夜は、入社二年目の澤村《さわむら》千佳子《ちかこ》を誘い、五人での呑み会となったのだった。

「誘い合わせて呑みに行こうとすると、課長が一緒に行きたそうな顔をするからなあ……。誘わないと拗《す》ねちゃうし、酔いが回ると自慢話と説教がはじまるし……。あの人に気を遣わなくていいのが、最大のメリットだな」

そういう武則は、ざまあみろといわんばかりに口の端を歪める。

桜子がいうように、ナンバーツーの晋作が三十六歳とまだ若いこともあって、資産管理課の課員同士の仲はいい。ただ、どこの会社でも同じように、課長の小柳だけは煙たい存在であることに変わりはない。

四十三歳は立派な中年だし、住宅ローンも抱えていれば、中学生の子供もいる。三十九歳での課長昇進は、同期の中では早くもなければ、遅くもない。ここまでのところは、順調なサラリーマン人生を過ごしてきたとはいえるのだが、次長、部長へと昇進できるかどうかの勝負どころにある。

「部下の手柄は、上司の手柄」という言葉が通じるのも、結果が数字に表れる営業部門であればこそ。管理部門となると目覚ましい実績を挙げるチャンスは希《まれ》である。いきおい仕事に間違いが起こらぬようにと、部下の仕事ぶりを監視にかかる一方で、良き上司たらんと必要以上にコミュニケーションを図ろうとする。当然、小柳にしてみれば、呑み会は絶好の機会となるわけだが、ローンを抱えていれば、小遣いには限りがある。呑み代は小柳持ちとはいうものの、会社の会議費へつけ回しだし、予算には限度があるから、安く上がる居酒屋チェーンが定番だ。しかも、一昨年に一人息子が中高一貫の有名私立に合格してからは、酔いが回ると自慢話がはじまってしまうときている。

「テレワークがはじまって二週間経ったってのに、まだぶつくさいってんですもの。しかも、いまだ要領が摑めていないようで、レスポンスも遅いし……。課長抜きの方が、仕事もよっぽど捗《はかど》ると思うんですよね」

モニターに映る桜子は、早くも一本目の缶ビールを飲み干したらしい。アルミ缶をワイルドにぐしゃりと握り潰す。

「要領が摑めてないのは、うちの課長だけじゃないようだぜ。次長、部長と上にいくほど、レスポンスが悪くなるって、他の課の連中も口を揃えていうよねえ」

克也が手にしているのは発泡酒だ。

若くして結婚し、港南にマンションを購入できたのは、奥さんと共働きの子なし、いわゆるディンクスであるからだが、それでも節約に努めなければならないのだろう。

以前の勤務形態では知り得なかった同僚たちの暮らしぶりを覗くことができるのも、オンライン呑み会ならではというもので、これもまた一興である。

「上の人たちがそんな調子じゃ、そのうち社長が切れちゃうんじゃないですか」

桜子は、ニヤリと笑うと、「社長は七十九歳にもなってるのに、テレワークを難なくこなしてるって聞きましたよ。上に行けばいくほど、対応ができていないって、地位に相応《ふさわ》しい仕事を果たしていないってことですもの。そのうち、役員が雁首《がんくび》揃えて解任、下剋上が起きるんじゃないですかね」

物騒なことを、平然と口にする。

「玉木さんの世代はネットネイティブだけどさ、課長以上の年代は、入社して初めてインターネットに触れた人が多いんだよ。パソコンはそれ以前にあったけど、職場にあるのが精々で、使い方だって一から学んだんだしね。最初の頃なんて、マウスの使い方も分かんなくて、コールセンターに問い合わせが殺到したって聞いたことがあるよ」

晋作の言葉に、

「マウスの使い方って、何を訊くんです？」

桜子は不思議そうに問い返してきた。

「マウスを操作したら、机から落ちそうで、これ以上動かせないって……」

「マジですかあ？　チョー受けるんですけど」

千佳子が、胸の前で両手をパチリと叩いて爆笑する。

「まあ、それでもヒラの間は、時代に追いつこうと必死だったんだろうけどさ、パソコンからスマホになるうちに出世して、面倒な仕事は部下に任せりゃいい身分になったんだもの。そりゃあ、いきなりテレワークが導入されたら面食らうさ。社長だって、その辺の事情は理解してるだろうし、それで仕事が回ってんだもの。下剋上なんて起こるわけないよ」

「西尾さん、それで仕事が回るから、まずいんじゃないですか？」

ビールを呑み終えた桜子は、焼酎のボトルを手にする。「だって、それでも業務に支障が出ないっていうなら、いなくてもいい人たち。ただの穀潰《ごくつぶ》しだったってことになるじゃないですかぁ」

同僚と酒を酌み交わせば、どうしても話題は職場のこと、それもその場にいない同僚、上司の噂話や悪口になってしまうものだが、ネットを介して、しかもクローズドな環境のせいなのか、いささか度を越しはじめている気がして、晋作は話題を変えにかかった。

「玉木さん、今夜はいつにも増してピッチ速くね？」

「う〜ん。家呑みって、やっぱり妙な安心感があるんですよねぇ。通勤もしなくて済むようになったし、寝坊してもいいし、夜が長くなりましたからねぇ……」

「大体さ、ビールを一缶、ほとんど一気に空けたけど、まだツマミ、口にしてないじゃん。晩ご飯を兼ねて呑んでんだろ？　空《す》っ腹《ぱら》にアルコールだけって、体に悪いよ」

「もちろん、ツマミならちゃんと用意してますよぉ～」

桜子は手を伸ばすと、「出来合いの惣菜ですけど、唐揚げでしょう、切り干し大根でしょう、おからにコールスロー……。バランスだって、ちゃんと考えてんですから」

パックに入ったそれらを次々に翳してみせる。

「西尾さんは、昨夜はお刺身でしたけど、今日もですか？」

そう克也が問うてきたのは、昨夜の呑み会で、晋作のツマミが注目の的となったからだ。

宇田濱に来て十日。昨日の夕方、百香が揚がったばかりの魚を数種類届けてきたのだ。メインは、その中のものを使った、ヒラメの刺身とイカと大根の煮物。同時に届けてくれた白菜は、油揚げと合わせて煮浸しにした。

それらを披露した時の、三人の驚きようったらない。しかも、魚と野菜はタダと聞いて、二度びっくり。しかも、料理したのは晋作だと聞いて、三度びっくりだ。

「今夜のメインはカレイの煮付け」

晋作は待ってましたとばかりに、カレイの煮付けが入った器を顔の前に翳した。

「それも、タダなんですか？」

「もちろん」

晋作は大きく頷くと、「ただし、このカレイはもらい物じゃないぜ。今朝、こっちに来て初めて釣りに出かけてさ。短い時間だったけど、カレイが二枚揚がったんだ。ちょうど、煮付けにするのにいいサイズだったんで、醬油と酒、味醂に砂糖と水、それに生姜を入れて作ったんだ」

煮付ける時に用いたのは、スライスした生姜だが、皿に盛り付けるに当たっては、針生姜を別に用意し、煮上がったカレイの上に載せてある。

「すげえ！　まるでプロの仕事じゃないっすか。居酒屋程度じゃ、こんなの出てきませんよ」

共働きということもあって、平日は奥さんが夕食を作る時間を割くことができず、冷凍食品かレトルト、あるいは出来合いの惣菜で済ませるのだと、聞かされたことがある。

克也が感嘆の声を上げると、武則が続いた。

「知らなかったなぁ……。西尾さん、釣りキチだってことは知ってたけど、まさか料理までするとは……」

「す・て・き……。料理上手の男性って、いいですよねえ……」

うっとりした目で、千佳子がいった。

すっかり気をよくした晋作は箸を取り、ふっくらと煮上がった身を摘まみ上げた。飛切り新鮮なカレイを使っただけに、身離れは最高だ。よく照りの出た皮と白身のコントラストが食欲をそそる。口に入れると、しっとりとした食感があり、嚙みしめようと歯に力を込めた瞬間、ほろりと崩れる。皮と身の間から滲《にじ》み出る上品な脂の旨味。煮汁と相まって美味さが際立つ淡泊な身。そこに針生姜の香りと食感が混じると、まさに絶品というほかない。

「うめええ……」

晋作は思わず天井を仰ぎ、瞑目した。

「西尾さん、そんな食生活を毎日続けてたら、東京に戻れなくなっちゃうんじゃないですか」

モニターに映る武則に笑みはなく、どこか悔しそうにいう。

「別に俺、それでも構わないけど？」

「でも、西尾さんがいるところって、凄い田舎なんでしょう？」

「仙台から電車で一時間半。車だと二時間。人口も六千人しかいない過疎の町だけど？」

「娯楽施設は？」

「パチンコ程度らしいね。幹線道路沿いに三軒もあるんだってさ」

「映画館とかは？」

「今時、わざわざ映画館に足を運ぶ必要なんてないだろさ。オンライン配信で、映画やドラマは、いくらでも見られるんだもの。しかも料金固定の見放題だぜ。それに俺、趣味っていったら釣りしかないし」

「過疎の町って、住人の大半は高齢者ばっかで、みんな顔見知りなんでしょう？　意地悪されたりしないんですか？」

「意地悪？」

「ほら、よくいうじゃないですか。田舎生活に憧れて移住してみたら、町内会に入れとか、地元のしきたりに従うことを強要されて、応じないと、ゴミすらも捨てられないとか……」

「平野く〜ん。今日のカレイは自分で釣ったものだけど、昨日のツマミは全部いただきものだよ。意地悪どころか、至れり尽くせり。いい人ばっかりさ」

そうこたえた晋作だったが、百香からいい渡された〃二週間の自宅待機〃が明けるまで、あと四日ある。百香にしても、食材や日用品を入れた箱を玄関先に置き、すぐに引き返してしまうし、彼女以外の住民とは、いまだ接したことはない。希望的観測を述べたに過ぎないことに気がつき、晋作はちょっぴり心配になった。

「西尾さぁ〜ん。本当にそうなんですかぁ」

モニター越しに、桜子が胡乱気な眼差しを向けて来る。

武則との会話の間にも、桜子は急ピッチで焼酎を呷《あお》る。しかも、ロックグラスに焼酎を満たし、そこに申し訳程度に水を注いだものをだ。

桜子は、早くも酔いが回り始めた様子で、

「だって、地方では、首都圏在住者は来るなっていわれてるそうじゃないですかぁ。来たら二週間は自主隔離。接触した住人だって、同様だっていうじゃありませんか」

痛いところをついてやったとばかりに、片眉を吊り上げる。

「今日のカレイは、俺が浜で釣ったんだけど？」

「宇田濱って、漁業の町だっていいましたよね。漁師は早朝暗いうちから漁に出ちゃうし、そもそも平日の早朝に、浜辺で魚釣ってる人なんていないでしょう」

モニターの中の四人が一斉に頷くところをみると、宇田濱での生活を自慢気に話す晋作に嫉妬しているのか、デメリットをあげつらい、不安を覚えさせようとしているように思えてきた。

だとすれば、このまま話を続ければ、どんな展開を迎えるかは明らかだ。

弱点、欠点が見えたとなれば、しめたとばかりに、これから本格的に始まる宇田濱での暮らしの不安要素をあげつらってくるに決まってる。

「そりゃあ、地元の人は、いつだって釣りができんだもの。平日の早朝の海辺なんて、人っ子一人いやしないさぁ」

晋作は、これ見よがしに地酒の四合瓶を手に取ると、グラスに注ぎ入れ、ちびりとやった。そして、堪らぬとばかりに「クーッ」と、顔をしかめて見せると、

「だからいいんだよ。なんたって、三陸の海に昇る朝日の見事なことったらなくてねえ。人っ子一人いない、自分だけの世界。聞こえて来るのは、砂浜に押し寄せる波の音、風の音。オレンジ色に染まった水平線際の空の色が、どんどん薄くなって行ってさ。次の瞬間、太陽が顔を覗かせると、海面に光の帯ができるんだよ」

うっとりとした表情を作り、話題を変えにかかった。

桜子は魂胆を見抜いたらしく、何かをいいかけたが、それより早く晋作は続けた。

「それでもさあ、この自宅のリビングから見える朝日に比べりゃ、見劣りするなんてもんじゃないんだナ。この家は、三陸の海が一望できる山の中にあってさ、眼下には宇田濱の漁港が見えて、両側には岬があってね――」

「確か、未入居、家具、家電付きで、月八万円とかいってましたよね……」

克也は、晋作の言葉を遮り、粘質を帯びた目つきをして低い声で問うてきた。

「そう、二階建て、3LDK、庭付き一戸建てで、月八万……」

「はあっ……」

克也は深い溜息をつきながら肩を落とし、がっくりと項垂《うなだ》れる。そして、次の瞬間、顔を上げると、がぶりと発泡酒を呷り、「なんか、ずるくないっすか？　西尾さん、ラッキー過ぎますよ。恵まれ過ぎてますよ。通勤時や職場での感染の恐怖からは解放されたけど、こっちは家を一歩出たら、誰から感染するか分かんない、地雷原《じらいげん》の中で生活しているようなもんなんですよ。テレビじゃ、わけの分かんないおばさんや、額に青筋立てたコメンテーターが今のニューヨークは二週間後の東京の姿だとか煽りまくるし、離れたくても、マンション買っちゃったし……」

悄然《しょうぜん》として語尾を濁す。

そんなこといわれたって、マンションを買うも買わないも、個人の勝手だ。それに、ついこの間まで、若くして港南にマンションを購入したのが自慢だったじゃねえか。

そう返してやりたいのは山々だったが、口にしようものなら、人間関係は崩壊だ。せっかく始まったオンライン呑み会も今日が最後か、はたまた仲間はずれにされてしまうに決まってる。

「まあ、そうはいっても、ここでの生活がはじまって、まだ十日だからね。玉木さんのいうように、住んでみないことには分からないことも沢山あるのは、確かだけどさ……」

「嫌な目に遭ったら、別の土地に。どこへ住もうと仕事に支障をきたさないのが、テレワークのメリットですけど、今住んでいるような好物件は滅多にありませんからね。なまじ、最初から最高の物件に当たってしまうと、どこへ行っても見劣りしちゃって、結局こっちに戻ることになるんじゃないですかねえ」

桜子の言葉には、明らかに願望が籠もっている。

果たして桜子はいう。

「西尾さん、川崎に借りているマンションをそのままにしたのは正解ですよ。それなら、いつでも帰ってこれますもん」

こんのヤロー。

しかし、川崎のマンションを借りたままにしているのは、まさにそれが理由であるだけに、晋作は言葉に窮し沈黙した。

玄関の呼び鈴が鳴ったのは、その時だった。

時刻は、すでに七時半になろうとしている。

百香が訪ねて来る時は、事前に電話で連絡があるはずだ。かといって、他に訪ねてくる人間に心当たりはない。

誰だろう……。

怪訝な思いを抱きながら、

「誰か来たみたい。ちょっと、席を外すね」

同僚たちに断りを入れ、晋作は席を立った。

呑み会をやっているのはキッチンで、玄関はリビングの先にある。

ロックを外し、

「はい……」

とこたえながら、ドアを押し開けた瞬間、晋作は固まった。

全く心当たりのない老人がそこに立っていたからだ。しかも、発泡スチロールのトロ箱を持っている。

もしや、百香さんのおとうさん？

百香の父親は、宇田濱駅に降り立ったあの時、軽トラックの運転席に座る姿を遠目に見ただけで、人相、風体《ふうてい》は分からないのだが、訪ねてくる人物といえば、それしか思い当たらない。

ところがである。

老人は、訝《いぶか》しげな目で晋作を見ると、

「あんだ……誰？」

と低い声で訊ねてきた。

「誰って……。私、今度ここに住むことになった者ですが？」

「ここに住むって？」

「はあ……十日ほど前から……」

「モモちゃんは？」

「百香さんは、下の家ですけど？」

「ふ〜ん……」

男は、晋作の全身を頭の先から、足の先に至るまで、なめ回すように見ると、

「そうがぁ……。なるほど、そういうごどだったのがぁ……」

一人納得したように、うんうんと頷く。

「そういうことって……どういう？」

「なあんも語んなくていい。もう震災から九年も経ってんだもの、ようやくモモちゃんも踏ん切りがついだんだなあ。いやあ、いがった、いがった……」

しみじみというと、一転してマスクの下で破顔し、「今日は、タコが思いの外獲れたもんでさ。こっちの家で暮らしはじめたって聞いだがら、お祝いを兼ねて持ってきたんだぁ」

弾む声でいった。

「こっちの家で、暮らしはじめたって……」

男は、何も語らなくていい、事情は分かっている、説明不要とばかりに、

「そすたら、タコは置いていぐがらさぁ。モモちゃんが来たら、角谷《かどたに》の重蔵が持って来たと語ってけろ。タコの下処理はやってねえげんとも、モモちゃんは慣れでっから、任せればいいがら」

そう言い残すと、足取りも軽く、軽トラックに向かって歩いていった。

その後ろ姿を見送りながら、

――俺だって、タコの処理ぐらい、自分でできるよ。

晋作は、胸の中で毒づいた。

3

どうも、同僚たちの様子がおかしい。

会話の口調も、接する態度も普段と何が違うというわけでもないのだが、百香は微妙な違和感を覚えてならない。

思い当たる節があるとすれば、ただ一つ。

少し前に上の家に明かりがついていると電話してきた重蔵に、つい「私が住むことになった」といってしまったことだ。

まさか、晋作のことが知れ渡ってしまったのでは……。

しかし、それにしてはだ。

首都圏からやって来た、テレワーク従事者に家を貸したと知れようものなら、今のところ感染者ゼロ、意地でも第一号になるものかと、神経質になっている町民から非難殺到。同僚たちからも白い目で見られて当然なのに、興味津々というか、好奇心に満ちたというか、違和感を感ずる何かは少なくともネガティブなものではないように思えるのだ。

それも、課の同僚だけではない。役場の職員のほぼ全員、いや全員が同じような雰囲気を醸《かも》し出しているところからすると、どうやらその理由を知らないのは当の本人だけのようだ。

だが、どこの職場にも、口の軽い同僚は必ずいる。百香の場合、職場の二年先輩の持田《もちだ》仁美《ひとみ》がそれで、三時の茶を淹《い》れようと支度に取りかかった給湯室でこういってきたのだ。

「モモちゃん、最近、いいことあったでしょう?」

きた、きた……、と思いながらも、そんな内心をおくびにも出さず、百香はこたえた。

「いいこと? 別に、何もありませんけど?」

「またまたぁ〜」

シンクに並んで立つ仁美は百香の腕を肘で小突く。

「本当ですってば。一年三百六十五日、平日は役場と家を往復するだけだし、休日は、溜まった家事やおとうさんの手伝い。コロナ騒動が起きてからは、気仙沼にさえ行っていないし、町内に籠城しているようなもんだもの、何も起こりゃしませんよ」

かつて、宇田濱には小中学校が、それぞれ二校あった。しかし、百香が学齢期を迎える十年ほど前に、過疎化が進み、児童数が減少したこともあって、それぞれ一校に統合。中学卒業生の大半は、地元の県立宇田濱高校に進学することから、「小中高の一貫教育」と自虐的に称する町民もいるほどだ。しかも、一学年二クラスしかないのだから、十二年間も同じ学校に通っていれば、全員が顔見知りだし、仁美とは幼稚園も一緒なら、中高ではバレーボール部の先輩後輩だったのだ。さらに、二人とも高校卒業と同時に役場に就職したのだから、物心ついてからの人生を共に歩んで来た間柄といっていい。だから、普段の会話のほとんどはため口だ。

「何も隠さなくてもいいじゃない」

仁美は、茶漉《ちゃこ》しに茶葉を入れながらいう。

「隠すって何を？」

仁美は手を止め、百香に顔を近づけて来ると、耳元で囁《ささや》いた。

「聞いたわよ。上の家に、男の人がいるんだって？」

「えっ？」

ぎょっとした百香は、湯を注ぎ入れていた手を止めた。

「一緒に住んでんだってねえ～」

仁美は、止めた手を動かしながら謳うようにいう。

「いや、そ……それは――」

「違う」、と続けようとした百香を遮って、

「いいじゃん。おめでたい話なんだからさあ」

マスクの下で仁美はニッと笑っているかのように目を細めると、続けていった。

「モモちゃんも、やることはやってたんだ。ようやく、過去に囚われず、前に向かって進む気になったんだって、みんな喜んでんだよ」

「やることはやってたって……それどういう意味ですか？」

前に向かって進む気になったという以上に、何だか、淫靡《いんび》というか、卑猥《ひわい》というか、それ以外の意味が強く含まれているような気がして、百香は思わず問うた。

「あんた、何ムキになってんの？　もちろん、こ・ん・か・つのことに決まってんじゃん。他に何があるの？」

仁美は、百香に視線を向けてくると、「やるじゃん」といわんばかりに、両眉を上げ、瞳をクリクリッと動かした。

そういわれてしまうと、「やること」という言葉から何を連想したか、こたえに詰まる。

沈黙した百香に向かって、

「まあ、状況が状況だもんねえ。人を集めて式や披露宴をやったあげく、クラスターなんてことになったら、目も当てられないもんねぇ。かといって、年寄りは保守的だからさ、式を挙げないなんてって非難する人も、少なからずいるだろうから、先に入籍を済ませてしまったってのも分かるわぁ」

仁美は自ら発した言葉に納得するように、うんうんと頷く。

「入籍ぃ？」

百香は、愕然として頓狂な声を上げた。

〝入院した〟が、いつの間にか〝死んだ〟に変わるのが宇田濱だ。

あの家に住み始めた晋作が誰かに目撃されたのは間違いないが、早くも恐怖の伝言ゲームが始まっていたらしい。

上の家に明かりが灯っていると知らせてきた重蔵には、「私が暫く住むことになった」と、うっかりいってしまったのは事実である。

まして、ただでさえ町外からの移住者は滅多にいない宇田濱だ。見慣れぬ人間の姿を見れば、間違いなく町民は関心を抱く。しかも、九年もの間、空き家になっていたあの家に、見慣れぬ男が住んでいるらしいとなれば、ただでさえも刺激に乏しい町である、噂となってあっという間に広がるのは火を見るより明らかだ。

それが重蔵の耳に入ろうものなら、「モモちゃんが住むど聞いだぞ」となり、〝同居している〟が、〝結婚する〟になり、〝結婚した〟、〝入籍も済ませた〟ということになったのだろう。現時点はネット言葉でいう〝今ココ〟だが、このまま放置しておけば、さらに尾ひれがついて、早晩〝お腹に子供がいるらしい〟になるのは目に見えている。

「ちょっ、ちょっとヒトちゃん。それ違いますから。私、結婚なんかしてないし、する予定もありませんから」

必死に否定しにかかった百香だったが、

「否定するのも、分かるわあ……」

仁美は一転、眉を顰《ひそ》め、マスクの下で溜息をつく。「モモちゃんを、嫁にって、密かに狙ってる男の人は結構いるもんねえ。それがさあ、噂一つ立たないうちに、見たこともない男に攫われたなんてことになったら、ショックなんてもんじゃないからね」

宇田濱も過疎高齢化が進む町の例に漏れず、嫁の来手が見つからぬまま、独身でいる男性がたくさんいる。中には、三人の男兄弟全員が、五十をとうに過ぎても独身という家もあれば、四十代、三十代の独身男性もごろごろしているのだ。

しかも、百香は中学生の頃から、男子生徒のアイドル的存在だったたし、三十九歳という年齢は中年の域に入ってはいるものの、高齢化が進んだ町にあってはまだまだ若い部類だ。

「いや、そうじゃなくて――」

慌てて否定しにかかった百香だったが、事の経緯を説明すれば、今度は首都圏在住者に家を貸したのかと非難されるのではないかと、言葉が続かなくなった。

「農政部の三宅《みやけ》くんとか、税務部の山城《やましろ》さんなんてさあ、モモちゃんが結婚したって聞いて、朝から凹《へこ》んじゃって仕事も手に着かないでいるらしいし、役場の外にも、『海幸《かいこう》』のケンちゃんとか、その他諸々、モモちゃんに恋心を抱いていた男は大勢いるからねえ。あの人たちが知ろうものなら、どんな騒動になるか、分かったもんじゃないもの」

仁美のいうことも、決して大袈裟《おおげさ》ではないかもしれないと百香は思った。

震災直後こそ、宇田濱に残って生活を続けると決めた住人たちが一丸となって、町の復興に取り組んだものだったが、家や店の再建に目処がつき、かつて程ではないにせよ日常を取り戻すと、新たな幸せを得ることに関心が向くようになった。

独身男性にとって、その最たるものの一つが嫁取りなのだが、町外から来手がないとなれば、身近なところにいる独身女性に目が行くのは当然の成り行きというものだ。

まるで、漂着した無人島で、女性一人を争うようなもので、ここ数年、誕生日となれば花どころか、高価なアクセサリーやバッグが届くし、呑み会はおろか、直接デートを申し込んで来る独身男性は数知れず。しかも、そのことごとくを百香は拒否してきたのだ。さすがに、刃傷沙汰《にんじょうざた》に発展することはないとしても、愛情が怒りに変わり、その矛先が自分に向くのはあり得る話だ。

「それで、相手の人ってどんな人？　どこで出会った？　どこで見つけてきた？」

仁美は、好奇心を剝き出しにして矢継ぎ早に問うてきた。

こうなったら、事実を打ち明けるしかない。二週間の自宅待機もあと二日で明ける。その間さえ何とか凌げれば……。

「あのね、ヒトちゃん……」

百香はいった。「あの家、貸すことにしたんです。私、住んでいないんです」

「またまたぁ……。ごまかさなくたっていいのよ。私、口堅いから」

それでも仁美に信ずる気配はない。

口が堅いってよくいうわ。すぐに喋ってしまうくせに……。

鼻白む思いをおくびにも出さず、

「本当なんですってば」

　百香は続けた。

「私、今度、空き家対策を担当する課に異動になったじゃないですか。担当者の家が空き家のままってのも、なんだかなあと思って、ネットで借りてくれる人を募集してみたんです。そしたら、テレワークを導入した会社の社員って人が是非にっていってきて……」

「テレワークをする人？　その人、どっから来たの？」

「……川崎です……」

「川崎って、岩手の？」

　この辺りで川崎といえば、真っ先に思い浮かべるのは、岩手県南部の一関《いちのせき》市川崎《かわさき》町《ちょう》だ。

「いえ……、神奈川県の……」

「神奈川って……モモちゃん、首都圏の人に家貸したの？」

「ええ……」

「こんな時に？」

「それは……まあ……」

「いつ？」

「今日で、住みはじめてから十二日……」

質問を重ねるごとに仁美の表情は強ばっていき、

「ちょっと、モモちゃん。あんた、何考えてんの。みんなが感染防止に必死に取り組んでいる最中に、感染者が続出している首都圏の人に家を貸すなんて。もし、その人がコロナ持ってたらどーすんの！」

ついに声を荒らげ、非難する。

「自宅待機は徹底させてますし、その人、川崎に住んでいた時からテレワークをしていて、感染している可能性は低いと思って……」

「そうはいうけどさあ、その人が目撃されたから、モモちゃんが結婚したって噂が立ったんじゃやない。家の中にいるなら、目撃なんかされないわよ。外に出たから、目撃されたんじゃないの」

「外っていっても、庭に出る程度のことだったんじゃ……」

「どーすんの……」

仁美はドスの利いた低い声でいい、百香を睨みつける。「もし、町内で感染者が出ようものなら、間違いなくその人のせいにされるよ」

「そんなことないってば。だって、その人が発症してなければ、コロナになんか罹っていなかったってことになるじゃない。第一、宮城県でだって感染者が出てんだし、町だって封鎖されてるわけじゃないんだよ。仙台辺りから来た人が、コロナを持ち込んだってことだって――」

「モモちゃ〜ん……」

仁美は、百香の言葉を遮ると続けた。

「ここらの人に、そんな理屈なんか通用しないのは分かってんでしょ……。感染が続出してるのは主に首都圏。その人が発症しようとしまいと、コロナを持ち込んだのは、その人だって考えるに決まってんじゃない。町を挙げての大騒ぎになるよ」

確かに、仁美のいう通りかもしれない。

日本中が未だ正体が知れないウイルスへの恐怖に駆られている最中である。理性よりも感情が先に立ちがちなのが高齢者なら、よそ者、特に移住者にはとかく厳しいというか、好奇の目が向くのは、宇田濱に限らず田舎の常だ。

平時においてもそうなのだから、コロナ騒動の最中となれば、これから先、晋作は周辺住人の関心を一身に集めることになるのは明らかだ。

結婚騒動にコロナか……。

自分の蒔《ま》いた種とはいえ、今更ながら重大事に発展しそうな予感を覚え、百香は思わず、大きな溜息をついた。

4

「駄目だ。眠れねえ」

晋作はベッドの上で体を起こした。

枕元に置いたスマホを手に取り、時刻を確認する。

四時ちょうど。前に確認してから、十五分しか経っていない。

一週間前の夜も同じだった。

ようやく二週間の自宅待機が明ける前日のことである。

眠りに就《つ》けば、目覚めた時には朝になっている。タイムワープだとばかりに、夜八時に寝床に入り、目を閉じてみたものの、明日は宇田濱に来て初の船釣りに出ると思うと、気持ちが高ぶり睡魔は一向に訪れる気配はない。

海岸からの釣りには、自宅待機期間が明ける四日前から出かけていたが、百香から他人との接触は絶対に避けろといわれていたこともあって、周囲に人目がないか気になってしかたがない。法を犯しているわけでもないのに、疚《やま》しさも覚えたし、警戒感と緊張感を常に覚えながらの釣りは楽しさも半減だ。結局、数匹を釣り上げたところで早々に竿を収め、後ろ髪を引かれる思いで浜を後にすることになったのだった。

本日をもって、目出度《めでた》く刑期満了。明日からは大手を振って娑婆《しゃば》を歩ける！

長く懲役に服した受刑者は、釈放前日の夜は眠れぬものだと聞いたことがあるが、その心境がよく分かった。何しろ、ひと月も船釣りに出なかったのは、釣りを趣味にして以来はじめてのことだったのだ。

ところがである。

当日は晴れてこそいたものの風が強く、とても船は出せないという。眼下に三陸の海を一望できる自宅のリビングから、海上に無数の〝ウサギ〟が飛び跳ねる様を眺めるしかなかった。ならば翌日こそはと思いきや、今度は雨だ。結局、刑期満了、晴れて放免となった週末は、二日とも釣りに興ずることができずに終わってしまったのだ。

月曜からは、早朝こそ連日浜に出かけはしたものの、サラリーマンである以上、仕事が優先だ。いまに至っても、テレワークに馴染めないでいる小柳のお陰で会議が長引き、仕事が終わる頃には六時を回ってしまう。四月に入っても宇田濱は六時には日没を迎えるので、その頃になると周囲は真っ暗闇だし、寒さも相まってとても釣りどころの話ではない。

しかし、今日は違う。

天気予報によると、本日の天候は晴れ。風も微風とある。

体調に問題はなし。準備にも抜かりはない。

もちろん船頭は、百香の父親、章男である。

出港は日の出とほぼ同時刻の午前五時。待ち合わせの場所は、車で十分もかからない宇田濱港だ。

まだ少し早いが、晋作は早々に身支度を調えると、道具一式を手に外に出た。

春の兆《きざ》しが日々深まるばかりとはいえ、気仙沼近辺の桜の見頃は四月後半だ。四月に入ったというのに早朝の寒気には、まだまだ厳しいものがある。室内との温度差に、晋作は身震いしながら先週末に購入した中古の軽自動車に乗ると、宇田濱港へと向かった。

僅かな距離を走る間にも、空は急速に明るさを増していく。

予報通り、風はほぼ無風、波も穏やか。絶好の釣り日和《びより》だ。

沸き立つ興奮を抑え切れず、晋作はいつの間にか鼻歌を口ずさんでいた。

宇田濱港は小さな港で、海沿いを走る国道を外れ、未舗装の道を下った先にある。小さな入り江に防波堤はなく、北側の岬に沿って再建されたと思しき岸壁があるだけで、港内には十艘ほどの小型漁船が停泊しており、さらに二十艘ばかりの陸揚げされた小舟が並んでいた。

どこにでもありそうな小さな漁港だが、岸壁に停車している軽トラックと、その傍に停泊している漁船を目にした瞬間、晋作は奇妙な違和感を覚えた。

一つは漁船にマストのようなクレーンが備えられていることである。おそらくワカメ漁に用いるものなのだろうが、関東近辺では見たことがない造りだ。

そしてもう一つは、岸壁が極端に高いことである。

近づいてくる車の気配を察したのだろう。船上の人影が立ち上がると、岸壁の高さがより明確になった。

晋作は車を止め、窓を開けた。

「おはようございます！　関野さんですかぁ」

久々の船釣りとあって、晋作の声に自然と力が籠もる。

「おう……」

やはり章男だ。

「西尾です。今日はお世話になります」

「車は、あそごさ停めでおげ。支度ができだら船出すぞ」

章男は、岸壁沿いに広がる空き地の一角を顎で示す。

「支度ができたらって……。他に客は？」

「あんだだげだ」

章男はぶっきらぼうな口調でこたえる。

だ。
釣行となると、差額を負担しなければならないのではあるまいかと不安になったの
の違いはない。団体旅行に最少催行《さいこう》人数が設けられているがごとく、貸し切り状態の
一人乗せようが、十人乗せようが、船頭の労力は同じなら、消費する燃料にも然程

「えっ……僕、一人なんですか？」


思わず問うた晋作だったが、章男は何をいわんとしているのか察したらしく、

「心配すねえでいい。料金は餌代入れで、六千円でいいがら」

相変わらずの口調でいったのには驚いた。

事実上の貸し切りで六千円？　しかも餌付きで？

親切というか、人がいいというか……。キャンセルされても仕方がないのに、信じられない安さだ。

どうしたものかと、戸惑う晋作に向かって、

「さっさど、車停めで来い。あんだが乗らねえば船出せねえべ」

章男は潮焼けした顔に、深い皺を刻んだ。

「アッ……。すぐに車停めてきます」

駐車場……いや、空き地の一角に車を停め、竿とクーラーボックス、釣り道具の入ったバッグを手に岸壁に戻ると、

「海さ落づねえように、気いつけろよ」

章男が注意を促した。

船と岸壁との高低差は、一メートル半ほどはあるか。かなりの差があったが、階段らしきものは見当たらない。垂直に切り立ったコンクリートの壁が、百メートルほど続いているだけである。

道具を手渡し、晋作が岸壁に腰を下ろしたところで、章男が手を差し伸べてきた。最後は飛び乗る形で、晋作が船に降り立つと、

「んじゃ、出すぞ」

章男は操舵室に入った。

操舵室といっても、章男が入ればいっぱい、申し訳程度の屋根がついた代物《しろもの》だ。

エンジンが低く唸ると船はゆるゆると走り出す。波はほとんどないが、沖に進むにつれて、波長の長いうねりに出くわす。突然エンジンの音が大きくなると、船の速度が俄《にわか》に上がり、うねりを乗り越える度に、船底が海面を叩き水飛沫《しぶき》が上がる。

船首から吹き付けてくる清冽な大気、水平線から完全に顔を出した太陽の光を反射して飛沫が煌《きら》めく様は、全くもって爽快極まりない。広大な海原に船影は見えず、海を独り占めにしているように思えてきて、晋作は「おおお」と一人歓声を上げた。

振り返ると船の航跡の先に、徐々に遠のいていく宇田濱の港が見えた。三陸の沿岸

部の植生は、ほとんどが松で、内陸に行くに従って杉が多くなる。いずれも常緑樹だが、この時期はまだ葉が黒々としており、新緑の芽生えを待つ広葉樹の灰色の枝と相まって暗く沈んでいる。

海辺の光景に目がいった瞬間、晋作は思わず息を呑んだ。

立ち並ぶ松の大木の中に、倒れ、折れ、朽ち果てた木々の残骸が至るところに散乱していたからだ。

東日本大震災が発生して程なく、この地を襲った大津波の残滓《ざんし》である。

あんな高い場所にまで……。

なにしろ、海面から十メートルを優に超えると思われる高さにまで、同様の光景が広がっているのだ。

そういえば……と晋作は思った。

仙台から宇田濱に来た際にも、津波の痕跡は至る所に見受けられたし、宇田濱にしたって、かつて町があった場所は更地同然で、被災した住人は高台移転を強い《し》られることになったのだ。九年も経つと往時の光景を知らぬ者は、大惨事の名残はあっても、復興は大分進んだという印象を抱くだろうが、とんでもない。九年経ったいまに至っても、あの大津波の痕跡は、当時のまま残っているのだ。

そんな感慨に耽《ふけ》っている間にも、船は沖へ向かって進み、突然エンジンの音が止ん

だ。舷側を叩く、波の音が微かに聞こえるようになった頃、章男が近づいてくると、

「まずは、ここでやってみるべ。ネウとかメバル、それにクロソイも釣れるべ」

餌のアオイソメが入った箱を差し出してきた。

予約した際に、「父は、この時期なら根魚《ねざかな》がいいといっています」と百香から聞かされていたので、もちろん仕掛けは用意してあった。

餌のアオイソメを針に付けた晋作は、待ってましたとばかりに、竿を出した。

魚影の濃さは、奥山がいった通りだった。

入れ食いというわけではないにせよ、関東近辺では考えられないほど魚影は濃く、次から次へと魚が食いつく。しかも型がいい。アイナメは四十センチオーバー、メバルも四十センチ前後のものが、二時間もしないうちに、それぞれ三匹も揚がった。三十センチクラスともなるともはや数えるのも面倒になるほどの大漁である。

「なじょする？　まだやるが？」

元々口数が少ないのか、あるいは事実上初対面の晋作に戸惑っているのか、章男ははじめて話しかけてきた。

「そうですね……。ちょっと、一休みしましょうか。時間大丈夫ですか？」

「時間は、気にしねえでいいげんともさ……」

章男はそこで一瞬の間を置くと、「そんだば、一服すんべ」

胸のポケットから取り出したタバコを銜《くわ》え、火を点《つ》けた。

章男は美味そうに深く息を吸い、吐き出した煙が瞬く間に大気の中に消えて行く様を遠い目で見つめた。

舳先《へさき》近くにいたせいで、章男の背後遠くに陸地が見えた。

「関野さんは、震災の時、どちらにいらしたんですか？」

晋作は、ふと思いつくままに問うた。

「震災の日が……」

章男はまたタバコを吹かし、「海さいだ……」

さらに遠い目をして煙を吐き出した。

「じゃあ、海上で津波を？」

章男は、小さく頷くと、「そろそろ、引きあげっぺってどごだったのさ……。かなり大っきな地震があったど仲間が無線で知らせてきてな。津波が来っかもせねえど思って、沖さ走ったんだ……」

「沖でも波は、かなり高かったんですか？」

「んだ……。うねりの大きさが半端ながったものなあ……。とんでもねえごどになるど思ったさ……。もう陸地が薄く見えるほど、沖さ出でだんだげんとも、波が去ってすばらぐすたら、陸の方がら凄い音が聞こえてきてな……」

「音……ですか？」

「建物が壊れる音だ……。内陸の人が語ってだげんとも、海から二十キロ以上離れたどごでも、気仙沼の方向がら凄い音が聞こえだど……。海の上さば、遮る物がねえがらなおさらだ。そりゃあ、凄い音だった……」

この地方を津波が襲った瞬間は、テレビでリアルタイムで見ていただけに、被害の大きさは先刻承知だ。

「じゃあ、いつ港に？　宇田濱港だって、跡形もなく流されたんですよね」

「四日ばかり、沖さいだなあ……」

「四日もですか！」

驚きのあまり、晋作の声は裏返った。

「あんな、大地震が起ぎだんだもの、余震さ備えねばなんねえべさ。船なくすたら、飯の食い上げだすな。まだ津波が来んでねえがど思ったら、港さ引き返すごどなんかできねえよ」

四月に入ったいまでも、まだ寒気が残っているというのに、さらに厳しい寒気の中、こんな小さな船の上で、しかも洋上で、暖も取れず、食べるのもままならず、四日も過ごすのは尋常なことではない。しかも、宇田濱にいる家族の安否を案じながらである。

「さっぱど流されですまった……」

沈黙した晋作に章男は続ける。

「あんだが車を停めた空き地さば、牡蠣、ホタテの加工場があったのさ。それも根こそぎ、その近くさあった家も、町も根こそぎ持っていがいた……」

おそらく、章男は「家族も」と続けたかったに違いない。

これ以上津波の話をしていると、章男の中で当時の記憶が蘇《よみがえ》り、辛い思いをさせるだけになってしまうだろう。

そこで、晋作は話題を変えた。

「しかし、なんだって宇田濱の岸壁はあんなに高いんですか？　乗り降りはもちろん、あんなに高いんじゃ、魚を水揚げするのも大変でしょう」

「自然の力つうのは、恐ろすいものがあんだよなあ……。工事がはじまった頃は、あそこまで高くはながったげんとも、地震で沈下した地盤が、隆起すたんだよなあ」

「はじめた以上は、止まらないのが公共事業ですからね」

晋作は言葉に皮肉を込め、苦笑いを浮かべた。

「んでもさ、岸壁の高さなんて、慣れの問題なんだよな」

章男はいう。「家だって同じだ……。俺は家が残ったげんとも、家が流された人だづは、避難所さ入るごどになった。ボランティアや自衛隊の人だづがきてけで、大層世話になったげんと、避難所暮らしはそりゃあ大変だったのさ。仮設にすたって、前に住んでだ家から比べれば、狭いし、粗末なもんだったげんとも、それでも避難所に比べれば天国さ。一旦、どん底さ落ちるど、少し暮らし向きが良くなっただけでも、希望が生まれるものなんだなあ。だどもなあ……」

章男は、そこで言葉を呑むと、暫しの間を置き、「やっぱり元のようにはなんねえんだよ。港さあった加工場も津波に呑まれたのは建物だげでねえ。人も呑まれてすまったし、町でもいっぱい人が……」

ついに言葉が続かなくなった。

当時のことを話せば、失った家族に思いがいく。納得できる死はないというが、天寿を全《まっと》うしたならまだしも、あの当日まで元気でいた愛おしい家族が、突然天災で命を奪われてしまったのだ。時が解決する問題となり得ないのは晋作にも想像がつく。

かくして二人の間に聞こえるのは、ぴたぴたと舷側を叩く波の音だけとなった。

「上がりましょうか……」

晋作はいった。

釣果は十分だし、昨夜は一睡もできなかったこともある。それ以上に、いま交わした章男との話の内容が、余りにも重すぎた。

「んだば、戻るが……」

エンジンをかけるべく、操舵室に入ろうとした章男だったが、動きを止めると、

「魚、なじょすんだ？　誰がさやるどいっても、知り合いなんかいねえべ？　食うったって、半端な数でねえす」

クーラーボックスから溢れ返りそうになっている魚の山に目をやった。

「ですよねえ……」

こうなると、魚が釣れすぎるのも考えものだ。まして、趣味の代償として尊い命をいただいたのだ。大事に食してやらねば魚も浮かばれまい。

「海幸さでも持って行ったらなじょった？　ケンさ電話して訊いてやっがら、行ってみろ」

その店名には見覚えがあった。

宇田濱に住むに当たって百香が用意してくれていた生活情報の中に、居酒屋として〝海幸〟の名前が記してあったのだ。

「海幸って、確か魚を持ち込めば焼酎のキープボトルと交換してもらえる店でしたよね」

「さすがに、全部は無理だべげんとも、余ったら近所の人さ配ればいいさ。喜んでもらってくれる年寄りは、いっぺえいっがら」

相変わらず口調こそぶっきらぼうだが、やはり章男も根は優しいのだ。

そう思うと同時に、ここ十日ほど顔を見せなかった、百香はどうしているのだろうかと、晋作はふと思った。

5

居酒屋「海幸」は、高台に移転した住宅地の一角にあった。

スーパーや道の駅は津波の被害を免れた国道沿いにあり、綺麗に区画整備がなされた住宅地には、コンビニと海幸の他に、町中華の店が一軒と蕎麦とラーメンを供する店が一軒。それが、この地区に存在する商店の全てだという。

午後六時。晋作は海幸の引き戸を開け、店内を覗き見た。

カウンターに十席、他に四人掛けのテーブル席が二つ。奥に続く通路の両脇に障子で閉ざされた上がり框のある部屋があるところを見ると、どうやら座敷もあるらしい。

「いらっしゃい！」

カウンターの中にいる主人らしき男が威勢のいい声を上げた。

背後の壁に掲げられたプレートに「食品衛生責任者　倉部《くらべ》健介《けんすけ》」とあるところからすると、どうやらこの男が店主の〝ゲン〟なのだろう。

「一人ですけど、いいですか？」

「もちろんです！　どうぞ入って」

三十代後半といったところか。角刈りにした頭に日本手拭いの捻り鉢巻き、白い厨房着という出《い》で立《た》ちの健介が、台拭き片手に身を乗り出してカウンターを拭きはじめる。

「あの……私、西尾といいます。関野さんに紹介されて……」

健介は手を止めると、晋作を上目遣いで見る。

首を傾げたこともあって、まるでカツアゲするチンピラのように眉を上げた。

しかし、それも気のせいとばかりはいえないようだ。なぜか、健介の目には敵意とも取れる、不穏な感情が籠もっているように思えたからだ。

「ああ……今度、越してきた人……」

果たして、健介は身を起こすと、改めて晋作を睨みつける。

な……なんなんだ。この反応は……。

よそ者を警戒してんのか？　それとも、コロナに感染しているとでも……？

「あの、越してきたのは三週間前ですから、コロナの心配はありませんので――」

「章男さんから聞いてるよ。型がいいネウとメバルを釣ったんだってな」

健介は、晋作の言葉を遮って、素っ気ない口調でいう。

「ええ、三十センチサイズのものを、一匹ずつ引き取ってもらえると聞いたもんで……」

「どれ、見せて……」

客への対応としてはどうかと思うが、魚を引き取ってもらう手前、今のところは健介が客になるのか……。

応対ぶりに戸惑いながらも、晋作はクーラーボックスをカウンターの上に置き、蓋を開けた。

「うん、いいね……」

健介は魚を一瞥《いちべつ》し、「いっぱい釣ったの？」

と問うてきた。

「全部で三十四ほどですかね」

「これ、あんたが選んだの？」

「いえ……。私一人じゃ食べきれないもんで、関野さんにお預けして、近所の人に分けてもらうことにしたんです。その時に関野さんが、選んで下さって……」

「やっぱりなあ。章男さんが選んだんだあ」

健介は納得したように頷く。

「分かるんですか？」

「俺はね、ここで育った人間だよ。生まれてからずうっと、宇田濱で揚がる魚を食ってきたし、店だって俺が二代目で、親父の代から宇田濱の魚を使って商売やってきたんだよ。魚の良し悪しは、一目見れば分かるさあ」

「はあ……」

晋作は気のない返事をした。

というのも、選んだのは章男に違いないのだが、それに当たっては、クーラーボックスの中の魚を自宅に隣接する仕事場の流しにぶちまけ、健介がオーダーしたサイズに適《かな》うものを拾い上げたに過ぎないように思えたからだ。

もっとも、章男が選別する様子を子細に観察したわけではない。

玄関に立って、章男の帰宅を迎えた百香はマスクをしていなかった。

はじめて目にする百香の素顔を見た瞬間、晋作は胸がキュンとするのをはっきりと感じた。顔の下半分が隠れていても、涼やかな目元に惹《ひ》かれるものがあったのだが、鼻と唇、顎の輪郭が露わになると魅力倍増。もはや理屈ではない。まさに、晋作の好み、ど真ん中、どストライクであったのだ。

だから、百香が仕事場に現れまいかと気になって仕方がなかったし、ついに姿を見せることなく、関野家を後にする時は、落胆したなんてもんじゃない。

「じゃ、これね。ネウとメバル二匹ずつ、都合四匹で焼酎一本」

透明なボトルに入った焼酎をカウンターの上に置いた。「魚と引き換えのボトルは持ち帰り厳禁。キープの期間は一ヵ月ね」

健介が差し出した焼酎は甲類。芋や麦と冠した乙類と品質に差があるわけではないが、値段は大分安い代物だ。

えっ……これなの……。

そんな内心が顔に出てしまったのか、

「ん？　なにか？」

健介は、文句でもあんのかとばかりに両眉を上げる。

「いや、普段甲類は呑まないもので……」

「ええっ！　あんたいつもどこで、何呑んでんの？　居酒屋でサワー呑まないの？　コンビニで缶酎ハイ買わないの？」

「いや……そりゃあ、呑みますけど……」

「んだべーぇ」

今度はいきなり地の言葉になって、健介は続ける。

「あれ、全部甲類だから。もちろん、乙もあるけどさ、メバル二匹、ネウ二匹じゃ、乙類は出せないよ。ヒラメを二枚、持ってこないと割が合わないんだよねえ」

そういわれてしまうと、返す言葉がない。

「分かりました……。じゃあ、これで結構です……」

「じゃあって……嫌なら別にいいんだよ？　俺はさあ、章男さんに換えてやってくれって頼まれたから、引き受けただけのことで、あんたには何の義理もないんだから」

魚との交換を承知したのは、章男の仲介があったからには違いないだろうが、それにしてもこれから客になろうかという人間に対して随分ないい草だ。

込み上げる不快感を胸に留め、晋作は椅子に腰を下ろすと、

「生中下さい」

まずは、いつも通りビールを注文した。

「はいはい、生中ね」

健介はクーラーボックスごと魚を調理台の上に置くと、返す手でジョッキを持ち、ビールサーバーの前に立つ。

カウンターの上には定番のメニューが、そして正面の壁に掲げられたホワイトボードに、「本日のおすすめ」が数品書かれている。どうやら、健介の手書きであるらしいのだが、それにしても酷い金釘《かなくぎ》流だ。

その中の一品、「イカ大根」に目が行った。

「イカ大根って、すぐにできるんですか？」

「昼に煮たから、ちょうどいい塩梅に仕上がってるけど、食べてみる？」

「じゃあ、それを……。それから、これはって、お勧めはありますか？」

「お勧めは、そこに書いてあるべ？」

健介は再び素っ気ない口調で返してくる。

「いや、初めてなもんで、定番の中にもこれはってものがあるかと思って……」

「魚類は何を食べたって美味いよ。揚がったばっかりのものを使ってるからね。まだ、牡蠣もいいし、ホタテもいいね。刺身なら、メバルなんていいんじゃない？」

「メバルって、いま僕が持ってきたやつですか？　しかも、それ刺身にするんですか？」

「メバルの刺身は美味いんだよ。知らねえの？」

「いや、てっきりメバルは煮付けかと……」

健介は片眉を吊り上げ、馬鹿にしたような目で晋作を見ると、

「都会では何でも手に入る。美味い物で知らないものはないって、田舎の人間を馬鹿にするけどさ。本当に美味いもの、美味い食べ方は産地の人間が一番良く知ってんだぁ。いいがら一度食べてみ？　俺のいってることが分かるから」

料理の腕には自信があるらしく、断言する。

「じゃあ、メバルの刺身、いただいてみます」

成り行き上、健介の勧めに応じてしまったが、自分が持ち込んだ魚を自分で食べ

る。しかも、食材の売却代金はすでに焼酎に化けているから、フルチャージ。料理代金を支払うだけだと見るかどうかは、人それぞれだろうが、なんだか釈然としないものがある。

「それから、今日はナマコのいいのがあるよ。酢の物にして食べてみる?」

「じゃあ、それも。取りあえずそんなところで……」

とはいうものの、宇田濱に来て初の外食である。どれほど長く住むことになるかは定かではないが、海幸は宇田濱にある唯一の居酒屋だ。健介の供する料理次第で、アフターファイブの過ごし方が変わってくるかもしれない。

「はい、お待たせしました。生中です……」

健介がカウンター越しにジョッキを差し出して来る。

生ビールの美味さは、味わう以前の段階にあると晋作は常々思っている。ジョッキ越しに伝わってくる冷たい感触と重量感を感じただけで、ココロが喜びに打ち震えて来るからだ。

晋作は、生唾を飲み込み宇田濱に来て初の生ビールに口を付け、一気に三口ほど喉に流し込んだ。

「プふぁぁ……」

美味い。実に美味い。

晋作が盛大に息を吐き、手の甲で口元についた泡を拭ったその時、健介が「お通しです」と、小鉢をカウンターの上に置いた。

大根おろしの上に、何やら細かく刻まれた数種類の野菜らしきものが混ぜ合わされたものが載せてある。オレンジ色のものは人参《にんじん》だろうと察しがついたが、醤油漬けでもあるのか、他の野菜は色が変わってしまっていて見た目では判断がつかない。

「これは？」

と晋作が訊ねると、

「地の物で作った醤油漬け。まあ、食べてみて」

健介は素っ気なくこたえ、イカ大根を盛り付けにかかる。

なんだこれは……。

晋作は小鉢の中のものを箸で摘まみ上げてみた。

青黒いのは、外見から紫蘇の実だとすぐに分かったが、他に少なくとも二種類の野菜が使われているようだった。

大根おろしと共に口に入れ、一噛みした瞬間、晋作は目を見開いた。

紫蘇の実がプチッと弾け、野趣《やしゅ》溢れる中に爽やかな香りが染み出して来ると、人参をはじめとする他の食材が、シャクシャク、ポリポリと実に歯切れのいい食感と共に、個性溢れる旨味を醸し出すのだ。

「な、なんですか、これ……はじめて食べる味、食感です……」

驚きのあまり、目を丸くして晋作は問うた。

「紫蘇の実漬け……。俺が作ったの」

健介は、盛り付けが終わったイカ大根の上に、柚《ゆず》の皮を削り落としながらこたえた。

「紫蘇の実と人参は分かりますけど、他にも何か入ってますよね」

「胡瓜とゴショ芋……」

「ゴショ芋？」

「都会の人は知らねべなあ。正式には菊芋というらしんだけど、この辺ではそういうの。味噌漬けにしてもいいし、こうして細かく刻んで紫蘇の実漬けにすると、シャキシャキしていい食感になんだよね。それともう一つは胡瓜……」

健介は、一通り解説を終えると、「はい、イカ大根……」

湯気が上がる、深皿を差し出してきた。

瞬間、イカ特有の磯臭い匂いが鼻をくすぐった。しかし、晋作が知るイカ大根より、濃厚な匂いである。

見ると、煮汁を吸った大根の色も、東京で見るイカ大根のそれよりも、随分濃く仕上がっている。

東北人は、濃い味を好むと聞いた覚えがあるから、濃い口の醤油を大量に使っているせいなのかと思いながら、晋作はビールで紫蘇の実漬けの味の名残を洗い流すと、イカ大根を口に入れた。

「えっ？……」

瞬間、晋作はまたまた驚いた。

味が濃いどころか、実に程よい塩梅なのだ。煮含められた大根は、見た目こそ黒みがかって、お世辞にも上品とは言えないが、口に入れた瞬間、とろりと溶ける。そして、そこからえもいわれぬ濃厚な滋味が染みだして来るのだ。

「こ、これは……」

晋作は思わず唸《うな》り、再び目を見開き、健介に視線をやった。

「食べたことねがすぺ……」

そんな晋作の心情を見透かしたかのように、健介はいう。「この辺ではね、イカの煮付けには腑《ふ》を使うの」

「ふ？」

「ワタだよ、ワタ。東京の人は、塩辛をどうやって作るか知らねえべす、腑なんか食べる物じゃねえど思ってんだろうけど、この辺では腑だって立派なおかずだし、料理にだって使うのさ」

「イカのワタと一緒に煮るだけで、こんなにコクが出るんですか……」

「イカの塩辛の旨味はワタの旨味。刺身の時はワタは使わないけど、だからといって捨てたりはしないの。粗塩をまぶして、三、四日もおけば、酒の肴にもなるし、ご飯のおかずにもなるからね。イカに捨てるところなんてないんだよ」

まるで、健介は都会人の食生活をあざ笑うかのようにいう。

もっとも、健介のいう通りではあるだろう。

イカを丸ごと買っても、食するのは身とゲソだけで、ワタを料理に用いる人は希であろう。イカ臭いし、生臭い、薄皮を破ろうものなら、中身がどろりと流れ出す。そんなイメージを抱いている人間が圧倒的に多いに違いないのだ。

健介は続ける。

「この辺でも、家で塩辛を作る人は随分減ったけど、少し前までどの家でも、大量に作って、瓶《かめ》に入れておいて食べたもんなの。レシピだって沢山あってさ。酒粕を混ぜたり、麴《こうじ》を入れたり、唐辛子や、柚で香り付けたりしてね――」

「瓶って……。塩辛ってそんなに日持ちするんですか？」

思わず言葉を遮った晋作に、

「これだよ……」

健介は呆れたように溜息をつく。「塩辛なんてものはね、毎日かき混ぜれば早々悪ぐはならねえの。それを都会の人は、賞味期限だなんだかんだと語って、悪くもなっていないものをバンバン捨ててしまうべ。魚にしたって、捨てるところは、骨ぐらいのもんなんだよ。鮭なんて、その典型だべさ」

健介は、地の言葉と標準語を交えて、熱く語る。

「鮭?」

「あんだ、鮭の頭どうしてる?」

「いや、鮭はもっぱら切り身で買うので……。でも、僕は皮もちゃんと食べますよ。残すのは骨くらいのもので――」

「あんだ、三平汁って知ってっか?」

今度は健介が晋作の言葉が終わらぬうちに問うてきた。

「知ってますよ。鮭の身を使った粕汁ですよね」

「これだよ……」

健介はまた同じ言葉を口にすると、心底軽蔑した様子で晋作の顔を凝視する。「三平汁ってのはさ、本来鮭の頭やあらを使うものだったの。それを都会の人たちが、頭は捨てるものだ、そんなもんを食うのは貧乏たらしいって考えるようになって、いつの間にか身で作るものになってしまったの」

つまり、都会人の見栄と、地方の料理への偏見が、三平汁をいまの形に変えてしまったのだといいたいらしい。

果たして、健介は続ける。

「昔はね、鮭は切り身なんかで買うもんじゃなかったの。〝塩引き〟といって、そりゃあ塩が利いた鮭を一本買って、切り身、頭、骨と分けて、その頭を三平汁や、鼻の部分は氷頭《ひず》なますにしたんだよ。鼻はコラーゲンの塊で、煮込むと口さ入れればほろりと溶けるし、目玉だって、とろとろだあ。骨にも身が残ってるから、焼いて甘酢さつければ、その美味いことといったら……」

どうやら、話すうちに、その味を思い出したと見えて、健介はうっとりとした顔になって言葉を呑んだ。

そして、しばしの沈黙の後、

「しかし、モモちゃんも、なんだってまた、よりによってこんな男を……」

心底悔しそうにいい、晋作を睨みつけてきた。

その瞳に、敵意と嫉妬が籠もっているように思えたのと、いま健介が発した言葉の意味が理解できず、

「モモちゃんて……、百香さんのことですか？」

晋作は問い返した。

ところが、健介は晋作の問いかけにこたえることなく、

「あんだ、モモちゃんとはどこで知り合ったの」

一方的に、問うてきた。

「知り合ったって……まあ、ネットで――」

「ネットぉ？」

声を吊り上げ、険しい顔をしながら身を乗り出す健介の眉間には深い皺が刻まれている。

変な展開になる予感がして、

「あの……もしもし、何か――」

勘違いをしてるんじゃないかといいかけたその時、がらりと音を立てて引き戸が開いた。

「おう、空いてるな……」

振り向くと、四十代後半といったところか、顔の下半分に無精髭を生やし、ボサボサの短い頭髪に、ナイロンのジャンパー姿の男が入ってきた。

「あっ、タケちゃん……。待ってだよ」

タケちゃんと呼ばれる男は店内に入ると、晋作から四席離れたカウンターの末席に腰を下ろした。常連なのか、事前に連絡が入っていたのか、すでに、彼の前には焼酎のボトルが置いてあることに晋作ははじめて気がついた。しかも、五リットルの特大ペットボトル、俗にいう「尿瓶《しびん》」である。

「すぐにお湯を用意すっからね」

支度に取りかかる健介の背に向かって、

「あ〜。駄目だ。やられだよ」

タケちゃんは、天井を仰ぎながら頭髪を掻き上げ、低い背もたれに身を預けた。

「今日は、なんぼ負けたの？」

「これだ……」

タケちゃんは顔の前に三本指を突き立てる。

振り向き様に、それを見た健介が、

「タケちゃん、あんだ、大丈夫が。ここんとこ、ずっと負け続けてんでねえの」

「今日ごそはと思ったんだげんともなあ。んでも、大分突っ込んですまってるす、何とかして取り返せねばと思うどさ、やっぱり止められねえんだよなあ……」

どうやら、パチンコかスロットの話のようだが、三千円ということはない。タケちゃんが、どんな仕事に就いているのかは分からぬが、三万円は大金のはずである。お湯割りの支度はすぐに整い、ポットとグラスが差し出されると、タケちゃんはおもむろにキャップを取り、焼酎を注ぎはじめる。

そしてグラスの半分まで行ったところで、今度は湯を注ぎ入れながら、

「負けたあ、負けたあ、また負けたあ……」

生気を失った表情をしながら、拍子をつけて謳うように呟《つぶや》く。

「ツマミは、いつものでいいよね」

健介の問いかけに、タケちゃんは頷く。

「これが終わったら、すぐに用意すっから。ちょっと待ってで……」

そういった健介が、刺身にするメバルを手にすると、タケちゃんは「えっ」という顔になり、はじめて晋作の存在に気がついたかのように、

「あんだ……はじめて見るけど、誰？」

唐突に訊ねてきた。「随分、豪勢なものを注文すんだね」

初対面の人間に向かって、いきなり「あんだ、誰」もないものだ。名前を尋ねるのなら、まず最初に自分が名乗るのが礼儀だろう。

むっとした晋作だったが、返すよりも早く健介は振り向き、耳を貸せとばかりに、タケちゃんに向かって手招きをする。

「モモ……東京……男だよ……」

断片しか聞こえないが、百香の家を借りた男だとでもいっているのだろう。

まあ、それは事実というものだし、自ら説明する手間が省けたのは、晋作にとっては好都合だ。

黙って、ジョッキを傾けた晋作だったが、二人のひそひそ話は、まだ続く。

こうなると、気になるのが人間の性《さが》というもの。まして、話題は自分のことに違いないのだ。

果たして、タケちゃんは、

「なに！」

と小声で、短く叫ぶと、晋作を鋭い目つきで睨みつける。

そこに、先程健介が目に宿した、敵意と嫉妬と同じ色が浮かんでいるように思えて、晋作はぎょっとなった。

何なんだ、この二人。俺を仇《かたき》のように見やがって……。

よそ者ゆえのことなのか。あるいは、健介は晋作が関野の家を借りた人間、それも首都圏から来たのは承知のはずだから、コロナへの警戒心の表れなのか。いずれにしても二人が交わす会話の内容がますます気になってくる。

しかし、晋作が耳をそばだてている気配を感ずるらしく、二人の声はますます小さくなるばかりだ。

苛つきが頂点に達したこともある。ちょうどジョッキが空になったこともあった。せめてひそひそ話を止めさせようと、「焼酎の水割りセットを」と健介に告げようとしたその時、

「ネット？　そしたら出会い系か！　モモちゃん、そすたなごどやってたんだ！」

小声ながらも、叫ぶようなタケちゃんの声が聞こえた。

「シッ！　声、でかいってば……」

慌てて、健介が晋作の様子を窺《うかが》う。

聞こえた。しっかり聞いた。

しかし、出会い系ってなんのことだ。

「何だってまだ、モモちゃんも……。そすたなごどすなくとも、周りさ男なんかなんぼでもいんのに……」

タケちゃんは、涙を流さんばかりに嘆くと、「ちくしょおおお」と叫び、焼酎のお湯割りをがぶりと呑んだ。

「タケちゃん。そんなに勢いよく呑んだら駄目だよ。あんだ、ただでさえ酒が入ると人が変わんだがら。また、警察呼ぶようなことになったら、大騒ぎになるよ」

健介が狼狽《ろうばい》するところを見ると、酒乱でもあるのか。しかも、自棄《やけ》呑みの原因が、もし自分にあるのだとしたら……。

矛先が、自分に向くのは間違いない。

いても立ってもいられなくなった晋作だったが、メバルの刺身の調理はこれからだ。せめて、身の一片でも口にしないことには帰るに帰れない。

「ああ！　面白《おもせ》ぐねえな！　俺さば、春は来ねえのがよ！」

タケちゃんは、また一口焼酎のお湯割りをがぶりと呑むと、ドンと音を立ててグラスをカウンターの上に置く。

その音に飛び上がりながら、

「すいません……。刺身、急いでいただけますか」

晋作は健介に向かって懇願するようにいった。

第三章

1

宇田濱町役場企画課では、二週間に一度、月曜日の昼食後からの一時間、全体会議が行われる。

四月に入るまでは、職場の一角に置かれた小さな机を課員が囲み、それぞれが担当している業務の進捗状況を課長に報告したのだったが、コロナ感染が地方に拡大するのに伴って、役場の三階にある大会議室に場所は移った。

三十人は優に収容できる部屋に僅か六人。宇田濱では、未だ感染者はゼロだというのに、大袈裟な気もしないではないが、これもまた町内初の感染者にはなりたくないという気持ちの表れというものだ。

初の感染者になろうものなら、どこへ行った、誰と会った、何をやったと、様々な憶測が飛び交い、尾ひれがついた噂となって、あっという間に町内全域に知れ渡る。感染が拡大しようものなら、恐ろしいウイルスを持ち込んだ張本人として、犯罪者の如く後々まで語り継がれるであろうし、死者が出ようものなら、どんなことになるか分かったものではない。

だから、広い会議室の中に口の字に置かれた四つの長机を囲み、上座に課長の末次《すえつぐ》が、その左右の机に二人ずつ、そして一番年下の百香が下座に座って十分な間隔を置き、さらに全員がマスクを着用した上での会議となった。

「次は関野さんか……」

四人目の部下の報告を聞き終えたところで、百香に視線を向けてきた末次だったが、「こんな状況じゃ、空き家対策もあったもんじゃないよね。今週は、これで終わりにすっか」

机の上に広げたファイルを閉じた。

「えっ？」

そうには違いないのだが、せめて「何かある？」とでも訊ねるのが上司のあり方というものだ。

もっとも、空き家対策といわれれば、誰しもが真っ先に思いつくのが、移住者の誘致だ。しかし、全国的に感染が広がったいま、最も効果的な感染拡大防止策は、人の移動を抑制し、さらに人と人の接触を極力控えることだとされている。当然、移住者の誘致など行えるはずもなく、百香の主な仕事は、もう一つの空き家対策、当該家屋所有者への活用見通しの〝お訊ね〟である。

古い空き家は倒壊の危険性があるし、それでなくとも野生動物の住処となって、農作物に深刻な被害を及ぼしているからだ。

もっとも、個人の所有財産は法で手厚く守られているのが日本だ。お訊ねにこたえる義務はないし、解体して更地にすれば税率が上がる。当然、まともにこたえる所有者は皆無に等しく、進捗状況を訊ねられてもこたえは決まっているのだから、末次がそんな反応を示すのも、無理からぬ話ではある。

「しかし、困ったもんだよなぁ」

末次は、閉じたファイルの上に両手を置くと、溜息をついた。「緊急事態宣言が出せるよう特別措置法が改正された途端、都会の民間企業はテレワークだなんていってるけどさ、役所はそうはいかねえし、零細企業や工場勤務者だって同じだ。水産加工場なんかで一人でも出たら大変なことになるぞ」

「そうなんですよねえ……」

深刻な声で相槌を打ったのは、課長代理の国松哲治《くにまつてつじ》だ。「そもそもテレワークができるのは、所謂《いわゆる》ホワイトカラー、デスクワークがメインの頭脳労働者に限られますからね。ブルーカラーはそうはいかないし、深刻なのは、職場に感染者が一人でも出ようものなら、仕事に行けなくなることですよ。正社員ならまだしも、パートや派遣だったら、一時的に収入がゼロになってしまいますからね」

「だよなあ……」

末次は、深刻な顔をして頷く。「もし、宇田濱の水産加工場が止まってしまったら、水揚げもできなくなってしまうもんな。漁師だって収入激減だ」

「都会じゃ、しきりに企業はテレワークの導入をとか、テレワークがこれからの勤務形態の主流になるなんていってますけど、そんなことができるのは大企業やIT企業の高い給料をもらっている人たちだけで、地方の住民や低所得者層とは無縁の話ですよ」

またテレワークか……。

百香は、うんざりした気分になって、そっと溜息をついた。

というのも、企画課に異動してきてからというもの、テレワークが話題にならない日がないからだ。それも、百香が在席の時にこの話が持ち出される気がするのだ。

最末端とはいえ、宇田濱町役場も行政機関である以上、政府はもちろん、上部行政機関の動向は常に注視している。

前月の三月十三日に、新型コロナ対策の特別措置法改正法が成立してからというもの、感染の拡大が収まる気配が見られなければ、いずれ緊急事態宣言が出されるというのがもっぱらの見立てだったのだが、いよいよ明日にでも現実となりそうだというニュースが流れたばかりだ。もちろん、対象は幾つかの大都市に限られるとはいうものの、宇田濱の水産物は東京にも出荷している。往来する人間がいる限り、感染者がいつ出ても不思議ではないのだから、神経質になるのも無理からぬことではある。

しかし、そもそもがテレワーク云々なんて、企画課の業務とは全く関係ないし、役場職員が論じてもどうなるものでもない。雑談に過ぎない話題を会議の場に持ち出し、しかも末次までもが話に加わるところに、何らかの意図が潜んでいるのを百香は感じた。

「緊急事態宣言が出されたら、都会から地方に脱出する人たちが続出するんじゃないですかね」

この日初めてこの話題に加わったのは、百香より四つ年上の平畑耕作《ひらはたこうさく》だ。「直近ではゴールデンウイーク、盆休みには帰省者が押しかけてくるかもしれません。それを機に、そのままここでテレワークって人も出てくるのでは……」

そこで耕作は、反応を窺うかのように、ちらりと百香を見ると、取って付けたように話を続けた。

「コロナの潜伏期間は二週間。感染しているのを知らずにやって来て、町民にうつしてしまう可能性も出てくるわけです。その対策も事前に講じておかないと……」

ははあ……やっぱりねえ……。

百香は声に出さずに呟いた。

晋作を巡って、あらぬ噂が立っているのは仁美から聞かされてはいたし、当事者の耳にはなかなか入らないのが噂なら、否定したところで、真実が伝わらないのが噂である。しかし、「人の噂も七十五日」というように、いずれ消えて失せるのが噂でもある。時間が解決してくれる問題と割り切り、放置していたのだが、どうやら自分の与《あずか》り知らぬところで広まり続け、同僚たちの興味の対象となってしまっているらしい。

なぜ、周囲がこんな噂話に興味を抱くのか。

その理由はただ一つ。

百香が町内の独身男性の注目を浴びる存在、立派な恋愛、ひいては結婚対象者であるからだ。

独身男性は町内に沢山いるが、役場とてその例外ではない。特に復興に目処がつきはじめ、町民の生活が落ち着きを取り戻した四年ほど前辺りから、呑み会やドライブの誘いを頻繁に受けるようになったし、誕生日には花束を贈ってくれる職員も何人かいた。

耕作もその一人で、誘いを受ける度に断っても、諦める様子はないし、彼が百香に恋心を抱いているのは、役場では知らぬ者はいない。末次も哲治も、当然承知のはずだから、可愛い後輩のために一肌脱いでやるかという気持ちになっているのかもしれない。

しかし、反応ぶりから噂の真偽を探らんと、こうも頻繁にテレワークを話題にされると不愉快だ。

もう我慢できない。ここで、けりを付けてやる。

百香は腹を括《くく》った。所謂、毒を以《もっ》て毒を制するというやつだ。

「感染を恐れて、都会からテレワーク勤務の人たちが押し寄せるなんてことは、まずないと思いますよ」

百香はいった。

「どうして、そんなことがいえんの？」

はじめてテレワークの話題に反応した百香に、すかさず問うてきたのは末次だ。意外そうな表情を浮かべながらも、彼の瞳には、明らかに好奇の色が宿っている。

「ちょっと考えれば分かると思いますけど？」

百香は、言葉に棘《とげ》を含ませた。「どこに住もうと、仕事ができるのがテレワークの最大のメリットですけど、住むって行為には生活が伴うんですよ。当然、寝具、炊事用品、その他諸々、日常生活を送る上で必要な用品を揃えなければなりません。コロナ騒ぎが終息したら、勤務形態が元に戻るかもしれないのに、はるばる都市部から家財道具を一式纏《まと》めて、引っ越してくる人が、どれほどいると思います？　テレワーク従事者が増えているといっても、ほとんどが自宅か、いま借りているマンション、アパートで仕事をしてるんです。そこを引き払って、わざわざ宇田濱に引っ越して来るとでも？　もし、ここが気に入らなければどうするんです？　次の引っ越し先を探すんですか？　その度に、引っ越し費用を支払うんですか？　宇田濱にテレワーク従事者が押し寄せるなんてことはあり得ませんよ」

剣幕に圧倒されたのか、はたまた自らテレワークの話題に、百香が乗ってきたのが想定外であったのか。五人は呆気にとられた様子で沈黙する。

百香は、ここぞとばかりに続けた。

「ご存知でしょうけど、うちはずっと空き家にしていた家を、首都圏から来たテレワーク従事者に貸していますが、彼が入居を決めたのは、家具、家電製品、寝具、食器と、やって来たその日から、すぐに日常生活が送れる環境が整っていたからです。そこまで条件が整っていなければ、見知らぬ土地で生活してみるかって気になるわけありませんし、そんな物件は、日本広しといえども、滅多にあるもんじゃありませんよ」

「それじゃ、あの家に住んでんのは、関野さんの婚約者ではなくて、ただ家を借りている人なの？」

耕作が一縷《いちる》の希望を見出したかのように、目を輝かせながら問うてきた。

「いつまでも、空き家にしておくわけには行かないし、少しでも家計の足しになればと思って、貸しに出しただけです。コロナ騒動が持ち上がってからというもの、海産物の需要が減ってしまって、父の収入もかなり減ってますからね。流行が長引けば、外食だのの機会も激減します。ウニやアワビのような高級品に至っては、これまでのような需要は見込めませんから」

百香は、そこで末次に視線をやると、「公務員は副業禁止ですけど、家を貸すのは規則違反にはなりませんよね」

有無をいわせぬ、厳しい声で問うた。

「も、もちろん……」

末次がすかさず肯定すると、

「じゃあ、関野さん、結婚したわけじゃないんだ」

それでも、耕作は改めて念を押してきた。

「ネットに広告出して、店子《たなこ》になっただけの人と、結婚するわけないでしょう」

「それじゃ、妊娠してるってのも、デマ？」

この男……どこまで……。

あまりの馬鹿さ加減に怒る気にもなれず、

「会話を交わしたのはほとんど電話。直接顔を合わせたのは、一度、二度、しかも感染防止のために、ソーシャルディスタンスを厳守していたのに、どうやったら妊娠できるんですか」

溜息交じりに百香はこたえた。

「じゃあ、出会い系ってのも？」

耕作を制しようとしたのだろう、末次が慌てて腰を浮かし、何かをいいかけたが、

「出会い系？」

それより早く、百香はいった。「何、それ……」

「いや、この間、『海幸』に行ったらタケちゃんがいて、モモちゃん、これとは出会い系で知り合ったらしいって……」

これといった瞬間、耕作は親指を顔の前に突き立てる。

人の口を経る度に尾ひれが付き、真実とは程遠い話となって行くのが噂話だ。

仁美から、「結婚したらしい」という噂が流れていることを聞いた時には、早晩「お腹に子供がいるらしい」にはなるだろうと覚悟していたが、まさか知り合ったのが出会い系になっているとは想像だにしなかった。

「タケちゃんって……」

「高森《たかもり》ブラザーズのタケちゃんだよ」

　耕作がいうタケちゃんとは、宇田濱にある水産加工場に勤務している高森武《たけし》のことだ。年齢は四十五歳。四人兄弟の末っ子で、上三人の兄ともども独身であることから、町では「高森ブラザーズ」と呼ばれている。

「何で、私が出会い系をやってることになってんですか！　私、そんなもの一度もやったことありませんけど！」

「そ……そんなこと俺にいわれても……」

百香の口調の変化を悟ったらしく、耕作はしどろもどろになると、「俺は、そう聞かされただけで……」

視線を落とし、語尾を濁した。

「私に関して、結婚したとか、面白おかしくいう噂が立ってることは知っています。この際だからはっきりいっておきますけど、私は結婚する予定なんかありませんし、するつもりもありません。理由は皆さんご承知でしょうから、あえていいませんが、無責任な噂を広める人を見つけたら、今後は容赦しませんからね。大体、さっきの妊娠や出会い系発言なんて、立派なハラスメントだし、名誉毀損で訴えるに値する暴言そのものじゃないですか。出るところに出たら――」

「せ、関野さん、ちょ、ちょっと待って。冷静に、ここは冷静に」

真っ青になった末次が、腰を浮かし百香を宥《なだ》めにかかる。「平畑くんだって、悪気があっていったわけじゃないんだ。関野さんのことが気になるから――」

「気になるぅ？　どうして私のことが気になるんですか？」

耕作が自分に好意を抱いていることは先刻承知だが、敢えて百香は問うた。

「そ、それは、その……」

「そんな噂が立たないように、誤解されるような行動をしないようにと気をつけてきたのに、家を貸しただけでこんなことといわれなきゃならないなんて……。酷いです！　余りにも酷いです！」

百香は俯《うつむ》き、目元を両手で押さえた。

もちろん、泣いたフリである。

女の涙は、男を黙らせる最大の武器になる。ずるいといわれればそれまでだが、陰で散々あることないことといふらされていることを思えば、この程度の仕返しは許されるはずだ。

「こらぁ！　平畑ぁ！」

突然、末次の一喝が頭上から聞こえた。「お前、謝れよ！　関野さんのいう通りだぞ。妊娠だの出会い系だの、本人を前にしてよくもいえたもんだ。公務員にはあるまじき行為だ。こんなことが、町長の耳に入ってみ？　お前、無事じゃいられねえぞ！」

なあ〜にいってんだか。何かといえばテレワークを話題にして、面白がってたのは誰よ。部下の手柄は上司の手柄。部下のミスは部下のせい。ホント、管理職の鑑《かがみ》だわ……。

百香は、胸の中で毒づきながら、グスッと鼻を啜ってみせた。

2

「いらっしゃ……あっ、シンちゃ〜ん」

引き戸を開けた瞬間、健介の猫なで声を聞いて、晋作はぎょっとしてその場に立ち尽くした。

週末の釣果は相変わらず絶好調で、章男と一緒に沖に出る度に、一人では食べきれないほどの魚が釣れる。

章男は漁師が生業《なりわい》だから、自宅には飛切り新鮮な魚が常にあるので、もらってもらうわけにもいかない。そこで晋作は釣った獲物に一塩し、寒風に晒して干物にしたものを、両親や資産管理課の同僚に宅配便で送ったりもしたのだが、それでもまだ余る。「どうしたものか」と章男に相談したところ、「んだば、近所さ配ればいがべ。年寄りばかりの町だもの、ありがたがるべす、顔を覚えてもらったら、あんだも暮らしやすくなるべ」という。

その効果は絶大で、周辺の住民にも顔見知りが増えたし、お返しにと自家製の梅干しや野菜に漬物、中には狩猟をする自衛隊上がりの高齢者もいて、ジビエのお裾分けに与ることもある。

お陰で食生活はますます充実する一方なのだが、もちろん釣った魚を真っ先に持ち込むのは海幸だ。

ところが、健介の応対ぶりはといえば、「今日は、何釣ったの……」と、常に迷惑というか、無愛想というか、章男の紹介だから仕方なくといった態度をあからさまにする。

コロナの感染は拡大する一方で、最も効果的な防止策は三密を避けること。それも、酒が入ると声が大きくなり、飛沫感染の原因となるから、酒場への出入りは極力避けるようにというのがお上のお達しだ。

宮城県での感染者は主に仙台で出ていて、宇田濱に至ってはいまだゼロ。しかし、娯楽といえばパチンコぐらいしかないのが宇田濱だ。そのパチンコが三密と指摘されてしまうと、年金暮らしの高齢者の最大の娯楽は、やはりテレビである。それが、朝から晩までコロナの脅威を煽るものだから、酒を供する海幸が影響を受けないはずはないわけで、健介の冷淡な応対ぶりはそのせいなのかもしれないと、晋作は思っていた。

それが、どういうわけか、今日はいきなり「シンちゃ〜ん」ときた。

「ささ、入って」

台拭きを手にした健介は、カウンターに吹き付けた消毒液を拭き取ると、

「今日は、何釣ってきたの」

ニヤニヤしながら問うてきた。

「ヒラメが揚がりました。結構型がいいので、二枚ほど引き取ってもらえると助かるんですが……」

この掌返しは、どういうわけだ……。

この豹変ぶりが不気味に思えて、晋作は恐る恐る切り出した。

「どれどれ、ちょっと見せて」

健介に求められるまま、晋作はクーラーボックスの蓋を開けた。

「いやあ、いい型でねえの！　刺身にしたら、ちょうどいい大きさだよ」

健介は声を弾ませると、「ささ、早く座って。ヒラメ二枚だから、乙類一本ね」

背後の壁に設えられた棚の中から、麦焼酎の四合瓶を手にし、どんとカウンターの

上に置いた。

「あ、ありがとうございます……」

「シンちゃ〜ん、あんだついてるよ。今日はサクラマスの刺身があんの」

晋作が席に着いた途端、女性なら秋波《しゅうは》になるのだが、男性の場合は流し目とでもいうのだろうか。健介は気味が悪い目で晋作を見、にんまりと笑う。

「えっ、サクラマスの刺身ですか……。アニサキス、大丈夫なんですか？」

「ちゃんと凍らして、ルイベにしてあるがら、大丈夫」

「サクラマスって、この辺で釣れたやつなんですか？」

「当たり前だべさ。章男さんがら、聞いてねがすか？」

「いいえ」

「んだがぁ……」

急に地の言葉をフルに使いはじめたところにも、違和感を覚えるのだが、そんな晋作の内心など知るよしもなく、健介は続ける。

「いるごどはいるんだげんとも、どういうわけが、あんまり釣れねえんだよ。せっかく、船を出したんだもの、数が釣れねば面白《おもせ》ぐねえべど思ってんのがもせねえな」

「じゃあ、そのサクラマスのルイベをいただきます。それと……」

「本日のおすすめ」が書かれたボードに目を遣った晋作に、

「あんだ、〝焼きガゼ〟食べだごどあるすか？」

健介は、ヤバイものを扱う売人を連想させるように声を潜める。

「焼きガゼ……ですか？」

「この辺りでは、ウニのことをガゼど語んの。アワビの殻にウニを山盛りにして蒸し上げんの。ウニをこんなふうにして食べるのは、三陸だけだよ」

聞いただけでも酒の肴にもってこいなのは間違いないが、気になるのは値段である。

「アワビの殻に山盛りって、それ、高いんでしょう？」

「そりゃあ、一個丸々買えば高いさあ。んでもね、小分けにして出せんのが、料理屋のいいとこなの。千円でいがす」

「じゃあ、それをいただきます」

「了解！」

健介は、勢いのある声でこたえ、ご丁寧にも敬礼をする。

いったい、何が起きたんだ？

気味が悪いほどの態度の豹変ぶり、上機嫌ぶりに晋作は、ますます戸惑いながらも、

「あっ、健介さん。そんな珍しい物がいただけるのなら、今日は日本酒にします。地

酒を冷やで下さい」

晋作は支度に取りかかろうとする健介に告げた。

「さっすが、よぐ分がってるよなあ」

健介はキレのある動きで、首を一度振ると、「シンちゃ〜ん、そんな健介さんなんていわねえで、ケンちゃんと呼んでけらい」

ウインクでもするのではあるまいかと思えるほど、濡れた視線を向けてくる。

ぞ・ぞ・ぞ……。

大袈裟ではなく、背筋に悪寒が走った。

なんかある……。絶対に変だ……。

そう確信すると、今度は「何で、俺、この店に来てんだろう……」と、そもそもこの店を訪ねた動機が分からなくなってきて、その理由を自らに問うてみた。

釣った魚と引き換えで、無料で焼酎がボトルでキープできるから？

そんなもの、スーパーでも、乙類の四合瓶は千五百円も出せば十分買える。

料理をするのが面倒だから？

料理は趣味だ。腕だって悪くない。

魚が始末できないほど、釣れたから？

今日はヒラメが三枚揚がったからこれも違う。他の魚はもっと釣れるが、近所に配れば喜んでもらえるし、お礼に野菜やジビエもいただける。干物は会社の同僚に大好評だ。

自問自答してみると、海幸を訪れる動機が全くないことに、晋作は今更ながらに気がついた。

「なんでだろう……」

思わず呟いた晋作の前に、

「おま・たっ・せっ！」

奇妙なアクセントでいいながら、健介がグラスになみなみと注がれた地酒と焼きウニを差し出してきた。

焼きウニというが、見ると冷凍である。サクラマスのルイベも冷凍のまま供されるはずだ。

だったら、酒は熱燗にすれば良かった……。

ちょっぴり残念に思いながらも、箸を手にした晋作に、

「焼きガゼは漁期の間に作って冷凍しておくがら、無くなったら次の年の解禁までねえの。うちでも、これが最後の一つ」

「そりゃあ、貴重なものを……」

冷凍の理由は理解できたが、大根のツマに添えた大葉の上に、冷え冷えとしたウニ

の塊が載っているだけの代物だ。もっとも、蒸せば水分が抜けるから、かなりの分量を使っているのだろうが、それにしても料理と呼ぶにはあまりにも芸がない。

「焼きガゼはね、温めでもいいんだげんとも、凍ったのが徐々に溶けていくのがまた美味いの。嘘でねえがら、まず食べてみらい」

まるで、晋作の胸中を見透かしたかのように健介はいい、小鼻を膨らませる。

「じゃあ……」

晋作は、冷や酒に口を付けた。

キレがある。それでいてコクがある。微かに感じる酸味がまたいい。

そこで、焼きガゼを箸で割り、断片を口に放り込む……。

瞬間、晋作は目を見開いた。

東京で食するウニは、よほどの高級店に行かなければ、どこかにミョウバン臭を感ずるものだが、これには一切雑味がない。それどころか、蒸される工程で身が縮んだ分だけ、ウニの甘み、磯の香りが凝縮されているのだ。

「うめぇえ！　なんだこりゃあ！」

晋作は、身を仰け反らし、白目を剝いて感嘆の声を上げた。

「んでがすぺぇ……」

健介は、してやったりとばかりに、ニヤリと笑う。

「こんな美味いウニはじめて食べた。ウニを使った料理の中でも、これ、最高！」

「そうはいうげんともさ、焼きガゼは、どこのもんでも同じっつうわけではねえの。シンプルなだけに、作り手によって腕の差がはっきり出んだよね。これは、岩手の県北の業者が作ったもので、そこのでないと駄目なの」

　解説を受ける間にも、箸が止まらない。

　凍ったウニを箸で摘まみ上げ、口に入れる。泡雪のように溶け出すにつれ、旨味と香りが口中に広がる。その余韻が残っているうちに、冷えた地酒を口に含む。日本酒の香り、甘みがそこに混じり合うと、また格別な味になる。まるで、ひれ酒ならぬ、焼きガゼ酒だ。

　本当に美味い料理、食材に出くわすと、人間は寡黙になるものだ。

　そんな晋作の様子を満足げに見た健介は、サクラマスのルイベを切りはじめる。

「はい、サクラマスね」

　皿に盛られたルイベはオレンジ色というか、ピンクというか、とても鮮やかな色をしており、凍っているにもかかわらず、断面の様子から、脂の乗りも十分なのが一目で分かる。

「まず、食べてみらい」

　焼きガゼの時と同じ言葉で健介に勧められるまま、晋作はルイベを食してみることにした。

ワサビが粉末を練ったものなのが残念だが、野暮はいうまい。〝緑色の練り物〟を刺身の上に載せ、醤油に浸し、口に入れた。

ウニ同様、ひんやりとした感触が走ったが、それも一瞬のことで、すぐに体温と同化して身から旨味と脂が滲み出る。肉質はとろけるように柔らかく、それでいて弾力も感ずるのだから不思議なものだ。同類なのだからサーモンに似ていなくもないが、脂の上品さ、味わい深さは比較にならない。

「美味いねえ〜」

晋作の顔は、自然と満面の笑みでくしゃくしゃになる。「これ、冷凍にして都会に出荷すれば、立派なビジネスになるよ。こんないいものがあるのに、何でやらないのかなあ」

「う〜ん……」

不意に問われた健介は、暫《しば》し唸りながら考え込むと、「気仙沼も石巻《いしのまき》も、津波で大変な被害をうけたからね。震災前は冷凍工場もたくさんあったのだげんとも、九年経つたどはいえ、昔のようにはなってねえす、漁師の数も減ったがらね……。それに、サクラマスはたくさんいるどは語っても、商品にすて出荷するどなれば、安定した漁獲量が必要になるべす……」

美味さのあまり、思いつくままを口にしてしまったが、被災地の現実はまだまだ厳しいものがあるのは確かだろう。

それに、商品化を、というのは簡単だが、震災後、いち早く再建に取りかかれたのは大手資本であったはずだ。企業規模が大きくなればなるほど、新規商品を手がけるに当たっては、事前に綿密な生産計画が立てられる。そして生産計画は、販売計画とリンクする。綿密な市場調査、原材料の確保は最重要課題だし、市場調査の結果、仮に有望という結論が出たとしても、原材料の供給が不安定となれば、どんな結論に至るかは明らかだ。

まして、中小企業やベンチャーともなると、ハードルはもっと高くなる。組織力がなければ、市場調査は外部機関に頼らなければならないし、販路の開拓も自力で行わなければならない。つまり、販売に漕ぎ着けるまでの段階で、多額の資金が必要になるのだ。

「宇田濱には知られていないだけで、都会に出せば売れるものがたくさんあるのに、惜しいなあ……」

晋作は、誰にいうともなく一人ごちると、小さく溜息をつき、グラスを傾けた。

背後で引き戸が開けられる音がしたのは、その時だ。

晋作が振り向くと同時に、

「おう……」

と低い男の声が聞こえた。

ことあろうにタケちゃんだ。

「あっ、いらっしゃい！」

健介が、威勢のいい声でこたえる。

晋作は身構えた。グラスを握った手に、自然と力が籠もる。

タケちゃんとはじめてここで出くわしたあの日のことが、思い出されたからだ。

それは、悪夢のような時間だった。

晋作の素性を根掘り葉掘り聞かれ、「こんなご時世に、田舎さ住み着くとは、いい度胸してんな。コロナに罹《かか》ってたらどうするつもりだったんだ」とか、挙げ句は、問われるままにこたえを返すと、二言目には「田舎者だと思って、馬鹿にすんでねぇぞ！」と、からむ、からむ……。こうなると、料理を味わうどころの話ではない。大急ぎで平らげるや、這々《ほうほう》の体《てい》で逃げ帰ったのだ。

「なんと、なんと、シンちゃん、来てだのすかぁ」

ところが、健介同様、いきなり「シンちゃん」ときた。

こいつもかよ……。やっぱり、何か変だ。絶対、何かある。俺の知らないところで、何かが起きている……。

「ど……どうも……」

込み上げてくる恐怖を抑えながら、晋作はぺこりと頭を下げた。

「いやあ、この間は悪がったね。すっかり酔っ払ってすまってさあ」

タケちゃんは、至極当然のように、晋作の隣の席にどっかと腰を下ろす。

「給料前だっつうのに、土曜日はちゃんと来んだね」

健介が、タケちゃんのキープボトル、甲類の焼酎が入った〝尿瓶〟をカウンターの上に置く。

そうか……。タケちゃんは、週末に現れるのか……。

胸に刻みながら、晋作は二人の話に耳を傾けた。

「今日は勝ったすな」

タケちゃんは、相好を崩すとニンマリと笑う。

「なんぼ勝ったの？」

タケちゃんは無言のまま、顔の前に五本の指を広げて翳す。

「五万！」

「まあ、大分注ぎ込んでっからな。たまには、これくらい取り返さねば、パチンコで身上潰《しんしょう》してすまうべさ」

タケちゃんは、上機嫌でいい、大口を開けてガハハとひとしきり笑い声を上げ、

「ところで、シンちゃん。この間は悪がったなあ。俺もすっかり酔っ払ってすまってさあ」

再び前回の非礼を詫びた。

「いえ……。酒を呑めば、誰だって酔う……いや、酔うために酒を呑むんですから……」

晋作は、か細い声でこたえ、「ハハ……ハ、ハ……」と力なく笑った。

「いいごどいうでねえすか」

タケちゃんは、晋作の背中をドンと叩くと、「やっぱ、都会の人は語ることが違うねえ。んだば、お詫びつうわけでもねえげんと、今日は俺が酒をおごるがら」

晋作がこたえる間もなく、「グラス二つね」と健介に命じる。

「いや……僕は今日、日本酒をやってますんで……」

「ん？」

タケちゃんの目つきが明らかに変わった。何だか、瞳孔が小さくなったような気さえする。

果たしてタケちゃんはいう。

「俺の酒が呑めねえつうの？」

出たよ……。

酒を無理強いする時の常套句。断ろうものなら、たちまち場の雰囲気を最悪にすること間違いなしの最終通告だ。

「いや、そういうわけじゃ……」

慌てて取り繕おうとしたが、タケちゃんは晋作をじっと睨んで言葉を発しない。

こうなりゃ、呑むしかないよなあ……。

長い夜になりそうな予感を覚えながら、

「じゃあ、せっかくですから……」

「ストレート？　ロック？　水割り？　それともお湯割り？」

一転して、薄気味悪いほどの猫なで声で、タケちゃんは問うてきた。

「水割りで……」

すかさず健介が差し出してきた氷入りのグラスに、ドボドボと焼酎を注いだタケちゃんは、僅かな水をそこに足して晋作に渡し、

「じゃあ、乾杯！」

高らかに声を上げた。

それから暫くは、タケちゃんのペースで会話が進んだのだったが、問われた内容を問い返すうちに、次第にこの男の人物像が分かってきた。

タケちゃんは、高森武といい、地元の水産加工場に勤務しており、年齢は四十五

歳。生まれてからいまに至るまで、他所《よそ》の土地では暮らしたことがない、生粋の宇田濱っ子で、しかも独身。武より若く見える健介も独身だというから、どうやら宇田濱の未婚率はかなり高いように思われた。

もっとも、それは宇田濱のみならず、全国的な傾向なので、驚くほどのことではないのだが、独り身ということもあってか武の週末はパチンコ屋通いと決まっているらしい。

年齢からして、既に結婚を諦めているのか。あるいは、宇田濱に適齢期の女性の絶対数が少ないのか。それとも、他の要因があってのことなのかは、いまのところは不明である。

「ところで、シンちゃんは、何でまた宇田濱に住む気になったの？　誰かの紹介？」

武が、そう問うてきたのは、焼酎も四杯目、大分酔いが回りはじめた頃のことだった。

「僕は釣りが趣味……というか、所謂釣りキチでしてね。週末は、ほぼ毎週、関東近郊の海に出かけてたんですけど、今年の二月に、釣り船でよく一緒になる方が、宇田濱でヒラメを三十枚も揚げたって話を聞かせてくれましてね。ヒラメなんて、関東近辺じゃ、一隻の乗合船で、一枚揚がるかどうかですからね。そんな所があるんだって、宇田濱の名前が頭に刷り込まれたわけです。そんなところに、コロナの感染が拡大して、会社がテレワークを導入することになりましてね。だったらどこに住んだって同じじゃねえかって、宇田濱の名前をネットで検索してみたわけです」

「テレワークって、なじょなもんなの？」

「えっ？」

「なじょな」という方言が、「どんな」を意味するらしいことは、察しがついたが、仕組みのことか、仕事に支障はきたさないのか、どちらを問うているのか判断がつかなかった。

「まあ、感想は人様々ですけど、会議に参加するメンバー全員の顔、音声はパソコン画面を通してリアルタイムで流れますし、最初は多少違和感を覚えましたけど、慣れると全く仕事に支障はきたしませんね」

「んでも、そんなごどができんのは、大企業だからだべ？　俺のどこのような地方の零細企業では、そんなごどできねえもの」

「業種によるんじゃないですかね」

晋作も、四杯目の焼酎に口をつけた。「僕の会社は電気機器メーカーですから、その手の技術の導入は、元々進んでるんです。それに社長が、万事において新しいことを取り入れるのが大好きでしてね。コロナの感染拡大は、そう簡単には収まらないといって、管理部門の業務をテレワークにしたんです」

「ふ～ん……」

武が酒を呑むピッチは速い。しかも、ツマミはまともな料理を頼まない。どうやら定番があるようで、オーダーを告げるまでもなく、健介は酢蛸とイカの塩辛、そして茶褐色に染まったゴショ芋の味噌漬けを用意する。つまり、酸味、塩気の強いもので舌を刺激し、焼酎で洗い流す。典型的な呑兵衛の呑み方である。

武は、お湯割りが入ったグラスをカウンターの上に置くと、

「んでもさ、皆が皆、シンちゃんのように、地方さ移り住んだわけでねえんだべ？」

続けて問うてきた。

「そりゃそうですよ。やっぱり都会がいいっていう人もいるし、家を買っちゃった人は、ローンを抱えてますからね。離れようにも離れられないって人の方が多いでしょうね」

「んだば、感染予防にならねえべさ。通勤電車さ乗らずに済むようになっても、都会のごどだもの、買い物さ行けば人だらけだべさ。どこで感染するか分かったもんでねえべ？」

「まあ、それをいったら切りがありませんよ」

苦笑いを浮かべながらこたえた晋作だったが、「でもね、会社経営の観点からいえば、テレワークは大変なメリットがあるんですよね。テレワークでも十分仕事がこな

せるとなれば、オフィスがいらなくなるし、通勤費だって削減できます。固定費が減れば、その分だけ利益が増す。結果、社員の給料、ボーナスだって……」

そこで、武の目の表情が変わったのに気がついて言葉を呑んだ。

「シンちゃん。あんだ、東京で住んでだ家、なじょにしたの……」

「東京っていうか、川崎の賃貸マンションですけど、借りたままにしていますけど？」

「んじゃ、あっちでも家賃を払い続けてんだ」

「まあ、いま住んでる家と、川崎と二軒分を払ってはいますけど、宇田濱の家賃は川崎の家賃より、遥かに安いので……」

「あの家、幾らで借りてんの？」

「いや……それは……」

「九年前に建ったきり、誰も住んでねえ家だよ」

「いや、安いというのは、川崎と比較しての話です。家具付き、家電製品付きですから、やはり、それなりにはなるわけで……」

「それなり？　それなりの家賃を払えるだけの、給料もらってんだ」

「会社帰りの呑み代に使っていたおカネが、そっくり浮くことになったんですから――」

「なんぼ、もらってんの？」

晋作の言葉を遮り、武は訊ねる。

その瞳に、怪しい光が宿っているように感ずるのは、気のせいではあるまい。

「えっ……」

「いいもの、食ってるもんなあ」

武の視線が、焼きガゼの破片と、ルイベが一切れ残った皿に向く。

「えっ……」

「焼酎だって、上等な麦焼酎だすなあ」

今度はカウンターに置かれたままになっている、乙類の焼酎ボトルに目をやる。

「いや、これはヒラメ二枚と引き換えに、いただいたもので……」

「船代だって、毎週末となれば、馬鹿になんねえべ」

「いや、それだって東京近辺に比べれば……」

そこで、ふと思いつき、それ以上言葉を続けるのを止めにした。

地方と東京近辺では、大きな所得格差が存在するのは、紛れもない事実だし、宇田濱の所得水準に至っては、全国平均をかなり下回るのは明らかなように思えたからだ。

それは、いま借りている家の家賃からも明らかだ。庭付き、家具、家電製品付き、眺望最高、未入居、３ＬＤＫの一戸建てが、月額八万円。これほどの好物件を東京で借りようものなら、幾らになるか分かったものではない。

「それに、僕は独身ですから。養う家族がいない分、給料は好きなように使えるんですよ」

そういって、話を終わらせにかかった晋作だったが、

「俺だって、独身だよ？」

酒癖の悪さが、そろそろ頭をもたげてきたのか、武は執拗に食い下がる。

「タケちゃん。止めれ。この前のごど、謝って許してもらったばっかりなのに、まだ、同じごどしたら、シンちゃん、店さ来てけなくなるよ。そんなごどになったら、俺が困るの」

助け船を出すかのように、話に割って入った健介は、「それにさ、縁あってこの町さ来てけだんだもの。まあ、決して若いどはいえねえげんとも、町では十分若い部類さ入んのだよ。やっぱ、若い人は一人でも多い方が賑やかでいいんだがら、少しでも長く住んでもらえるよう、気い遣ってやんねえば……」

柔らかな口調で、武を諭す。

「長く住むさあ」

武は、断言すると、「なあ」と、晋作の背中をドンと叩き、続けた。

「どごがさ行くべと思っても、最高の物件さ住んだ後では、見劣りしてすまって決めるに決められねえべさあ」

その点は確かに、武のいう通りなのだが、そういわれてみると、百香については不思議に思えてならないことが幾つもある。

「あの……。そのことなんですけど、どうしてあの家は九年もの間、誰も住まないままになっていたんですか？」

晋作が疑念を口にした途端、二人は顔を見合わせた。

そんな二人に向かって、晋作は続けた。

「だって、家も完成してる、家電製品も新品が揃ってる。ってことは、引っ越す寸前だったわけでしょう？　ご家族を津波で亡くされたことは、百香さんから聞きました。思い出の詰まった家を離れがたいって気持ちは分かるんですが。九年もそのままにはしておかないと思うんですよね」

二人は、沈痛な顔をして、沈黙する。

「そいづはな……」

程なくして武が口を開いた途端、

「タケちゃん！」

健介が低い声でぴしゃりと制した。

「何か、あったんですか？」

不思議なのは家だけではない。百香だって十分に魅力的な女性だ。まして、独身男性がわんさかいる宇田濱で、いまに至るまで未婚というのも、不思議である。

「あの津波を経験した人間でねえど、分からないごどがあんだよ。あの家のごどは、知ってる人が知ってればいいごどなの。あんだは、いつここがら出て行くが分がんねえんだす、そんな人さ語るような話ではねえんだよ」

健介は、重く低い声でいい、苦いものを嚙みしめるかのように、口元を歪めた。

やっぱり、何か理由があるんだ。それも、深い理由が……。

新居での暮らしがはじまろうというその時に大地震が発生し、直後にこの地を襲った大津波によって家族を失った。

新居を構えるのは、人生において一度、あるいは二度あるかの大イベントだ。家を建てると決めた瞬間から、間取り、内装、家具、家電と、連日家族で語り合い、新しい家での生活に夢を膨らませてきたであろう。その家族が突然、帰らぬ人となってしまえば、故人の夢や想いが詰まった空間で暮らす気になれるものではないだろう。

それが章男と百香が、あの家に住まずにいた理由なのだろうと晋作は考えていたのだが、どうやら勝手な思い込みだったようだ。その程度の理由なら、誰もが思いつくだろうし、健介が「人さ語るような話ではねえ」と拒むはずがない。

場の雰囲気が急に気まずくなり、重苦しい沈黙が流れた。

武は焼酎に口をつけると、遠い記憶を辿《たど》るように虚ろな目を宙に向け、ハアッと長い息を吐く。

触れてはいけない話題なんだな……。

身の置き場に困った晋作は、思わず視線を落とした。

皿の上には、溶けきったルイベが一切れ残っている。

晋作は、それを口に入れると、グラスに残っていた焼酎を一気に飲み干し、

「今日はこの辺で……。お勘定お願いします」

健介に告げた。

「あっ、もういいの？」

「明日も、朝早くから、これなもんで」

晋作は、努めて明るい声でいいながら、竿を操る仕草をした。

「そんなに釣りが好きなら、ここで漁師になればいいのに」

話題が変わったことに安堵したのか、健介の声も明るくなる。

「趣味だから楽しいんですよ。仕事にしたら大変なのは、重々承知してますので……」

苦笑しながら晋作がこたえると、

「楽しいのは海ばかりでねえよ。そろそろ山菜の節《せつ》になっからね。山さ入れば、タラの芽、ワラビ、ゼンマイ、シドケとなんでもござれだよ」

「それは山を知ってる人じゃないと……」

晋作は再び苦笑すると、「キノコと同じで、素人には食べていいのか、駄目なのか、見分けられませんからね。僕は山の方はさっぱりだし、それに、昔ウルシにかぶれて酷い目に遭ったことがあるもんで……」

正直にこたえた。

「そうかあ……ウルシにかぶれるんだ……」

健介は、残念そうにいうと、「じゃあ、勘定するから」

晋作に背を向けて、電卓を叩きはじめた。

3

四月も後半に入ると、宇田濱近辺はいよいよ春爛漫。桜が満開となり、枯れ木に覆われていた山々も浅葱《あさぎ》色に染まりはじめる。

「こんな格好で大丈夫ですかね。山に行くのは初めてなもんで、勝手が分からなくて……」

土曜日の早朝、時刻は午前七時ちょうど。自宅にやって来た章男に向かって晋作はいった。

宇田濱のこの時期の気候は寒暖差があり、早朝は肌寒いのだが、太陽が高度を増すにつれ気温はぐんぐん上がり出す。もっとも、釣りの時は洋上のコンディションは実際に沖に出てみなければ分からないので、防寒対策は入念に行う。無風ならば上着を脱ぎ、風が吹けば携行した防寒服を着込んで調節することになるのだが、晋作は山へ行くのは初めてだ。

章男は長袖のポロシャツの上にヤッケ、ジーンズにスニーカーという出で立ちの晋作を一瞥すると、

「服はそんでいいべげんとも、長靴にした方がいいんでねえが。地面は湿って滑るし、泥で汚れだら洗うのが大変だべ」

相変わらず無愛想な口調でいった。

「釣りばっかりやってねえで、たまには山さ入ってみねえが。そろそろ山菜の季節だ」

章男が山菜採りに誘ってきたのは、先週の日曜日のことだった。

宇田濱に来て一ヵ月。釣果に差があっても坊主ということはない。冷凍庫は常にストックで一杯で、食べきれない魚を近所に配ったところ、やはり田舎の人は義理堅

い。米や野菜、梅干しや味噌、漬物になって返ってくる。お陰で購入する食料は、肉の他には豆腐等の加工食品程度のものだし、近隣住民との交流も深まりつつある。

しかし、宇田濱で春を迎えるのは初めてである。山菜にはまだお目にかかってはいないし、海幸の健介が「そろそろ節だ」といっていたこともある。あの時健介は、いくつかの山菜の名前を挙げたが、中でもタラの芽の天ぷらは、晋作の大好物だ。

そんなこともあって、「たまには山もいいかも……」と、章男の誘いに乗ったのだった。

スニーカーを長靴に履き替えて再び表に出た晋作は、章男が乗ってきた軽トラックの荷台に目をやった。そこに高枝鋏《たかえだばさみ》と籠《かご》が置いてあるのを見て、晋作はいった。

「あっ……。僕、籠持ってないんですけど……」

「大丈夫だ。一つで十分だべ。どうせ、どれが山菜なのが、分かんねえべす」

章男は、素っ気なくこたえる。

朴訥《ぼくとつ》というか、無愛想というか、それが章男の素なのだと分かっていても、人を誘っておいてそれはないだろうと、さすがに晋作もむっとしたが、悔しいかな、事実なのだからしかたがない。

「一つ、今日はご教授願いたく……」

晋作は皮肉を込めて、敢えて丁重《ていちょう》な言葉で返したのだったが、章男は表情一つ変え

ることなく、

「そすたら行くが……」

アクセルを踏んだ。

軽トラックは内陸方面へと向かいはじめる。東京、大阪などの七都府県に緊急事態宣言が出されて以来、例年のこの時期は人でごった返す観光地も閑古鳥が鳴いているというが、過疎高齢化が進む宇田濱近辺には無縁の話だ。

なにしろ町を離れれば、信号は皆無。たまにすれ違う車はあっても路上に人影はない。それが日常なのだ。

「どれくらいかかるんですかね。山菜が採れる場所まで……」

狭い空間に男が二人。しかも、ただでさえ寡黙な章男と二人でいると、何か話さなくてはという思いに駆られ、晋作は話しかけた。

「まあ、十分もかかんねえべ」

「そんな近くで、山菜が採れるんですかぁ」

瞬間、章男は晋作をちらりと横目で見ると、

「その気になれば、家の周りでも、ここら辺の道端でも採れるよ。当たり前だべさ、山ばりなんだから。いっぱいあるどごさ行きでえがら、車走らせてんのだぁ」

面倒臭そうにいう。

「いっぱいって、どれくらい採れるんですかね」

「そりゃあ、行ってみねえごどには分がんねえさ。山菜ど語っても様々だす、この時期は山菜目当てにみんな山さ入るすな。それに木さ生える山菜は、あっという間に生長するがらな。採るのが遅ぐなれば、食えなぐなってすまうもの……」

「木になるもの？」

「タラッポやヤマオガラ、それにアケビの芽どがさあ……」

どうやら、タラッポというのは、タラの芽のことであるらしいが、ヤマオガラは初めて聞く名前だし、アケビの芽が食べられるなんて話は聞いたことがない。

「タラの芽は大好物ですけど、アケビって実を食べるもんじゃないんですか？　芽って食べられるんですか？」

晋作が思わず問うと、

「これだよ……」

章男は小さく溜息をつく。「あんだだづ都会の人はさ、何でも自分だづが、一番いいものを食ってるど思ってっべげんとも、本当に美味《おい》すいものは都会さは行がねえんだよ。さっき語ったべ？　木の芽は一斉に芽吹ぐんだぞ？　うっかりすてだら、食えなぐなってすまうんだぞ？　一年のうち、何日間かしか採れねえんだもの、自分だづで食って終わり。道の駅で売んのが精々さ」

なるほど、いわれてみればというやつだ。

収穫に適した時期は極めて短期間。しかも、自然の中で育つのだから収穫量も不安定とあっては、既存の流通に乗るわけがない。

「んだから、みんな競争で採るのさ」

章男は続ける。

「タラッポなんか、まだ小さいど思って、次の日に行ってみれば、全部なぐなってっがらな。そんでも最近では年寄りばっかりになってすまったがら、山さ入る人も少なくなってな……。家の近くで採らねえのは、それもあんのさ……」

瞬間、晋作の胸が疼《うず》いた。

地方、それも都市部から離れれば離れるほど、大都市圏との所得格差は大きくなる。過疎高齢化が進む宇田濱もその例外ではないはずだし、まして津波に襲われ雇用基盤の多くが失われたのだから、都市部との所得格差はさらに開いていることだろう。食材のやり取りはいまに始まったことではないのだろうが、高齢者が高齢者を気遣いながら、支え合って生きていかねばならない地方の現状を改めて思い知らされた気がして沈黙した。

やがて軽トラックが減速し、章男はハンドルを左に切った。

「誰だ……。もう来てんのが……」

突然、章男は短くいい、チッと舌を鳴らした。

昨秋、稲が刈り取られたままになっている田んぼのあぜ道に、一台の軽ワゴンが停まっているのが見えた。その背後は、すぐに山である。

章男は、軽トラックを停めるといった。

「降りるぞ。ぐずぐずしてると、全部持って行かれるぞ」

4

章男はやはり根っからの〝漁師〟である。魚が山菜に替わっても、獲物を獲る本能は海同様に働くらしい。

「まずは、タラッポだ」

といい、山中を奥へ奥へと進む。

タラの芽は見たことがあっても、自生する姿がどんなものなのか、正直なところ定かではない。

そんな晋作を従え、章男は力強い足取りで山道を登っていく。道といっても、獣道《けものみち》同然のもので、降り積もった落ち葉の上に人がようやく通れるほどの幅の〝筋〟が続いているだけのものに過ぎない。

傾斜は緩やかだが、何せ足元が悪い。降り積もった落ち葉は水分を含んでおり、ともすると滑りそうになるのだ。

先を行く章男は時折背後を振り返り、晋作が遅れれば待つを繰り返しながら、黙々と山道を登って行く。

十分ほどは歩いたろうか。やがて行く手が明るくなり、突如視界が開けた。

「おお、ある、ある」

珍しく章男が声を弾ませた。

植林を伐採した跡地か、あるいは長く手つかずのまま放置された荒れ地でもあるのか、膝の高さほどの枯れ草が生い茂る中に、灰色の木が群生しているのが見えた。その木の枝の頂点に、見覚えのある緑色の芽があるのを見て、

「あれが、タラの芽ですか？」

晋作は問うた。

「んだ」

章男は腰に吊した籠の中から、植木鋏を取り出し手渡してきた。「あんだは、手の届くヤツを採れ。まずは大きいのがら。小さいのは後の人さ残しておけ。節の物だもの、二、三回食べられればいいんだす、野菜室さ入れでおげば、何日かは保《も》つ。それに、山菜はタラッポだげでねえすな」

そういい残すと、章男は高枝鋏を構え、背の高い木に向かう。

晋作は目前の木に歩み寄った。

タラの木の表面には鋭い棘がある。枝に触れてみると、弾力は余り感じず、引き寄せようと力を入れれば、ポキリと折れてしまいそうだ。

晋作は先端に芽吹いたタラの芽を改めて見た。

で……でかくね？　こんなに大きいの食べられんの？

タラの芽は都会のスーパーでも売られているが、パックに並べられたそれは、大人の男性の小指ほどのサイズだが、いま目前にあるタラの芽は、親指を優に上回る太さだ。それでいて、葉と思しき部分は丸まっていて、まだ芽吹いたばかりのようでもある。芽吹いたばかり＝柔らかいとすれば、十分食用になると思われるのだが、そこは山菜採り初体験の悲しさだ。どうにも判断がつかない。

「章男さぁ〜ん。なんか、凄く育ってしまってるように思えるんですけど、これ食べられるんですかぁ？」

晋作の問いかけに、章男はちらりと視線を向けてくると、即座にこたえた。

「食べ頃だぁ。太さは関係ねえす、多少伸びてても、葉が少し開いたぐらいなら十分食える。気にしねえで採れ。駄目なものは後で捨てればいいんだす」

「採っちゃったら、来年の春まで、葉っぱなしになっちゃうんじゃないんですか」

「すぐにまた、生えてくるがら心配すんな。二度目の芽は、あんまり美味《うま》ぐねえど語るげんともな」

いわれるままに芽を採取して、掌がいっぱいになると、章男の籠に放り込みを繰り返し三十分ほどは経ったろうか。

「よす。もう十分だべ。後から来る人さも残しておかねえばなんねえす、あとは来年だ」

一斗缶ほどの大きさの籠の中を覗くと、タラの芽は半分ほどの高さまで達している。

「凄い量ですね」

晋作は、小指を突き立てながらいった。「都会のタラの芽はこんなサイズでも結構しますからね。六本かそこらしか入ってないのに、五百円はするんじゃなかったかな」

「栽培物だべ？」

「えっ？　タラの芽、栽培できるんですか？」

「やれるよ」

章男は当然のようにこたえる。「んでながったら、料理屋が困るべ。隣の人ど、大きさが違っても代金一緒だったら、客がら文句出っぺど」

ごもっとも……。

納得が行く一言に、頷いた晋作に向かって章男は続ける。

「天然物が流通しねえのも、そうした事情があんのさ。野菜や果物、魚にしたってそうだべ。何でもサイズ、形、傷の有る無しで仕分けして、ちょっとでも規格さ合わながったら撥《は》ねですまうんだもの。味は変わんねえのに、何でもかんでも同じでねえば、都会の人は買ってけねすな」

「そうですよねえ……」

「見ろこのタラッポ」

章男は籠の中から、タラの芽を一つ手にすると、晋作の眼前に突き出した。「このサイズが美味いんだよ。肉は厚いす、熱が入れば実はほくほくだ。だども、大きさが揃わねがら、都会の人の口さば入らねえの」

「三十分やそこらで、こんなに採れるのに……」

「今日は、たまたま日が良がったのさ」

章男はいう。「ここは、山菜採りとキノコ採りの名人だった人が、よく来てたところでさ……。昔は山歩きが好きな人がいっぱいいで、先を争って採ってだもんだげんとも、それも一人減り、二人減りして、採って歩ぐ人もめっきり少なぐなってすまった……」

「じゃあ、その方も？」

「去年にな……」

「章男さん、キノコも採るんですか？」

「キノコは駄目だ。間違えれば、それごそ命落とすごどにもなりかねねえもの」

章男は苦笑しながらこたえる。「それに、昔はキノコ採りの名人が何人もいだもんだげんとも、みんな山さ入る時は一人だす」

「どうして一人で入るんですか？」

「キノコは毎年同じどごさ生えんのさ。場所を知られてすまえば、先越されてしまうべさ。だがら後をつけられていねえが注意もするし、家族さだって教えねえのさ」

「じゃあ、食用になるのか、毒なのか、どうやって教わるんですか？」

「昔はさ、家さ戻って来るど新聞紙広げで、その上さ採って来たキノコを置いて、見分け方を教えたのさ。キノコが採れる場所は、いよいよ来年は山さ行けねえがもどなってはじめて家族、それも一人だけさ教えんの」

つまり、キノコ採りは所謂〝一子相伝〟というやつらしい。

「でも、その教える相手も、いなくなって来てるんでしょう？」

「んだ……」

章男は寂しそうにこたえた。「もっとも、場所を教えられでも、素人にはキノコが見えねえんだよなあ。お前の足下にあるって語らいでも、なんぼ目を凝《こ》らしても見えねえんだよ。それごそ、修業を重ねねえば、そう簡単には採れるものではねえのさ。まあ、いまの若い人だづには無理だべなあ。その点では、漁師も同じなんだげんともさ……」

「確かに、漁師さんも後継者が減ってますしねえ……」

「大金を稼げる仕事ではねえげんとも、海もあれば山もある。いいどころなんだげんともなあ……。都会さ出れば、ここさいるより稼げるどは語っても、物価も高いす、生活費だって比べものにならねえぐらいかかるのになあ……」

珍しく饒舌な章男だったが、そこでふと気がついたように、「さっ、話ばりしてでもしょうがあんめえ。タラッポは十分採ったし、次さ行くべ」

話を打ち切ると、次の目的地へと歩き始めた。

5

聞こえていた自動車のエンジン音が止み、程なくして玄関のベルが鳴った。

「いらっしゃい。わざわざ申し訳ありませんね」

玄関口に佇《たたず》む百香を見て、晋作は声を弾ませた。

タラの芽を摘み終えた章男は、晋作を従えて他の山菜の採取に向かった。

山中の木々からはヤマオガラとアケビの芽が、地面からはシドケ、山ウドが採れ、二時間ほどの間に籠は山菜の山となった。

洋上の空気は清らかで、沖に出るに従って体内が浄化されて行くのを実感するのだが、山の空気はまた別の意味で格別なものがある。新鮮にして濃密なできたての空気を吸っている実感があり、体中から活力が漲《みなぎ》ってくるような気になるのだ。

「いっぱい採れたことだす、今夜は山菜三昧だな」

章男も山菜を堪能するのは、一年ぶりになるはずだ。そのせいか、いつになくご機嫌な口調でいう。

「山菜って、やっぱり天ぷらに限りますよねえ。タラの芽はもちろん、シドケでしたっけ、薬物も天ぷらにすると、パリパリした食感がたまりませんもん」

すかさず晋作が続けると、

「シドケを天ぷらにするってが？」

章男は、怪訝な表情を浮かべる。

「えっ、基本、山菜は天ぷらでしょ？」

「これだよ……」

章男は、呆れた様子で小さく息をつく。

「もしかすて、ヤマオガラも天ぷらにするつもりが？」

「他に食べ方あるんですか？　タラの芽に形似てますもん」

章男は足を止めると晋作に向き直った。

「あのな……揚げて美味《うめ》えのは、バッキャどタラッポぐりゃあのもんでな。シドケやヤマオガラを天ぷらにすれば、香りが無くなってすまうべど」

「バッキャって、何のことですか？　そんなの採りましたっけ？」

「ふきのとうのごどだ！　節は、もうとっくに終わってすまったげんともさ」

章男は少し怒った声でいうと、今度は小馬鹿にするように片眉を吊り上げる。「まあ、あんだだづ都会の人は、山菜食うたって、店でだべがら、料理する方だって、揚げるだげにすた方が手間かかんねえものな」

「僕は海しかいかないもんで、山菜なんか料理したことないんですよね……」

章男は口下手なだけで、根は善人なのだが、折に触れ、「これだよ」、「都会の人は」と前置いて、無知をあざ笑う態度だけはどうにも癪《しやく》に障る。

むっとしながらこたえた晋作に、

「しょうがねえな……。すたら、教えてやっか……」

章男は意外なことをいう。

「教えるって、章男さんがですか？」

「俺でねえよ。百香だ」

「百香さんが？」

声が上ずった。

暫く会ってはいないが、百香は気になる存在だ。

もっとも、宇田濱に来て以来、まともに会話を交わした女性は百香一人だけ。しかも同世代である。平日の昼間は家の中だし、週末は海の上。たまにスーパーに出かけることはあっても、客は高齢者ばかりなのだから、百香に関心を持つのもそのせいだと、晋作は考えていた。

「百香は料理がうまくてなあ。あんだも料理をすんだべ？」

「ええ、料理は趣味ですので……」

「せっかく縁あって宇田濱さ来たんだ。山菜の食い方を覚えても、損はねえべさ」

「是非、教わりたいと思います！」

晋作は声を弾ませた。「そしたら、どうしたらいいですかね。家にお邪魔すればいいですか？」

「俺と百香が、そっちさ行くがら」

意外にも章男はいう。

「えっ？」

「料理によっては、道具もいるすな。そっちの家さある道具で作り方を教えてやんねば意味ねえべす、考えでみだら、あんだと酒を呑んだごどもねえすな。コロナ騒ぎがながったら、宇田濱さ来た早々に、一杯やってたどごだったんだもの」

「章男さんも、いらしていただけるんですね」

「迷惑が？」

「とんでもない。是非！」

百香が訪ねてきたのは、そういう経緯からなのだが、章男の姿が見えない。

「章男さんは？」

無言のまま玄関に立ち尽くす百香に向かって、晋作は問うた。

「お刺身にする魚を下ろしてから行くから、先に行って支度しておけって……」

「そうですか……。じゃあ、百香さん、どうぞお上がり下さい」

室内に入るよう促した晋作だったが、なぜか百香は逡巡《しゅんじゅん》している様子である。

「どうかなさったんですか？」

「いえ……」

百香は、そっと視線を落とすと、「じゃあ、お邪魔します……」と小さくいい、靴を脱いだ。

「本当に快適に住まわせていただいてます。眺めは最高にいいし、家具もぴかぴか。

お陰様で、宇田濱暮らしを満喫してますよ」

お世辞ではない。本心からいったのだったが、百香は室内の様子を窺う素振りも見せず、キッチンに真っ直ぐ向かった。

マスクをしているので定かではないが、百香の顔は強《こわ》ばっているように思えたし、顔色も冴《さ》えないような気がして、晋作は問うた。

「百香さん……大丈夫ですか？　どこか具合でも――」

そういった晋作を遮り、

「いえ、そんなことはありません」

不自然と思えるほど強い声で否定する。

そして、ダイニングのテーブルに山と積まれた山菜に目をやると、

「たくさん採れたんですねえ」

慌てて話題を転じた。

「一応、仕分けしておきましたけど……」

収穫したのは、タラの芽、ヤマオガラ、シドケとアケビの芽に山ウドである。いずれも、外見で区別がつくので、間違ってはいないはずである。

それらに一通り目を通した百香は、

「じゃあ、タラの芽と山ウドの一部は天ぷらに、シドケとアケビの芽はおひたしに、

それからヤマオガラと残りの山ウドは酢味噌和えにしましょう」

百香は、そこで持参してきた紙袋に目をやり、「中に私が採ったコゴミとワラビ、ふきのとう味噌が入っています。コゴミとワラビはおひたしにしてもいいんですが、〝すいとん〟にも入れますね」

「すいとん……ですか？」

晋作は反射的に気のない返事をしてしまった。

というのも、かつて小学生の頃、母の実家を訪ねた際に、戦争中の生活の話になって、「すいとんだけは、もう二度と食べたくない」と祖父母が語っていたのを思い出したからだ。

「都会の人は、すいとんって聞くと、嫌な顔をしますよね」

出たよ、「都会の人」が……。

「食べたことはありませんけど、正直あんまりいいイメージ持っていなくて……」

晋作は、正直にこたえた。

「戦争を体験した世代、それも当時都会で暮らしていた人は、そうおっしゃる方が多いですよね」

百香は先刻承知と見えて、晋作の内心を見透かしたかのようにいうと続けた。

「でも、戦中、戦後のすいとんと、いまのすいとんは違うんです。肉、山菜、大根、人参、何をいれてもいいんです。サンマの季節にはすり身を使いますし、カボチャでもやります。この辺の人や岩手県人にとっては、ソウルフードといってもいいでしょうね。実は、おとうさんが山菜を採りに行ったので、今夜はすいとんを作ろうと思って、生地を作ってしまってたんです」

「生地って？」

「薄力粉を水で練り上げるんですよ。手打ちうどんを作るみたいに……」

使用する具材を聞くだけでも美味そうだ。いや、美味いに決まってる。それに、うどんといえば讃岐《さぬき》で食したうどんの食感、喉ごしがいまだ忘れられない。

「生地を百香さんが？」

「この辺のスーパーでは茹でたものを売ってるんですけど、手作りは食感、喉ごしがやっぱり違うんですよねえ」

百香の目元がはじめて緩む。「もう少しすると、山で笹竹が採れるようになるんですけど、すいとんに入れてもいいし、皮ごと焼くと香りも逃げないし、ジューシーで本当に美味しいんですよ」

些細な変化だが、百香が気を許しはじめたような気がして、晋作はなんだか嬉しくなった。

「そりゃあ、楽しみだなあ。章男さんが笹竹を採りに行く時には、是非ご一緒させていただきたいものです」

学生の頃には晋作にも彼女がいたが、就職を境に距離が出来、いつの間にか関係は解消。今にして思えば、釣りに熱中するようになったのも、その寂しさのせいもあったように思う。

まして、シンバルは万事において恵まれた職場だとは思うが、それでもサラリーマン社会であるのに変わりはない。上司との関係しかり、仕事しかり、やはりストレスは溜まる。かくして、釣り熱は高まるばかりだし、日頃接する女性といえば、職場の同僚ぐらいのものだ。そんな暮らしを長年送って来たものだから、百香が余計新鮮に見えるのかもしれない。

「じゃあ、支度しましょうか」

百香は食卓の上に広げた山菜を手にすると、「西尾さん、お湯を沸かして下さい。私は山菜を洗いますので」といい、シンクに立った。

鍋に水を張り、ＩＨヒーターの上に置く晋作の傍らで、百香は蛇口から流れ出る水をボウルに張って山菜を洗いはじめる。

なんだか、新婚家庭で、夫婦が二人して調理に取りかかっているような感じがして、「こういうのも、悪くないナ……」と晋作は思った。

「そうそう、ここに来る前に、おとうさんが水源から、クレソンと野ゼリを採ってくるといってました」

百香が手を動かしながらいう。

「水源？」

「あれ……いってませんでしたっけ？」

「いいえ、何も……」

「下の家も、この家も、水は全部自家水道なんです。凄くいい水が湧き出る泉が敷地内にあって、その傍に井戸を掘って、モーターで汲《く》み上げた水を引いてるんですけど、そこにクレソンと野ゼリが自生してまして」

「じゃあ、飲み水も風呂も洗濯も、全部ミネラルウォーター使ってるんですか？」

「そういうことになりますね」

百香は当たり前のようにいうが、都会では考えられない話だ。

「どうりで水道水にしては、めっちゃ美味く感じたわけだ。軽いし、甘いし、田舎の水道ってやっぱ違うなって思ってたんですよ」

「クレソンや野ゼリは、春の間は沢山生えますので、後で場所を教えますから、ご自由に採って下さいね。スーパーで売ってるものとは、ひと味もふた味も違いますから」

「しかし、贅沢な話だなあ。毎日ミネラルウォーターの風呂に入ってるなんて、思いもしませんでしたよ」

　笑いながら晋作がいったその時、外から自動車のエンジン音が聞こえ、玄関の前で停まった。

「章男さんが来たようですね」

　晋作がいうが早いか、

「私が出ます。西尾さん、これを洗っておいて下さい」

　百香は山菜を指さすと、玄関に向かって歩き出す。

　呼び鈴が鳴った。

「は〜い。いま開けま〜す」

　百香の声に続いて、ドアが開く音がした。

「えっ！」

「あっ！　えっ！　えええええ！」

　百香の短い叫びに続いて、聞こえてきたのは複数の男の声だ。それも、明らかに百香以上に驚愕している。

「モモちゃん……なすて、ここさいんの！」

　聞き覚えのある男の声は、間違いない。健介だ。

「まさが、モモちゃん……あんだ、やっぱり……」

情けないほど狼狽《ろうばい》しているのは武だ。

どうして、あの二人が……。

怪訝に思いながらも、晋作は玄関に向かった。

「どうしたんですか突然」

二人ともここを訪ねて来るのははじめてだ。しかも二人揃ってとはどういうわけだ。

「い、いや、その、山菜採ったんで、分けてやっかと思ってさ……」

慌てた様子でいう健介だったが、視線は百香に釘づけだ。

そういえば、先週海幸に行った際、最後に山菜の話題になったことを晋作は思い出した。

「あ、あんだが、ウルシにかぶれるがら山さ入れねえっていうがら、も、持って来てやるべと思ったんだげんとも……」

すっかり血の気が失せた顔面を強ばらせながら、健介は動揺を隠せない。

「ケンちゃん……帰るべ。せっかく二人でいんだもの、邪魔したら悪いべ」

何だか、見てはいけないものを見たとばかりに武がいう。

「そ、そんだな」

健介は、慌ててぱんぱんに膨らんだレジ袋を玄関の床に置くと、

「し、失礼いたしやした。俺だづは、ここで……」

何度も振り返りながら、小走りに車に向かって駆けて行く。

「ちょっ、ちょっと待ってってば！　あんたたち、勘違いしてるわよ！」

慌てて叫ぶ百香も動揺しているようだ。「ちょっと話を聞きなさいよ！」

こんな百香を見るのははじめてだ。

いったい何が起きてるんだ？　「勘違い」って何のことだ？

ただ呆然と三人の反応を見守るしかない晋作だったが、呼び止める百香を無視して、健介と武は這々の体で車に乗り込み去って行く。

「あ〜……。何でこんな展開になるのかなあ……。せっかく誤解が解けたのに、もう、最悪……」

百香は頭を抱えて、その場にしゃがみ込んでしまう。

「百香さん、何ですか、その誤解って……」

思わず問うた晋作に、

「何でもないの……。西尾さんには関係ないことだから……」

百香は、両頬をぷうっと膨らませ、少し怒った口調でいう。

「関係ないことはないいんじゃないですか？　あの二人の慌てようからすると――」

「自分のことは自分で解決するしかないの。巻き込む人が多くなればなるほど、ややこしくなるに決まってんだから」

百香は自らにいい聞かせるようにいい、「さっ、早く支度済ませましょう」

キッチンに向かって歩いていった。

6

翌日の日曜日の夜は、恒例となったオンライン呑み会をすることになっていた。テレワークがはじまる前は、ウイークデーは毎日顔を合わせ、いつでも会話を交わせる環境にあったのだ。参加するもしないも自由だが、当たり前であったことがそうではなくなったのが、会社への帰属意識を高めることに繋がったのだろう。毎回、参加者は変わるものの、オンライン呑み会には、そこそこの人数が集まる。

「あっ、西尾さん。来ましたか。相変わらず元気そうですね」

アプリを起動させた晋作が、モニターに現れた途端、武則が話しかけてきた。「今日も釣りですか?」

「残念ながら、こっちは一日雨が降ってさあ。釣りは休みにしたんだ。魚は食べ切れないほどあるし、久々に家でのんびりしたよ」

「そうそう、先日は魚をたくさん送っていただいて、ありがとうございました。三陸の海の幸、堪能させていただきました」

「うちも、かみさんが凄く喜んでまして」

武則の言葉を継いで、克也がいった。「でも、まともに魚を料理したことないもんで、僕がクックパッドを見ながらやることになってしまったんですけどね。それでもカレイの煮付けなんか、結構うまくできましたよ」

「お陰様で、助かってまあ〜す」

いきなり画面に現れた、克也の妻が手を振りながら、戯《おど》けた口調でいう。

「海老沢君のところは、共働きだもんなあ。食事を奥さん任せにしたら、毎日のことだもの、大変だよ。週末ぐらい、君が作ってやってもいいだろう」

「毎日支度をしてくれてはいますけど、大抵はスーパーの出来合いですから。コロッケとかメンチとか、そんなのばっか。サラダだって、パックごとそのまま出て来るんですよ」

「余計なことをいうんじゃないの！」

一瞬画面に奥さんの手だけが現れ、克也の頭が激しく揺れた。

「何も、叩かなくてもいいじゃないかぁ」

頰を膨らませ抗議する克也を、

「まあまあ、戯《じゃ》れ合《あ》うのは後にしてくれよ」

制したのは武則だった。そして、急に真顔になると、改まった口調で続けた。

「それより、今日は伝えておかなければならないことがあるんです」

呑み会で、伝えておかなければならないことだって？

いきなり、そういわれると、何か良からぬことでも起きたのか……とどうしても想像は悪い方へと向かいはじめ、晋作は思わず身構えた。

「実は一昨日、資料を取りに会社に行ったら、社長にお会いしましてね」

「社長に？」

「そりゃあ、トップですもん、毎日テレワークってわけには行きませんよ。全社員テレワークってわけでもないんですから」

「それで？」

「テレワークについての感想を訊かれまして、正直なところをこたえたんです。これといって業務に支障をきたすことはないし、慣れの問題だろうと……。そしたら社長、社員同士のコミュニケーションは図れているのと訊いてきましてね。それで、少なくともうちの課では、オンライン呑み会を頻繁に開いているので、むしろ以前よりも会話を交わす機会は増えたとこたえたんです。そしたら社長、是非一度参加させてくれといいまして……」

「社長が呑み会に？」

さすがに晋作は驚いた。

社長の大津は一部上場企業の経営トップなのに偉ぶることはないし、社内で顔を合わせれば、新入社員にもフランクに話しかける。既存の概念、特に日本社会の慣習には一切囚われないし、パーティションやテレワークのようにベター、ベストと思えば躊躇《ちゅうちょ》なく取り入れる、実に進歩的、進取の気性に満ちあふれた人物だ。シンバルが大津の代になって急成長を遂げたのも、そんな気性によるものなのだが、やはり一介の社員の身からすれば雲上人《うんじょうびと》であるのに変わりはない。

「それで、今夜、参加することになっていまして……」

「今夜ぁ？」

晋作の声が裏返った。

「ええ……」

「お前、何でそれ早くいわねえんだよ」

晋作は、慌てて抗議した。「ひとっ風呂浴びたばっかしで、髪だって乾いてねえし、ジャージ姿だし……」

「社長、そんなの気にしないと思いますよ」

改めて見ると、このところトレーナー姿で呑み会に参加していた武則は、クリーニングし立てと思しき、襟がピンと張ったポロシャツを着用しているではないか。

「お前、汚えぞ！　そうならそうと、電話のひとつもかけてくれりゃいいじゃねえか」

「そうですよ。僕だって、心構えってものが必要ですよ。社長と呑み会だなんて、いきなりいわれても……」

すっかり泡を食った様子で、克也も狼狽することしきりである。

「いや、電話しようかなぁ～って思ったんですけど、休日にってのも何だなあと思いましてね」

「休日も何もあったもんじゃねえだろが！　現に日曜の夜に、こうして酒呑もうとしてんじゃねえかよ！」

晋作が声を荒らげたその時、

「みなさぁ～ん。お元気ですかぁ～」

早くも酔っているのか、桜子が能天気な声でいいながらモニターに現れた。

「お元気ですかじゃねえよ！」

いきなり、罵声を浴びせられた桜子は、きょとんとした顔になり、「どーしたんですか、西尾さあ～ん。もう酔っ払ってんですかあ？　それとも何かあったあ？」

小首を傾げながら問うてきた。

最初のうちこそ呑み会に参加する面々も、いくら見知った仲とはいえ、プライベートの、しかも普段自宅で過ごしている素のままを晒すのは、さすがにまずいと思ったのだろう。普段着とはいえ、それなりの服装をしていたのだが、それも回を重ねるごとに緩くなり、もはや家呑み同然、過ごしやすい格好で呑み会に出るようになっていた。

桜子に至っては、「どーせ、酔っ払ってこのまま寝ちゃうんだし」といって、今やすっぴん、ジャージ姿が定番だ。

「今日の呑み会に、社長が参加すんだとよ！」

「へえ……」

ところが、桜子は驚くでもなく、

「それが？」

と逆に問い返して来るではないか。

「それがって……」

「別にいいじゃないですかあ。家呑み同然の場だって承知で参加したいっていってるんでしょうし、第一、社長は格好だの何だの、細かいことを気にする人じゃないと思いますけど？」

確かにその通りだとは思うのだが、日本社会には礼儀というものがある。

晋作が、そう返そうとしたその時、

「こんばんは。失礼しま〜す。大津ですぅ」

大津が、モニターに現れた。

「あっ……しゃ、社長！」

瞬時にしてサラリーマンの本能にスイッチが入った。

バネに弾かれたように背筋を伸ばした晋作に向かって、

「ええと……西尾君だったね。それから、海老沢君に玉木さん……」

三人の名前を諳《そら》んじて見せた。

「えっ……どうしてご存知なんですか？」

世界中でビジネスを展開しているシンバルの従業員数は、工場も含めて約三万人、日本国内だけでも一万人を優に超える。課長にもなっていない自分たちの名前を覚えているとは、露ほども思っていなかっただけに、晋作は驚いた。

「そりゃあ、呑み会に参加させて貰うんだもの。事前に名前ぐらい調べておくさあ。だって、社長だもん。社員ファイルなんかいつでも見れるし」

飾らない人柄なのは知っているが、大津は砕けた口調でいい、「今日は、四人だけかね？」と問うてきた。

「あくまでも自由参加ですので、一緒に呑みたい人だけが集うことになってるんです。開始時間も大体七時頃からと大雑把に決めているだけですし、抜けるのもまた自由。まあ、そこがオンライン呑み会のいいところなんです、会社帰りに外で呑んでたら、そうはいきませんので」

すかさずこたえたのは武則である。

「そうそう、お礼をいうのを忘れていたね。平野君、呑み会への参加を快諾してくれてありがとう」

大津は礼をいい、「オンライン呑み会をやってると平野君に聞いたものでね。前々からできるだけ多くの社員と話をしようと心掛けているつもりなんだが、コロナのお陰でめっきり機会が減ってしまってね。それで、平野君にお願いしたわけなんだ」

参加した動機を説明した。

「光栄でございます！」

すかさず声を張り上げたのは克也だ。

チッ……。先を越された……。

克也もまた、サラリーマン根性全開だ。

こんなところでゴマを擂《す》っても、どうなるものでもないのだが、やはり経営トップには少しでも好印象を与えたいと思う気持ちは一緒である。

「まあ、そう畏《かしこ》まらんで。今夜は楽しく、無礼講でいきましょう」

大津は顔の前でひらひらと手を振り、「それじゃあ、早々に乾杯といきましょうか？　みなさん、何呑んでるの？」見えるはずもないのに、社員たちの手元を覗き込むかのように身を乗り出した。

「ええと、みんな、大抵はビールからなんですが……」

「私は、もう呑みはじめてまぁ〜す」

何と桜子は中ジョッキを翳す。

その中に黄色い物が入っているところからして、レモンハイのようだ。

「じゃあ、私もビールから……」

大津が缶ビールのプルトップを開ける。

「社長！　乾杯の音頭を……」

またしても克也である。

しかし、断るのも面倒だと思ったのだろう、

「じゃあ、乾杯！　今夜はひとつよろしく！」

大津は音頭を取り、美味そうにビールを喉に流し込む。

「西尾さ〜ん。今夜のアテは何ですかぁ。またお魚ですか？」

桜子が羨《うらや》ましそうな目をして問いかけてきた。「この間、戴いた干物、凄く美味しかったです。また送ってくださいね」

晋作の前には、タラの芽と山ウドの天ぷら、シドケ、アケビの芽のおひたし、ヤマ

オガラの酢味噌和えが並んでいる。三人でも一晩では食べきれないほどの収穫があったので、百香から教わった調理法を踏襲し、晋作が自ら作ったものだ。

「えーとですね。今日は山菜なんです」

晋作は小鼻を膨らませながらいい、タラの芽の天ぷらを箸で摘まみ上げ、藻塩を一振り、口に入れた。「ハフハフ……うまっ！」

もちろん、ハフハフするほど熱くはないが、これも山の幸の美味さを強調するための演出というものだ。

「え〜っ。今日は山菜って、西尾さんのところでは、そんなのも採れるんですかあ」

桜子は両の眉尻を下げ、心底羨ましそうにいう。

「これはねえ、昨日近くの山に入って採ってきたもんなんだ。他には——」

続けて、山菜の名前、調理法を晋作が話して聞かせると、

「西尾君、あなたどこにいるの？」

大津も、興味を覚えた様子で訊ねてきた。

「宮城県の宇田濱町というところです」

「宮城県？」

さすがの大津も驚いたようで、ぽかんと口を開ける。

「私、釣りが趣味でして、そちらにいた時も、週末は関東近辺の海に出かけてたんで

す。テレワークは場所を選びませんし、会社も居住地域を特に限定しておりませんでしたので、ワーク・ライフ・バランスが取りやすく、生活コストが安くつく地方に住んでみようかと思ったんです。それで、ネットで物件を探してみたら、たまたま理想的な貸し家に出くわしまして……」

「へ〜えっ」

続けて晋作が家賃、家具、家電付きであること、宇田濱の町の様子、日頃の生活を話して聞かせると、

「海に出れば魚がたくさん釣れて、山に入れば山菜かあ……」

どうやら大津は興味を覚えた様子である。

「昨晩は、大家さん親子と夕食をご一緒したのですが、水源をお持ちだとかで、そこに自生しているクレソンと野ゼリを持って来てくださったんです」

「水源？」

「この家の水は、全部その水源から引いたものなんです」

「えっ！　上水道ないんですか？」

目を剝いて訊ねてきたのは武則だ。「そんな水飲んで、大丈夫なんですか？　狐とかいたら、エキノコックスに感染するんじゃ……」

「水源の水をそのまま引いてるんじゃなくて、傍に掘った井戸に湧いた水を使ってる

んだって。だから、風呂や洗濯に使う水も含めて、全部ミネラルウォーターってわけ」

「それは、何とも贅沢な話だねえ……」

大津は心底羨ましそうにいう。「さっき君が口にしたタラの芽さ、随分大きいよね。私はタラの芽の天ぷらが大好物で、この季節にはよく食べるんだけど、そんな大きなのは見たことがないよ」

「召し上がっているのが、栽培物だからですよ。大家さんがいってましたけど、天然物はサイズが揃わないから、料理屋では使えないんじゃないかって……」

アッ、やべえ……。調子に乗って、余計なことといっちまった……。

「西尾さん、それ、社長に失礼ですよ」

すかさず武則が口を挟んだ。「社長がいらっしゃる天ぷら屋は、一流店に決まってるじゃないですか。食材だって吟味したものを揃えているでしょうし、中には産地から直接取り寄せている店だってあるはずですよ」

「ご、ご無礼申し上げました」

晋作は慌てて頭を下げると、弁解に出た。「食材や料理の話になると、都会の人間は、本当に美味い食材、食べ方を知らないって、大家さんに馬鹿にされるもんで……」

「いや、実際、その大家さんのいう通りだろうねえ」

ところが大津は、しみじみとした口調でいう。「魚はまだしも、野菜なんか規格から外れたら流通に乗らないし、安定供給が見込めないものもまたしかりだ。まして、天然物の山菜なんかとてもとても……。アケビの芽だっけ？　私はアケビの芽が食用になるなんて、この歳にしてはじめて知ったもの」

その言葉に、再び意を強くした晋作は、

「アケビの芽は歯ごたえがよくてですね、仄《ほの》かにして、独特な苦みがまたたまらんのです。アケビに限らず、山菜は茹で過ぎは絶対禁物だそうでして、さっと湯がいてすぐ氷水に晒すのがコツなんだそうです。タラの芽にしても、運がよければ、食べきれないくらい採れますので、湯がいてクルミや、ゴマで和えるもよし、白和えにするもよし。山ウドに至っては山のあちこちに自生していて、これがまた柔らかいし、香り高くて本当に美味いんです」

熱弁すると、缶ビールを一気に飲み干した。

てっきり山菜の話題が続くのかと思いきや、大津は腕組みをし、何事かを考え込むと、

「いまの話、うちの会社にも共通する点があるかもしれないねえ……」

感慨深げに漏らした。

「かいしゃに……ですか？」

何を指してのことか、すぐに思い当たらないのは克也も同じであったらしい。

問い返した克也に向かって、

「いや、流通に乗せるには、姿、形を整えなければならないって話だよ」

大津はそう前置くと続けた。

「うちの会社も、中小企業だった頃にはさ、学歴、職歴、実に様々なバックグラウンドを持った人たちが入社してきたもんだった。それが大きくなるにつれ、採用は大半が新卒の大卒者。中途採用で入社して来る人も、また同じようなものだしねえ。食材の話にたとえて人材を語るのもどうかと思うんだが、いつの間にか、採用する人材の規格が決まってしまって、適合しないと見るや、端《はな》から弾いてしまってるもんなあ……」

「人材はどこに埋もれているか分からない。曲がっていようと、傷がついていようと胡瓜は胡瓜。味は一緒なのにとおっしゃりたいわけですね」

それまで、黙っていた桜子が、いきなり口を挟んだ。「ならば、いかにして素材の持ち味を生かし、価値を高めるかは料理する側の腕次第ってことになりますよね？タラの芽にしたって、いくら素材が立派でも、職人の腕が悪けりゃ、それこそネコに小判ってことになりますもんね」

呑み会に参加するまでにどれほど呑んだのか分からぬが、どうやら桜子は大分酔いが回っているらしい。

彼女がいう〝職人〟が、誰を指すのかは明らかだ。上司、ひいては経営者の大津のことをいっているのだ。

無礼講とはいわれても、いっていいことと悪いことがある。その気になって、本音をぶちまけた挙げ句、後で酷い目にあったなんて話はサラリーマン社会には山ほどあるのに……。

晋作は慌てて大津の反応を窺った。

どうやら、武則も克也も同じ思いを抱いたらしく、彼らも表情を硬くして成り行きを見守るばかりだ。

「なるほど、玉木さんのいうことももっともだよねえ」

ところが大津は、相好を崩すと、「私は、こういう話をしたかったんだよ」心底嬉しそうにいった。

「えっ……」

小さな声で武則が漏らすと、

「経営者というのは孤独なものでねえ。特にうちの会社は、創業家の私が代を継いだこともあって、面と向かって意見してくる社員がいないんだよ」

どこか寂しそうにいった。

「それは、社長の判断に、間違いがないからじゃないでしょうか」

すかさず武則がフォローする。「中小企業だったシンバルが、約三万人もの従業員を抱えるまでに急成長を遂げたのは、社長の代になってからです。かつて業界に君臨してきた大手メーカーが見向きもしなかった、新分野に進出し、そのことごとくを成功させてきた、実績があるからです」

「そうはいうがね平野君、私も今年で八十歳、傘寿《さんじゅ》を迎えるんだよ。我々の業界だって、環境は日々めまぐるしく変化してるんだ。テレワークにしたって、コロナ騒ぎが起きるまでは、こんな勤務形態が導入される日がくるなんて、誰も考えちゃいなかったんだ。もちろん、私を含めてね……」

大津は、そこで一瞬の間を置くと続けていった。

「誰も想像だにしなかった事態が起きた。人の生活も、働き方も大きく変わった。私はね、これはうちが新しいビジネスに乗り出すチャンスだと思ってるんだ。絶対に、大きなビジネスのネタが転がっているはずなんだ。それを考えるのが私の仕事でもあるんだが、悲しいかな、高齢なものでねえ。若い君たちにも是非考えてみて欲しいんだよ」

7

やっぱりねぇ……。こうなるよねぇ……。

仕事を終え、自宅に戻った百香は玄関口で溜息をついた。

晋作の家で武と健介に出くわして五日。この手の噂は野火のように瞬く間に広がっていくものだ。

まして、宇田濱は刺激に乏しい過疎の町だし、男女の噂は格好の酒の肴、お茶の供だ。海幸で武が一人の客に話しただけで、自宅に帰ればその家族が、そこから先はまさにネズミ算式に拡散していく。

噂が企画課、いや、役場職員の全員の耳に入っているのは間違いない。

面と向かって訊ねてくる者こそいないものの、敢えて話題にせぬように、意識して必要以上に百香と言葉を交わさぬようにと、職場の雰囲気が微妙に変化しているのが皮膚感覚で分かるのだ。

疲れた……。本当に疲れた……。

そんな職場に一日中身を置くと疲労困憊《こんぱい》、百香は上がり框に座り込んでしまった。

「おう、百香、帰ってたのか」

居間から出て来た章男が、背後から声をかけてきた。

いつもとは様子が違うと察したのだろう、

「なじょした。どごか具合悪いのか？」

章男は心配そうに問うてきた。

「ううん……。そんなんじゃないの。ただ、ちょっと疲れちゃって……」

百香は、首を振りながらこたえると、

「さっ、夕食の支度をしなくちゃ。その前に、お風呂やっとかなきゃね」

弾みをつけて立ち上がった。

「疲れでんだら、無理すなくてもいいぞ。晩飯は、冷蔵庫の中に何かあるべす、風呂は俺がやっとぐがらさ」

「大丈夫。本当に具合悪くないし、早く床に就けば疲れも取れるでしょうから……」

そうはいったものの、いつもならぱっと思いつく夕食のメニューが浮かばない。

それでも、百香はキッチンに向かい、夕食の支度に取りかかることにした。

料理は作るのも食べるのも大好きだし、一日三食、間食をいれても精々五回。それも食べたいものを食べられるのは健康であればこそ。それに、生涯で摂れる食事の回数は決まっているのだ。たかが一食、されど一食。食事は大事にしなければならない、というのが百香のモットーだ。

だからといって美食に走るわけではない。食材を無駄にせぬようやりくりしながら献立を考えるのは本当に楽しいし、何よりも仕事モードから〝お家モード〟に切り替えるための大切な時間なのだ。

さて、何にしようか……。

取りあえず野菜は豊富にあるし、魚にもことかかない。昨夜は、白菜の間に豚バラ肉を挟み、ブイヨンで煮込んだ〝豚肉のミルフィーユ仕立て〟だったから、魚を主菜にしようか……。

そこで、冷蔵庫の中に、どんな魚があったか確認しようと思ったその時、

「こんばんはぁ」

玄関から、男の声が聞こえた。

聞き覚えのある声は、晋作である。

よりによって、こんな時に……。

胸中に澱《おり》のように沈んでいた塊が、俄に重さを増してくる。そのせいもあって、返事が一瞬遅れたが、

「はい……」

百香は短くこたえ、玄関に向かった。

「あっ、百香さん」

玄関に立つ晋作は、手にラップをかぶせた皿を持っていた。

「どうしたんですか？」

「突然すいません。あの……これ、ちょっと作ってみたんですけど、よろしければ召し上がって下さい……。ヒラメを下ろしたんですけど、とても一人じゃ食べきれない量になったもので……」

「おう、西尾さん。なじょした？」

風呂場は玄関のすぐ近くにある。

晋作の声が聞こえたらしく、章男が現れた。

「西尾さんが、ヒラメで料理を作ったんですって」

百香が、手短に用件を話すと、

「あんだ、料理やるの？」

章男は意外そうにいう。

「料理が趣味だって、前にいったじゃないですか。もちろん、百香さんのように上手じゃありませんけど……」

「山菜の食べ方も知らねえのにが？」

悪気がないのは分かっている。それどころか嬉しいに決まっているのだが、本心を素直に表に出せないのが章男の性分なのだ。

「おとうさん」

諫めた百香を無視して、章男はいう。

「ヒラメで何作ったんだあ？　何だか、随分ペタッとしてっけど、刺身が？」

「まあ、刺身っちゃ刺身なんですけど、お二人とも獲りたての魚を毎日食べていらっしゃるでしょうから、カルパッチョにしてみたんです」

「なに？　かる……何だって？」

「カルパッチョ。イタリアの料理よ」

すかさず百香はいった。「本来は牛の生肉を使うんだけど、外国でも刺身を食べる文化が根付いて、最近ではお魚も使うようになったのよ」

「ふ～ん。イタリア料理ねえ。そんなもの食ったごどねえな」

章男は、おもむろに手を差し出してくると、「どれ、なじょなもんだが見せでみろ」

晋作の手から皿を取ると、ラップを捲《めく》った。

瞬間、百香は目を見張った。

放射状に並べられた薄切りのヒラメの身。その上から掛けられたオリーブオイル。ちりばめられた粒コショウとバジル。

イタリアンは大好きだが、もちろん宇田濱にはこんな洒落《しゃれ》た料理を供する店はない。

「すごぉ〜い」

自然と声が上ずった。「これ、西尾さんが？」

「型のいいヒラメが釣れると、一人じゃ食べきれないほどの身が取れますからね。それで、いろんなものにチャレンジしているうちに、レパートリーもそれなりに増えまして……。もっとも、カルパッチョなんて、刺身の上に岩塩を振って、オリーブオイルをかけるだけなんですけどね」

晋作は、少し照れ臭そうにこたえる。

「刺身の上さ油かけるって？　ヒラメはさあ、淡泊な味が売りなのに、そんただものかけたら本来の味が分がんなくなってすまうべさ」

章男は胡乱げな眼差しでカルパッチョを見ると、嘲笑を浮かべる。「やっぱす、外人のやるごどは、分がんねえなあ」

「そんなことないわよ」

レシピを聞いただけで、ネガティブな反応を示すのは失礼に過ぎる。「だいたい食べもしないうちに、いいも悪いもないでしょう。私、カルパッチョなんて、作ってあげたことないんだし……」

「食ってがらケチつけんのは、もっと悪いんでねえが？」

「はあっ？」

「俺はさあ、カレーさばソースかけんのが好きなんだげんと、いきなりやるど百香は味もみねえうちにっていうがらさ、一口食べてからにすてんだげんとも、そんでも嫌ぁ〜な顔すんでねえが」

どうやら章男は、食卓に上った時点で料理は完成品。味を直す行為は、美味しくない、あるいは好みに合わないと調理した者に知らしめることになるといいたいらしい。

まあ、考えようによっては、そうともいえなくはないだけに、一瞬黙ってしまった百香を尻目に、

「まあ、せっかくだから、ごっつおになっけんどもさ。あんだ、今夜も一人で飯食うんだべ？」

章男は、晋作に向かって問うた。

「あんたって……僕……ですか？」

「他に誰がいんだよ」

「もちろん、そうですけど……」

晋作は、章男が何をいわんとしているのか見当がつかないらしく、きょとんとした表情でこたえる。

百香にしても、なぜ章男がそんなことを聞くのか、真意を測りかねたのだったが、

「んだば、一緒になじょった？　せっかくこすらえた料理を、一人で食うのも味気ねえべ。俺も酒の相手がいた方が楽すいすな」

突然、晋作に夕食を共にしようと誘うのだから、驚愕したなんてもんじゃない。ましてや、噂が広まっている最中のことである。ただでさえも、晋作とは距離を置きたいと思っているところに、まさか章男がこんなことをいい出すとは……。

「お、おとうさん。夕食に誘っても、支度はこれからで、随分お待たせすることになるし、一緒にというなら、日を改めた方がいいんじゃない？」

ところが章男は、

「この前漬けたカブラ寿司が、ちょうど食い頃になってべさ。切り込みもあれば、漬物もあるべ。酒飲みは、肴が二、三品あれば、時間なんか気にならねえす、これだってご飯のおかずにはなんねえべさ」

章男は、カルパッチョに目をやった。

確かに、その通りである。

カルパッチョは白ワイン、精々パンと一緒に食するものだが、イタリア料理だし、白飯に合うかといわれれば疑問である。

返事に窮した百香を尻目に、

「大したものはねえげんとも、まず上がらい。ビールでも呑むべす……」

章男は晋作をいざなった。

8

思いもしなかった展開に、晋作は戸惑った。

宇田濱に来て他人の家に上がるのもはじめてなら、五日前に食事を共にしたとはいえ、章男が自宅で酒をといってくれたのもはじめてだ。

大家にして、船頭との距離がようやく縮まりはじめたような気がして嬉しかったのだが、どうも百香の様子がおかしい。

困惑というより、迷惑という感すら覚えるほど表情が固く、険しいのだ。

そういえば……と晋作は先週末に夕食を共にした時のことを思い出した。

章男は酔いが回っても、饒舌になるわけでもなく、晋作が話しかければ反応するといった具合で、海の上と同様、必要以上のことは喋らない。百香はといえば、視線を落として黙々と料理を口に運ぶだけで、ほとんど会話に加わることはなかった。

二人とも、あの家で新しい生活を始める寸前に、家族を亡くしたのだから、夢と想いが籠もった空間に身を置いているのがさぞや辛いのだろうと考えていたのだが、いま百香が醸し出す雰囲気はあの時とはどうも違うような気がする。

考えてみれば、事前に連絡を入れず突然他人の家を訪ねるのは、失礼な話ではある。しかし、カルパッチョを渡すために来たのであって、まさか夕食に誘われるとは思いもしなかったのだ。

それでも、晋作が章男の誘いに応じることにしたのは、再び百香と同じ食卓を囲むのだと思うと、なんだか胸がときめいたからだ。だからこそ、百香が示す反応が、余計気になった。

「じゃあ、失礼します……」

晋作は、サンダルを脱ぎ、章男に続いてキッチンに入った。

「ツマミはすぐに支度しますから。それまで西尾さんが持って来た、カルパッチョをいただいてみたら？　焼酎は、おとうさん、お願いね」

百香は、冷蔵庫の扉を開けながらいう。

晋作はカルパッチョの皿を覆っていたラップを取る。

章男は焼酎の〝尿瓶ボトル〟と、ポットをテーブルの上に置き、晋作に湯飲みを差し出す。

「あんだは、いろんな酒を呑んでるようだげんとも、俺はビールどこれしかやらねえもんでさ」

章男が、相変わらずぶっきらぼうな口調でいう。

ここで、焼酎は乙類しか呑まないなんていおうものなら、雰囲気がぶち壊しだ。

「全然大丈夫ですよ。缶入り酎ハイなんて、全部これ使ってんですから」

以前、海幸の健介にいわれたままを引用し、調子よくこたえた晋作は、

「章男さん、いつもお湯割りなんですか？」

と問うた。

「寒いどきはな……。夏は水割り」

「じゃあ、先日は申し訳ありませんでしたね。ロックしか用意できなくて」

晋作は仕事の間はコーヒーを飲む。だがそれでもドリップ式のコーヒーメーカーがあったので、日頃ポットを使うことが皆無だったからだ。

「麦焼酎は高級品だもの。思い切りごっつおになるべど思ってさ」

章男は、珍しく照れ笑いを浮かべる。

「はい、ビール……」

百香が缶ビールを二人の前に置くと、

「さあ、呑むべ……」

章男はプルトップを開け、缶ビールを目の高さに掲げ、口をつけた。

「いただきます……」

百香は手が早く、晋作が缶ビールをテーブルに戻す間に最初のひと品が二人の間に

置かれた。

イカの塩辛だが、普段東京で見るものとちょっと違うのが一目で分かった。

しかし、百香の表情は相変わらずだ。「どうぞ」でもなければ、「塩辛です」でもない。

無言のまま小鉢を置くと、ただちに次の作業に取って返す姿は、これが町の小料理屋なら、間違いなく感じの悪いママがいる店という評価が下されることだろう。

「何か、塩辛の色が違いますよね。東京の塩辛って、もっと明るい色してますけど、見るからに濃厚って感じですね」

晋作がいうと、

「イカの身はひと塩して一夜干しにするが、冷蔵庫で一晩寝かしてがらして使うの。身が締まる分だけ、イカの味が濃くなって、旨味が増すんだ。ワタも同じ」

章男はそうこたえながら、箸を手にした。

「おとうさん、切り込みよりも、カルパッチョを先にいただいたら？　塩辛を先に口に入れたら、味が分からなくなるわよ」

百香は無愛想な割に、二人の会話や動きに気を配っているらしく、章男を制する。

「よろしかったら、どうぞ……。気に入るかどうか、分かりませんけど……」

「んだば、せっかくだすな。食ってみっか」

晋作に奨められるまま、章男はカルパッチョを摘まみ上げ、口に入れた。

作り方は至って簡単だし、素材の質、鮮度ともに問題はない。これまで何度も自作して味にも自信はある。

しかし、初めて出会う味には、好きか嫌いかがはっきりと現れるものだ。まして、この近辺で長年続いてきたヒラメの調理法に慣れ親しんだ章男が、どんな反応を示すか予想もつかない。

どんな感想が返って来ようとも、どうということはないのだが、なぜか晋作は、固《かた》唾《ず》を呑んで章男の反応を窺った。

「うん、悪ぐねえな……」

章男は口を動かしながら漏らした。「なるほどなあ。外人は、こんな食べ方すんのが」

「そもそもは牛の生肉を使うものでしたから、刺身を使うのは日本人が考えたんだと思いますけど」

「だども、もう少す、塩が利いててもいいがもせねな」

「おとうさん、塩の取り過ぎは体によくないわよ。切り込みだって、かなり塩使ってんだから」

間髪を容れず百香が反応すると、

「だども、百香の作った切り込みは、塩気が薄くて味気ねえんだよなあ。日持ちもすねえし、美味くねえんだもの」

健康のことを引き合いに出されると、さすがにまともに反論はできないらしく、章男は困惑した表情を浮かべる。

「お口に合ったようで、何よりです」

なんだか、ホッとした気分になって、晋作が声を弾ませると、

「百香、せっかくだから、お前も食べてみろ」

章男は百香を促した。

相変わらずの仏頂面だが、それでも食卓に歩み寄る百香の手には、早くも二品目が入れられた鉢がある。

「カブラ寿司ですね。こんなのも、ご自分で作られるんですか」

カブラ寿司は主に北陸で食される〝なれ寿司〟で、鯖や鰤《ぶり》、鮭などの生の切り身を塩漬けにし、カブの塩漬けに挟み、人参の千切りと共に麹で漬け込んだものだ。

「鯖はいっぱい獲れるがらな。寿司にすれば保存も利ぐす、酒の肴には最高なんだよな。百香は、これを作るのが上手でさあ」

「せっかくですからカルパッチョ、いただきますね」

百香は立ったまま、カルパッチョに箸を伸ばし、口に入れた。

咀嚼《そしやく》をはじめた途端、百香は目を閉じると、

「美味しい……」

これまでとは一転、顔を綻ばせた。

しかし、それも長くは続かない。

今度は、何だか悲しそうな表情を浮かべ、

「カルパッチョなんて食べるの、何年ぶりだろう……」

しんみりとした口調で漏らした。

その表情、その口調の変化に戸惑いを覚え、晋作は言葉が出なくなった。

何だか、百香が過去の記憶に思いを巡らすような響きがあったように思ったからだ。

「今夜は、簡単なもんでいいべ。知らねえ人でねえす、突然一緒に晩飯を食うごとになったんだす……」

章男には百香の表情の変化の理由が分かるのか、優しい口調でいう。

百香は言葉を返さなかった。

無言のまま頷いたものの、再び料理の支度に取りかかる。

晋作は箸を手にすると、

「僕もいただいていいですか？」

章男に問うた。

「当たり前だべさ。遠慮すねえで食べろ」

「じゃあ、頂戴します」

晋作は、真っ先に塩辛を箸で摘まんだ。

「なんだ、そのカルなんどかっつうのを食べねえのが？」

「気に入っていただけたようですので、お二人でどうぞ。家に帰れば、僕の分は取ってありますので、そっちは夜食にします」

晋作は、塩辛を口に入れた。

イカの身に締まりがあるのは、箸から伝わってくる感触で分かったが、嚙みしめると濃縮されたイカの旨味が実にいい。ワタにしても、東京で食べるそれよりも、遥かに濃厚で酒の肴にはもちろん、白飯も幾らでも食べられそうだ。

「こ、これは……」

晋作は思わずそこで絶句し、「本当に美味いですねえ」

次いで感嘆の声を上げた。

「この辺では珍すぐも何ともねえげんともな」

「いや、一夜干ししたイカを塩辛にって発想はありませんでしたね。塩辛は、刺身用の身とワタを塩漬けにした後絡ませて熟成させるものだとばかり思ってました。これは、最高の酒の肴ですね。何杯でもいけそうです」

「あんまり食べるど、百香に塩分の取り過ぎだっていわれるぞ」

あまりの晋作の喜びように、章男も満更でもない様子で、珍しく目元を緩ませる。

「じゃあ、こちらも……」

晋作は、カブラ寿司に箸を伸ばした。

厚めに切ったカブのちょうど中央、断面に平行に四分の三程まで包丁が入り、そこに挟まれているのは鯖の切り身である。それをねっとりとした純白の麹が包む中に、細切りにされた人参と小口切りの唐辛子の赤、千切りの柚の皮の黄色が映える様が美しい。とても家庭料理とは思えぬ見事な出来映えである。

「いただきます！」

堪らなくなった晋作は、カブラ寿司にかぶりついた。

最初に熟成した柔らかな麹の感触、次いでカブのパリッとした食感、そしてしっとりとした鯖の身……。嚙みしめると、それぞれの異なった食感と共に、麹の甘み、カブの仄かな辛さ、そして熟成した鯖の旨味が口中一杯に広がった。唐辛子の微かな辛さ、仄かに鼻腔をくすぐる柚の香りが何ともいえない。

まさに、極上の美味さ。思わず「万歳！」と叫びたくなるような絶品である。

「これは……」

晋作は再び絶句した。「こりゃあ逸品、絶品……。こんな美味いカブラ寿司は、はじめて食べました。とても、自家製とは思えない出来映えですね！」

「何を食わせでも、あんだは、絶品だどしかいわねえんだな」

章男は皮肉をいったつもりかもしれないが、目元が益々緩み、含み笑いすら浮かべているところからしても、内心では晋作の反応を喜んでいるのは間違いない。

「さっきも語ったべ。カブラ寿司は、百香の得意料理……つうが、名人だもの。俺だって、ここまでのものはできねえもの」

章男の言葉を聞いて、

「百香さん！　これ本当に美味いです。感激しました！」

声を大にして、振り向いた晋作だったが、次の瞬間、言葉が続かなくなった。

こちらに背を向け、黙々と料理を作っている百香の肩が震えていたからだ。

声を掛けることも憚られ、晋作は思わず章男に目をやった。

章男も百香の様子に気づいたらしく、沈鬱な顔をして押し黙る。

重苦しい沈黙が流れる中に、百香が静かに、そして小さく、鼻を啜る音が聞こえた。

百香は泣いていた。

第四章

1

「西尾君、元気でやっているかね」

午後七時ちょうど。パソコンのモニターに大津が現れた。

「元気でやっております」

「桜はもう終わったのかね。今年は暖冬で開花が早くて、東京はもう葉桜になってしまったが？」

「こちらも同じです。今は山桜が満開なので、もう少し桜を見ていられそうですけど……」

「君のフェイスブックを見せてもらったけど、本当にいいところに住んでいるようだね。三陸の海が一望できて、見事な日の出が見れて、家の周囲には桜の木がたくさんあって最高じゃないか。羨ましい限りだよ」

「桜の木も津波で大分減ったとは聞きますけど、往時を知らない人間からすると、あちらこちらにありましてね。名所っていわれるところまで出かけなくとも、花見はどこでもできるんです」

晋作は笑みを浮かべた。

「そうそう、山菜と魚ありがとう。家内も大喜びでね。オンライン呑み会で見た山菜が余りに美味しそうだったもんで、何だか催促したみたいで申し訳なかったね」

大津が参加したオンライン呑み会で、彼の興味を惹いたのは、あの日晋作が食していた山菜料理である。

大津にしても、どうやらあれほど大きなタラの芽や、山菜の数々を目にしたのははじめてのことであったらしい。ちょうど健介と武が持って来てくれた山菜が残っていたので、冷凍していた干物と関野家の水源から採取した野ゼリとクレソンと一緒に送ったのだ。

「いや、食べきれないほど採れましたので、どうしようかと思っていたところだったんです。毎食続くと、さすがに飽きがきちゃいまして……」

「いやあ、本当に見事な山菜だったし、美味かったねえ。山菜は大好きなんだが、今年はコロナ騒ぎで食いそびれちゃってねえ。歳も歳だし、もう二度と山菜を口にすることもないのかと寂しい思いをしてたんだが、いや人生の最後に来て、最高の物を頂戴したよ」

「そんな、まだまだお元気じゃありませんか。私がここにいる限り、毎年お届けいたしますので」

どこに潜んでいるとも限らないのが新型コロナウイルスである。八十歳を迎えようという大津の年齢からすれば、言葉が現実となっても不思議ではないのだが、さすがに肯定するわけにはいかない。

「実は、君と話したいと思ったのは、山菜と魚のお礼もあるが、田舎暮らしのことを詳しく聞きたかったからなんだ」

大津が、「話したいことがある」と記したメールを送って来たのは、昨日のことだった。用件は書かれてはいなかったが、「田舎暮らし」についてとは意外である。

「どういったことでしょう」

「いやね、生涯現役を貫くのも生き方の一つではあるんだが、傘寿を迎えるに当たって、そろそろ後進に道を譲ろうかと考えていてね。なんせ、社長になってから四十年も経つし、私に何かあって、いきなり社長を任されたんじゃ、後任も困るからね」

これも、十分に理解できるが、肯定するのは気が引ける。

「そんなことはないですよ。とても八十をお迎えになるとは思えないほど若々しくていらっしゃるし、健康状態にこれといった問題がおありになるわけじゃないんでしょう？」

「年寄りがいつまでも居座るのは、決していいことじゃないからねえ。トップには後進を育てるという責務もあるんだし、できるだけ早い内に社長の座を譲ろうと考えてるんだ」

こうした思いを口にする時は、どこか寂しげな表情、口調になるものだと思うのだが、大津にそんな気配は微塵もない。

至極当然といった態で話すと、

「これは、まだ他言無用。ここだけの話だよ」

笑みを浮かべながら念を押す。

「分かりました」

頷いた晋作は、「しかし、どうして田舎暮らしに興味を持たれるんですか？　まさか引退したら、移住を考えておられるとか？」

「その、まさかさ」

大津はニヤリと笑い、顔の前に人差し指を突き立てる。「以前から家内とは話し合っていたんだ。軽井沢には親父の代からの別荘があるが、すっかり都会化したし、とにかく人が多くてね。週末や夏休みなんて、日中は身動きできなくなるし、引退後の生活を送る場としては賑やか過ぎる。それに、東京までの便が良過ぎると、会社のこともいろいろと聞こえてくるだろうし、耳に入れに来る人間もいるだろうからね」

いかにも大津らしい潔《いさぎよ》さだ。会社においては雲上人そのものだが、折に触れ漏れ伝わってくる大津の人柄、考え方からすればさもありなんだ。

「それで、私の生活に関心を持たれたわけですね」

「それともう一つ、社員諸君がライフスタイルを改めて考えてみるきっかけにしたいと思ったんだ」

「と、申しますと？」

「オンライン呑み会をやっているのは、君のセクション以外にも結構あってね。もちろん、テレワークについての感想は人様々なんだが、これを機に住居を移した社員も少なからずいる。もっとも、都内から湘南、千葉、埼玉辺りが精々で、遠隔地に居を移したのは、私が知る限り君だけなんだ」

「私の場合は釣りという趣味があったからですよ。それに、子供がいれば学校や病院の問題もありますし、マンションや自宅を購入して、ローンを抱えている社員だってたくさんいますからね。私だって、独身だからここにこれたわけで、動きたくとも動けないという方はたくさんいると思いますよ」

「だからこそ、特に若い人たちには、ライフプランを見直す機会になればと思ったのさ」

　そう語る大津の口調からは、もはや信念とも取れる意思が伝わってくるように晋作には思えた。

　果たして大津は続ける。

「大都市での生活が魅力的かどうかは別として、多くの若者が都会に出て来るのは雇用が集中しているからだ。収入なくして生活はなりたたないからね」

「おっしゃる通りです」

　晋作は大津の言葉を肯定した。「この町も、雇用基盤は極めて脆弱なことに加えて、高齢化も進む一方ですから、いずれ肝心の労働力の確保が困難になるでしょう。そうなれば、いまこの地にある地場産業だっていつまでもつか……、それこそ時間の問題というところにまで来ているように思います」

「本来であれば、人手不足の地域には、職を求める人が集まるものなのだが、それを阻《はば》んでいるのが賃金の安さだ」

「おっしゃる通りだと思います。正確には分かりませんが、スーパーに置かれた商品、中でも食品の価格は都会よりもかなり安いことからも、この地域の所得レベルが分かりますし、いままで目にしたことのない食品もたくさんありますからね」

「スーパーは、その地の住民の特性や嗜好《しこう》が現れるだけではなく、民力を知る絶好の場だよ。私も国の内外を問わず、出張に出かけた際には、その地のスーパーを必ず訪ねるようにしてるんだ」

大津が最も簡便にしてコストもかからない基本的な市場調査の場としてスーパーを活用していることに、晋作は感心しながら、

「一言で大企業といっても賃金レベルは様々ですから一概にはいえませんが、うちの会社と比較すれば、私と同年齢で半分強いくか、いかないかといったところかと……」

「まあ、そうだろうね……」

大津は、神妙な表情になると、「遅まきながら、今回のコロナ騒動ではじめて知った事実に、一人暮らしの大学生の仕送り額があってね。君、仕送りの平均がいくらか知っているか？」

不意に問うてきた。

「いえ……。でも、一人暮らしだと、まず家賃が発生しますし、それに光熱費に携帯代とか加えると、十五、六万円は必要だと思いますが？」

「私もそう思っていたんだが、全国平均は七万円だというんだな」

「七万円？　東京だったら、家賃であらかた消えてしまうじゃないですか」

それは、偽らざる晋作の実感だった。

賃貸物件の家賃は地域、物件によって異なるとはいうものの、都内ならばワンルームでも六、七万円はするだろう。もちろん郊外に出れば、それなりに安くなるにせよ、今度は交通費が嵩《かさ》んでしまう。家賃以外の生活費のことを考えれば、どう考えても七万円程度の仕送りで、学生が東京で暮らせるわけがない。

「まして、私たちの時代とは違って、バス、トイレ付きは当たり前。エアコン完備、スマホやパソコンは必需品だ。生活に纏わる固定費は、格段に高くなっているはずなんだから、不足分はバイト収入で補塡することになるわけだ。それが、コロナ対策の自粛要請でバイト先が時短営業、中には経営不振に陥《おちい》ってしまったところもあるんだから、そりゃあ大学を辞めざるを得ない学生も出て来るわけだよ」

就職を機に、自宅を離れ一人暮らしを始めた晋作は返す言葉が見つからず、沈黙するしかなかった。

「私はね、テレワークの普及が、大都市に集中する人口の地方分散化につながることを期待してるんだ」

大津はいう。「現在の職場の賃金体系を維持したまま、地方で生活するようになれば、おカネの価値は増す。自治体の税収も増せば、地元にもおカネが落ちるようになる。何よりも人が集まるところには、必ず商売が発生するからね。店が集まっているから人が集まるのか、人が集まっているから店が集まるのかは、卵と鶏談義になるが、この場合は人が集まらなければ店を出そうという人はまず現れない。そして、君がいるような町で店を開こうって人間は、間違いなく若い世代になるはずだ。そして、定住人口が増加に向かえば、雇用が生まれ、それがさらなる人口増加につながって行くとね」

「若い世代が集まれば、子供も生まれる。生活コストが安くつく地方なら、子供を持つハードルも低くなる。それが、第二子、第三子の誕生につながるとおっしゃりたいのですね」

「東京で子供を産み、育てるのは大変だからねえ」

大津は、真剣な眼差しで晋作を見詰める。「うちは産休制度や子育て支援に熱心に取り組んでいるつもりだが、都会での子育ては出費が嵩むからね。一人でやっと、二人目なんて、とても無理というのが、実情なんじゃないのかな」

大津のいわんとしていることは全く正しいのだが、それ以前に地方への移住は、とてつもなく高い壁がある。

「私もテレワークの普及が、地方への人口分散、ひいては活性化につながればどんなにいいかとは思います。ですが社長、地方への移住には、到底解決不能な問題が幾つもあるように思います」

晋作の言葉に、

大津は眉を吊り上げた。

しかし、そんな大津の反応も晋作には決して悪いもののようには思えなかった。むしろ、ネガティブな見解、つまり問題点があるのなら聞かせて欲しい。そんな様子が言外に伝わってきたような気がしたからだ。

「先程社長は、引退後は地方へ移住したいとおっしゃいましたが、それに当たってどんな問題があるのか、実際に地方に居を移した人間の実体験から感ずることを聞きたくて、私と話してみたいと思われたのですよね」

「その通りだ」

果たして大津は、嬉しそうに頷く。「社員が地方に居を移した場合に直面する問題は、それすなわち、地方への移住を考えている私が事前に策を講じておかなければならない問題だからね」

「では申し上げますが、まず第一に、地元住民との文化、風習から来る摩擦といいますか、人間関係の構築の難しさです」

「それはよく耳にすることだね。憧れの田舎暮らしを始めたものの、地元に溶け込めず、孤立どころか、理不尽な扱いを受けて、日常生活に支障をきたしてしまっているとか」

「ほう？」

「幸い私は、いまのところそうした問題には直面していませんが、一ヵ月経ってようやく、近隣住民とのコミュニケーションが取れつつあるというところです。もちろん、コロナの影響もあるでしょうが、なにしろ話題、刺激に乏しいのが地方です。来た当初は周囲が注目している、というか、それこそ一挙手一投足を監視されているような気がしたものです」

「よそ者が、どんなやつなのか、まずは品定めを始めるというわけだね」

「実際、居酒屋では地元の住人に、それも初対面にもかかわらず、なぜここに来たのか、仕事は何か、果ては給与の額に至るまで、面と向かって訊ねられましたからね」

「なるほど、見知った住人ばかりの町によそ者が来れば、そうなるだろうね」

「第二に、周辺の環境が著しく都会とは異なることです。私の場合は、釣りを思う存分楽しみたくてここに来たわけですから、あまり気になりませんが、町の娯楽施設といえばパチンコが精々。飲食店も数軒しかありませんし、先に申し上げたように、スーパーの品揃えだって、都会とは大分異なりますから、あって当たり前だったものが、ここでは無くて当たり前でもあるんです」

「無いものは、ネットで買えるじゃないか」

「翌日には手に入るとはいえ、すぐに手に入らないことにストレスを覚える人も少なからずいると思います」

大津は口をもごりと動かし、何かいいかけたが、晋作は続けた。

「それに、学校も限られていて、選択肢はほぼないといっていいでしょう。受験を考えている親からすれば、教育環境に難色を示すでしょうし、子供が都市部の大学に進学すれば、今度は仕送りをしなければなりません。都会なら自宅から済むものが、小遣いどころか、纏まったおカネを毎月送金しなければならないとなると、うちの給与レベルでもかなり重い負担になるのではないかと思うのです」

「なるほどなあ……。進学すれば仕送りかあ……」

大津が眉間に皺を寄せ、腕組みをする。

難点を上げれば切りがない。

そこで晋作は、到底解決不能な問題を持ち出すことにした。

「それ以前に、そもそも論になるのですが、移住に当たっての最大の問題は、実際に住んでみないことには、その地にどんな問題が潜んでいるのか、何も分からないことです」

大津が、「ん？」といったように、視線を上げる。

晋作は続けた。

「社長は、移住に当たっての問題点を聞きたくて、この場を持ったとおっしゃいましたが、私がここに住んで感じた問題が、他の地域でもいえるのかというと、必ずしもそうとはいえないと思うのです」

大津は無言のまま頷き、先を促す。

「現に、町内会や行事への参加を強制されたとか、自治会費の支払いを拒んだら、完全無視、嫌がらせとしか考えられない仕打ちに遭うようになったとか、移住の失敗例は私も耳にしたことはありますが、少なくとも現時点では、私はそんな問題に直面していません。それに、住んでみないことには分からないというのは、マンションや戸建て住宅を購入するのにも同じ事がいえると思うんです」

「なるほど。確かに、君のいうとおりかもしれないね」

「夢だった自宅を手に入れたはいいが、隣の住人がとんでもない人だった。昼と夜とで雰囲気が一変して、まさかこんな土地柄だとはとか、目論見が外れた例はたくさんあると思うんです」

大津は、真摯《しんし》な態度で晋作の見解に耳を傾けている。

それに意を強くした晋作は、声に弾みをつけた。

「そう考えると、移住も自宅の購入も、ある意味ギャンブルといえると思うんです。どちらにしても、大抵の場合は家財道具一式を抱えて引っ越して、新しい土地での生活をはじめることになるわけです。想定外の問題に直面して、しまったと思った時にはもう遅い。戻る場所がなくなってしまっているというのも同じではないかと」

「全く、その通りだね……」

大津は、いまさらながらに移住の難しさに気がついた様子で、声の調子を落とした。

「社長は、軽井沢は都会化してしまって、移住先としての魅力に欠けるとおっしゃいましたが、都会化していない田舎では、予期していなかった問題に必ずや直面すると考えておくべきです」

「そうだよなあ……。移住した人間が、その地域の慣習、文化に合わせなければ共存できないもんなあ……」

「もちろん、そうしたリスクを避けるために、現在の住まいをそのままにして、試しに移住してみるという手はあるでしょう。でも、それは一握りの富裕層であれば可能な話で、引退したサラリーマンや現役世代は、そうはいきません。まして、移住先の物件を購入してしまっていたら、他所の土地に移り住もうにも、売却できなければ肝心の資金に事欠くことになるでしょう」

「買い手なんか、そう簡単には現れんだろうからねえ……。そうじゃなかったら、空き家問題なんて起きるわけがないもんなあ」

大津は、そこでふと気がついたように問うてきた。「じゃあ西尾君は、東京の住まいはどうしたんだ？　動画を見たところでは、立派な戸建てに住んでいるみたいだし、家財道具も揃っているようだけど、完全に引っ越したの？」

「川崎に住んでおりましたが、借りていたマンションはそのままにしてあります」

「じゃあ、家賃を二重に支払ってるんだ」

「コロナが終息したら、勤務形態が元に戻る可能性もありましたし、引っ越しの費用だって馬鹿になりませんからね。それに、再度通勤可能圏内で物件を探すとなると、敷金や礼金が発生しますので……」

「じゃあ、その家具は？」

「あっ、ここ、家具家電も調理器具も、食器や寝具まで全部揃っているんです」

「全部？　それ、新築に見えるけど？」

「新築には違いないんでしょうけど、完成して、家具家電一式を搬入し終えたところに震災が起きて、ずっと未入居のままだったんです」

「てことは、九年間も？」

大津は信じられないとばかりに、目を丸くして驚く。

「大家さんは、漁師で、どうも津波で家族を亡くされたようなんです……。センシティヴなことなので訊いてはいませんが、私の推測では新居での生活をはじめようという直前に、家族を亡くされて、とても住む気持ちにはなれなかったのではないかと……」

この話をすると、百香の顔が脳裏に浮かんでしまう。

あの日、食事の支度を終え、振り向いた百香の目に涙はなかった。

しかし、もちろん章男も百香の涙には気がついていたし、おそらく、その理由も分かっていたに違いない。

元々寡黙な章男の口は重くなる一方だし、何ともやるせない表情を浮かべ、黙々と酒を呑むだけとなった。場を盛り上げようとしても、空回りをするのが目に見えていた。どうしていいのか分からず、百香が作った料理を平らげたところで、早々に引き上げたのだった。

「お気持ちは察するに余りあるね……。震災、津波が残した心の傷は、九年経っても、いや、いつになっても癒えるものではないだろうからね……」

大津は、何とも沈鬱な表情を浮かべ、声を落とす。

「被災地で生活して、痛切に感じるのは、それでも復興を遂げようという強い意志を地域の方々の多くが抱いておられることです。ただ、現実はかなり厳しいものがあって、高台に整備した住宅地には空き地が目立ちますし、雇用基盤も震災前には程遠い状態で、町を離れた住民の多くが戻ってきてはいないとも聞きました。そのせいもあって、持ち主が亡くなられた家は空き家になって、年々増加する一方だとも聞きます」

「そういった話を聞く度に、被災地のためにシンバルができることはないかと思うんだが、被災した地域があまりにも広いこともあって、なかなか妙案が浮かばないんだよなあ……」

シンバルは震災直後から、被災地の支援を行ってきた。寄付はもちろん行ったし、社員がボランティアに参加する際には、一週間を上限に年休を使わずに済むよう、大津から指示が出された。

「正直いって、民間企業ができることは限られているといっていいと思います。それに過疎高齢化に伴う、地方経済の衰退が深刻なのは、被災地に限ったことではありません。こちらも政治がやることだといってしまえばそれまでですが、民間企業ができることといえば、雇用基盤を設けることぐらいしか、思いつきません。しかし、これもまた全国的な問題ですので……」

大津は、小さな溜息をつくと、

「世間には、政治と経営を混同する人間が少なからずいるものだが、全くの別物なんだよな。政治で解決しなけりゃならない問題を、一経営者が考えても仕方がないんだが、君がそこで暮らす間に何でもいい、これなら地方のためになるんじゃないかと閃《ひらめ》くことがあったら、遠慮無く連絡してくれたまえ」

真摯な眼差しを晋作に向けながらいった。

2

それから三ヵ月。

夜が短くなるに連れ、起床時間も早くなる。

起床は午前四時。それから浜に出かけ、日の出を見ながら釣りを楽しみ、七時半には帰宅。朝食を済ませ九時から仕事に入る。昼食の後、再び仕事をこなし、早く終わった日には再び浜に出て釣りを楽しみ、十時前には床に就く。

外出はたまに呑みに行くか、買い物に出掛ける程度で、まことに健康的、かつ判で押したような日々が瞬く間に過ぎ去ったのだったが、そんな中にも僅かばかりの変化があった。

近隣住民との交流である。

直近の家に住む、村山茂子《むらやましげこ》はその一人で、年齢は今年八十五歳。夫を亡くした後は、ずっと一人で暮らしている独居老人だ。

釣った魚を届けたのをきっかけに言葉を交わすようになったのだが、茂子の家も高台にある。年齢からして買い物もままなるまいと思って訊ねたところ、茂子は昨年運転中に路肩を踏み外したのをきっかけに運転免許を返上。以来週に二度やって来る移動販売に頼る生活を送っているという。

信号機も数えるほどしか無いし、交通量も極めて少ない。八十四歳になるまで自動車の運転ができたのも、そんな地域の特性があればこそのことなのだが、田舎ではは生活の重要な足である。

茂子も買い物に苦労するようになっただけでなく、「友達ともなかなか会えなくなって」といい、週に一度のデイサービス以外、友達はおろか他人と直接会話を交わす機会がめっきり減ってしまったと寂しそうに話した。

そこで、晋作が買い物に出かける際に声を掛けるようになり、親交が一気に深まったのだった。

「茂子さあ〜ん、こんにちは。魚持ってきましたよ」

茂子の家の庭には屋根のかかった竈《かまど》があり、ちょうど何かを煮炊きしているところだった。

「あっ、西尾さん」

振り向いた茂子は、笑みを浮かべながらぺこりと頭を下げる。

「何か、煮てるんですか？」

「さっき、山さ入った人からタケノコをたくさんいただいて」

「タケノコですか？　こんな時期に？」

「細竹は、いまが節なの」

茂子は鍋に目を向けると、「こうして茹でて水に漬けておけば、冷蔵庫で暫くもつし、炒め物や煮物、何にでも使えるから」

嬉しそうに目を細める。

見ると、親指ほどの太さの細長いタケノコである。

「へえ……。都会ではあまり見たことありませんね」

「道の駅では売ってるらしいげんともね。ほら、山菜採りで山さ入った人が熊に襲われだって、よくニュースになるでしょう？　あれは、このタケノコを採りさ入った人なの」

「熊はタケノコ食べますもんね。熊と人間の競争なわけだ」

「この辺では熊は出ないげんとも、私ももう山さ入れないがら……。こうして持ってきてくれる人がいるんだよね」

「じゃあ、これから買い物に行きますけど、今日は大丈夫ですね？」

魚を手渡しながら、問うた晋作に、

「いつも気にしてくれてありがとうね。今日は何も買わなくていいがな……。タケノコもあるし、魚もいただいたし、食べるものはいっぱいあるもの」

茂子はすっかり恐縮した態で頭を下げた。

「そうですか……。じゃあ、私はこれで……」

帰りかけた晋作を、

「西尾さん」

茂子が呼び止めた。「タケノコ、まだいっぱいあるの。少し持って行ってもらえると助かるんだけど……」

「いいんですか？　貴重なものなんでしょう？」

「年取って山さ入れなくなった途端に、自分で採ってた時よりもたくさんくるようになったの」

茂子は愉快そうにいう。「もうすぐ茹で上がるから、少し持っていって」

「そうですか。それじゃ、お言葉に甘えて……」

急ぎの買い物があるわけではないし、家にいても、精々ケーブルテレビを見るぐらいだ。

八十五歳にしては、達者な動きでタケノコを茹で上げる茂子を見ながら十分ほど。茹で上がったタケノコを笊《ざる》に移し、冷水に漬け終えた茂子は、額に浮かんだ汗を手の甲で拭いながらいった。

「お待たせしました。西尾さん、タケノコの熱が取れるまで、お茶飲みすぺ」

「じゃあ、一杯ご馳走になります」

「すぐに支度するがら、あそごさ座ってで」

コロナの感染拡大は一向に収まる気配はない。

宇田濱では、まだ一人の感染者も出ていないが、それでも室内での会話、飲食は避けるに越したことはない。

茂子が目で指したのは、庭に沿って設けられた縁側だった。

晴天にして、暑くもなく、寒くもなく。まことに、心地よい天候である。

ほどなくして、お茶の支度を調えた茂子がやって来ると、

「西尾さんも、ここさ来て大分経つね」

縁側に腰を下ろしながらいった。

「そうですねえ。もう四ヵ月になりますか」

「そろそろ飽きてきてるんでないの？　何にもなくて、若い人には退屈でしょう？」

「そんなことありませんよ。宇田濱は釣り好きには天国のようなとこですもん」

「隣の芝生は青く見えると語っからねえ……」

感慨深げに漏らしながら、茂子は茶を淹れにかかる。

「隣の芝生ですか？」

「私は男ばかり三人、子供を産んだげど、みんな学校終わったら、田舎は嫌だど語ってさっさと都会さ出でしまって帰って来ないもの。長男と次男は、もう定年したげん

とも、あっちさ家を建ててすまったす、ここさ戻って来る気はないと語るし、三男も同じ。みんな都会の方が生活しやすいど語るんだよね」

「こんな立派な家があるのに？」

茂子の自宅は所謂古民家で、建ててからかなり年月が経っているのは一目瞭然だが、梁《はり》は太いし、瓦葺きの屋根にも壁にも傷みは見えない。

いま腰掛けている縁側にしても、茂子は掃除を欠かさないらしく、板は黒光りしているし、質感からしてかなり厚手の木材が使われているように思われた。

「頑丈にできでるがら、息子が住んでも死ぬまで使えるどは思うんだけど、こごさ住んでも、何もするごどないがらねえ……」

「確かに、都会は便利だし、何でもありますけど、宇田濱にだっていいところはたくさんありますけどね」

晋作は正直な感想を述べ、続けて問うた。

「茂子さんだって、そう思っているから、ここで暮らしているんでしょう？」

「ここ以外で暮らしたことないがら、他所のごどは分かんないの……。だから息子がこっちさ来て一緒に暮らせといってくれっけども、行く気にはなれないの。息子がこごさ住んでも何もするごどないのと一緒で、私があっちさ行ったところで、何して暮らせばいいのが分からないもの。知っている人は誰もいないし、一日中家さ籠もってだら、それこそ惚けでしまうよ。それじゃあ息子夫婦だって困るでしょう」

茂子のいう通りかも知れないと晋作は思った。

高齢になった親に一緒に住もうというのは簡単だが、問題はそれから先の本人の生活だ。

八十五歳の茂子が都会で新しい人間関係を構築するのは困難だろうし、いままで離れて暮らしていた姑《しゅうとめ》と四六時中同じ空間で過ごしていれば、嫁との間に軋轢《あつれき》が生ずることだって十分に考えられる。かといって、外出しようにも土地勘があるわけではないから、公園、図書館あたりで時間を潰すのが精々だろう。そんな日々を送るくらいなら、友人、知人がいる町で、暮らし続ける方が遥かにマシというものだ。

「息子さんたちは頻繁にこちらにいらっしゃるんですか？」

「定年した息子たちは、夏に一週間ぐらいはいるかなあ。末っ子は、三日ほどで帰るけど、みんな一緒に来てけんの。だども、今年はねえ……」

茂子は茶を差し出しながら、寂しそうに声の調子を落とす。

「コロナは一向に収まる気配はありませんからねえ……。この調子だと、ちょっと無理かもしれませんねえ。もっとも、僕はそのコロナのお陰で宇田濱に来ることができたわけですけど……」

「西尾さん、まだ当分ここさいるの？」

「ええ、そのつもりですけど」
茶に口をつけながら、晋作はこたえた。「宇田濱が気に入っていることもあります
けど、関野さんからお借りしている家の住み心地が最高なんです。あんな物件を都会
で借りたら幾らするか分かりませんもん。僕は、本当にここでの暮らしに満足してる
んです」

茂子は複雑な表情になり、視線を落とすと、ぽつりと漏らした。

「モモちゃんも、大変な思いをしたからねえ……。あの家さば、住む気にはなれない
べす、西尾さんが借りでくれて有り難く思ってるど思うよ……」

狭い町のことだ。近所に住む茂子があの家に誰も住まなかった理由を知らぬはずが
ない。しかし、敢えてその理由を訊ねなかったのは、それが大地震発生直後にこの一
帯を襲った大津波による大惨事にあると確信していたからだ。

理由を聞いてもいいのか。それとも、聞かないでおくべきか……。

俄には判断がつかず、晋作は黙考した。

二人の間に、短い沈黙があった。

じっと茶碗を見詰めていた茂子は、やがて視線を上げ、遠い目で庭を見ると、

「本当に気の毒だったの……。あの津波でねえ……」

ようやく口を開き、重い声で語りはじめた。

九年前の三月十一日。百香と章男に起きた悲劇を……。

それも、晋作の想像を遥かに超える悲惨な出来事を……。

3

盛夏を迎えた三陸の洋上の快適さは格別だ。

清らかな大気。早朝の海面に煌めく無数の光。たおやかなうねり。聞こえるのは舷側を叩く水音だけだ。

そんな空間に身を置いていても、どうしても茂子から聞かされた話が脳裏に浮かんでしまう。

いや、浮かんでしまうというのは間違いだ。あの日以来、ずっとそのことが晋作の脳裏から離れないでいた。

釣りに没頭している間は忘れられると思ったのだが全く逆だ。目の前に広がるこの穏やかな海が突如牙を剝き、関野家に大悲劇を齎《もたら》した時の光景を想像してしまい、釣りに集中するどころではない。しかも、釣り師の心理状態が糸を通じて魚に伝わるのか、今日は当たりが来る気配がない。

「おがすいなあ……。今日はさっぱりだなあ……」

操舵室から出てきた章男が、不思議そうにいった。

「そりゃあ、こんな日もありますよ」

船首近くで糸を垂れていた晋作は、努めて明るい声でこたえた。「むしろ、これが本来の釣りですよ。こっちに来てからは、沢山釣れて当たり前って感覚になってましたからね。僕も釣りを舐《な》めかけてましたもん」

「そんでも、坊主で帰すわけにはいがねえよ。場所を変えてみるべ。竿上げろ」

そういって、操舵室に入ろうとする章男を、

「章男さん……」

晋作は呼び止めた。

釣りに集中できないでいたのには、もう一つ理由がある。

茂子から聞かされた話を、当事者の口から詳しく聞きたくなったのだ。

単に興味を覚えたというのではない。百香が、そして章男が、あの悲劇にどう折合いをつけ、これから先の将来を、どう生きて行くつもりなのか、知りたくて仕方がなかったのだ。

怪訝そうな表情を浮かべる章男に、晋作はいった。

「ちょっと、お話ししてもいいですか？」

「話？　なんだ、改まって」

「どこから話していいのか分かりませんけど……」

一瞬口籠もった晋作だったが、「津波で亡くなったご家族のことです」意を決して切り出した。

困ったような、怒ったような、複雑な表情を浮かべ沈黙する章男に向かって、晋作はいった。

「いま、僕が借りている家、百香さんのご家族が住むために建てたんですってね」

章男はすぐにこたえなかった。

視線を逸らし、硬い表情を浮かべて沈黙すると、

「誰から聞いた……」

遠い目で沖の方に視線をやり、ぽつりといった。

晋作は、章男の問いかけにこたえることなく話を進めた。

「百香さんは、あの津波で、ご主人と二人のお子さんを、章男さんは、奥さんと、ご長男を……」

章男は険しい顔をしながら胸のポケットからタバコを取り出すと火を点けた。

そして、深い溜息をつくかのように煙を吐き、あの日の出来事を話しはじめた。

百香が章男の長男・秀典《ひでのり》と結婚したのは、彼女が二十二歳の時だった。

秀典は高校の二年先輩で、東京の大学を出て宇田濱に戻り、役場に勤務していた。

いまの時代に珍しく、新婚生活を秀典の実家ではじめることにしたのは、新居を建てる資金を貯めるためだ。二年後には長男が、その四年後には長女が誕生したのを機に、念願の新居建設に向け動き出したのだという。

そして、家が完成し、家具家電の搬入が終わり、いよいよ新居での暮らしをはじめようかというその時、あの東日本大震災が起きた。

あの時刻、普段なら役場にいるはずの百香が在宅していたのは、酷い風邪をひいて床に就いていたからだ。

突如襲った激しい揺れに飛び起きた百香が、真っ先に気になったのは、幼稚園と保育園にいる二人の子供のことだ。

幼稚園はそろそろ送迎バスが出る時刻だ。長女は秀典が帰宅途中に引き取ることになっていたのだが、そうはいっていられない。

これだけ大きな揺れである。被害状況の把握、死傷者の有無、状況によっては避難所の開設、食料、飲料水、毛布、暖房器具の確保と、役場が行わなければならない仕事は山ほどある。手配に忙殺される秀典が長女を迎えに行けるとは思えないし、何日も帰宅できなくなっても不思議ではない。

百香は、ただちに身支度をはじめたのだったが、章男の妻・良子《りょうこ》が制した。

「私が迎えさ行ぐがら。あんだは寝てろ。子供さ風邪うつしたら、大変だがら」

宇田濱のような田舎では、自動車は生活の足として欠かせぬもので、良子は毎日運転している。自分の体調は最悪だし、揺れの最中に電気も止まった。診察にも影響が出るかもしれないし、そんな最中に子供に風邪がうつったら面倒なことになる。そんな考えもあって、百香は良子の申し出を受け、一人で家族の帰りを待つことにしたのだという。

「それが百香さんが、お義母《かあ》さんを見た最後になったんですね……」

ここまでは、既に茂子から聞いていたが、それでも当事者の口から直接聞くと重みが違う。

声を落とした晋作に、章男は静かに頷くと、

「人間つうのは、想像もできねえような悲劇が我が身さ降りかかると、泣くごどもできなくなんだな……」

眉間に深い皺を刻み、重い溜息をつくと、話を続けた。

「俺は四日後にようやく浜さ帰ってきたんだげんとも、その頃は行方不明になった人の捜索がはじまってでさ……。そんで、先に帰ってだ漁師仲間に訊いだんだ。俺の家族がどうなったが知らねえがって……」

晋作は馬鹿なことを話題にしたと、いまさらながらに後悔した。

関野家を襲った悲劇の概要は、茂子から聞かされた話で十分承知している。それ

を、当事者たる章男に直接語らせれば、塞《ふさ》がりかけた傷が再び大きく口を開けるに決まっているからだ。

「章男さん――」

晋作は章男を遮り、話を止めようとした。

しかし、章男はさらに話を続ける。

「だども、だれもこたえねえんだよなあ……。みんな俯いてすまってさあ……。そのうち、知り合いの消防団の人が、『章男さん、モモちゃん以外は行方が分からねえんだよ』ど教えてくれでさ……」

章男は、やりきれないとばかりに首を振り、肩を落とした。

晋作も何といったらいいのか言葉が見つからない。

舷側を叩く波の音だけが船上に流れる中、やがて章男が口を開いた。

「百香に会ったのは、その日の夕方でさ……。体が本当でないのに、瓦礫《がれき》や泥だらけの町の中を必死の形相で歩き回ってでさあ……。そして、俺を見つけた途端、あいづ謝るんだよ。『お義父《とう》さん、お義母さんに迎えにいってもらったばっかりに』って地面さ手ついて謝るんだよ……。涙流さねえでさ。ただただ謝んだよ。あんまり悲しくて、涙が出ねえんだ」

穏やかな声でいいながら、章男の声は震えているようだった。

こうなったら最後まで聞くしかない。いや、聞くべきだ。

「ご遺体は見つかったんですか」

「一週間後に、幼稚園の送迎バスの中がら長男、その三日後に自動車の中がら女房と長女……。秀典は役場さいで流されだんだべなあ……。随分離れたところで……」

章男は、再び胸のポケットから夕バコを取り出して火を点け、深く煙を吐くと、

「生きてはいねえど覚悟はしてたさ。見つかった時はホッとしたもんなあ……。涙が出たよ……。泣いだなあ……。本当に泣いだよ……。遺体が見つかる度に、葬式の時も、焼き場でも、それから暫くの間は、泣き暮らしたよ……」

遠い目で沖を見詰めながらいう。

「そこから、百香さんとの二人暮らしがはじまったんですね」

章男はちらりと晋作を見ると、

「旦那も子供も死んですまったんだ。当たり前に考えれば、実家さ戻るどころなんだげんともさ、百香の実家もみんな流されですまってさ……」

茂子はそんな話をしなかった。

「じゃあ百香さんは、ご主人とお子さん、お義母さんだけじゃなく、ご実家のご家族も全員……？」

「父ちゃんも母ちゃんも、海傍《うみつぱた》さあった水産加工場で働いでだす、家さば爺さんと婆

さんもいだんだげんとも、百香の実家は町の真ん中さあったがらな。津波で家ごと持って行がれですまった……」

「どうして、避難しなかったんですかね。あれほどの大地震が起きれば、津波が来るって――」

「大した津波は来ねえってニュースが流れだからだよ！」

章男は怒りが籠もった声で晋作を遮った。「地震と同時に停電すたがらテレビは見れねえがら、みんなラジオ聞いてたんだど」

「ラジオだって電気が来なけりゃ――」

「車さばラジオが付いてっぺど！」

都会で暮らしている人間にとって、ラジオはもはや過去の遺物という感がある。車を所有していても、運転中にラジオに耳を傾ける人間は、そうはいないだろう。

そんなこともあって、馬鹿なことを口にしてしまったのだったが、災害時の情報源はテレビではなく、確かにラジオだ。それに、地震の直後に津波の高さは数メートルという発表があったのは紛れもない事実で、それが膨大な犠牲者を出すことに繋がったとされているのもまた事実である。

「百香だって、本音では俺ど一緒に暮らしたいわけがねえど思ってさ。そんで、二年くらい経った頃だったかなあ、百香に訊いだんだよ。いつまでも、ここさいでもしょうがねえ。まだ若いんだす、やり直したらどうだって……」

「百香さんは、あの家にいることを選んだんですね」

「私は関野家さ嫁に来たんだ。義理とはいえ、おとうさんと呼ぶ人に一人暮らしをさせるわけにはいがねえど語ってさ……」

章男は胸が詰まった様子で言葉を呑むと、僅かな間を置き、続けていった。

「ただ、上の家さば住む気にはなれねえ。家族の思い出がいっぱい詰まったこの家さ住みたいと……」

茂子に加えて、章男の話を聞くにつけ、なぜ九年もの間、あの家に誰も住まなかったのか、あれほど条件が整った家が貸しに出されたのか、理由の全てが理解できた。

そして、あの家を訪ねて来た時に百香が見せた反応も……。

「百香さんご夫妻の思いが籠もった家だったんですね……」

晋作は、かろうじて返した。

「近寄りもすながったす、見るのも嫌だったべに、あの家を貸しさ出すどいい出した時には、ようやく区切りがついだんだなあど、そりゃあ嬉しがったさ。後は、俺のごどなんか気にすねえで、百香が自分の人生を考えでくれるようになれば、いいなど思ってんだげんともさあ……」

まるで、実の父親のような口調で章男はいうと、この話はこれまでだとばかりに、

「さっ、場所変えっぺ。坊主で帰すわけにはいかねえす……」

操舵室に入っていった。

4

まさか、茂子さんが亡くなってしまうとは……。しかも、この俺が第一発見者になるなんて……。

縁側に設けられた祭壇の中にある茂子の遺影を、晋作は呆然と見詰めた。

茂子から電話を貰ったのは、六日前のことだった。

「西尾さん、近々スーパーに行く予定ある？」

「何かお役にたてることがあればご遠慮なく」と、携帯の番号は知らせてあったのだが、茂子から電話をもらうのははじめてだ。

「ちょうどお肉が食べたくなって、明日にでも買いに行こうと思っていたところです」

そんなつもりはなかったが、どうやら急ぎの買い物があるらしい。

晋作のこたえを聞いた茂子は、

「そしたら、明日一緒に行ってもいいべか……」

申し訳なさそうにいう。

「もちろんです」

茂子が頼ってくれるのが、嬉しかったこともある。それに地方での独居老人の暮らしが都会以上に楽なものではなく、地域住民の助けなくしては成り立たないことを、ここで暮らすうちに実感するようになっていたこともあった。

「茂子さん、スーパーだけでいいんですか？　他に行きたいところがあるなら、遠慮無くいって下さいね。一日中家に籠もって仕事してると、買い物はいい気分転換になりますので」

こちらは晋作の本音である。

慣れてしまうとテレワークは快適そのものだが、唯一の難点は人との接触が極めて少なくなってしまうことである。もちろん同僚とはモニター画面を介して、一日に何度も会話を交わす。しかし、実際に面と向かって言葉を交わすのとは違って距離を感ずるし、釣りは日常的に行っているので、日々の生活がすっかりパターン化してしまっているのだ。

「そしたら、明日の夕方にお願いしてもいいべか」

「六時ではどうでしょう。ちょっと遅いですかね？」

「時間は何時でもいいの。どうせ、一人暮らしだがら」

「それじゃ、明日六時に伺います」

そして、翌日の午後六時。迎えに行った晋作は、

「茂子さ〜ん。買い物に行きましょう」

家の中に向かって呼びかけた。

ところが返事がない。それどころか、家の中に人の気配が全く感じられないのだ。

どうしたんだろう……。「買い物に」といってきたのは茂子である。少しばかり耳が遠いようだが、年齢の割にはしっかりしているし、物忘れをするような気配を感じたことはない。

怪訝に思いながら玄関の引き戸に手をかけると、鍵はかかっていない。

そこで晋作は引き戸を開け、

「茂子さ〜ん。西尾で〜す。迎えに来ましたあ」

家の中に向かって大声で呼んでみた。

古い家だけあって玄関は広く、広さは三畳ほどはあるだろう。やはり茂子はあの年齢になっても掃除を怠らないと見えて、そこから奥に向かって伸びる板張りの廊下が黒光りしている。

高齢者の一人暮らし。約束の時刻に無反応となれば、連想するものは決まっている。しんと静まり返った家の中。黒く光る廊下に不吉な予感を覚えた晋作は、

「茂子さあ〜ん。入りますよ」

意を決して家に上がった。

玄関傍の襖を開けてみる。そこは居間で、茂子の姿は見当たらない。

そこで、居間の奥の襖を開けてみた。

そこは十畳ほどはある座敷で、部屋の中央に体に不具合が生じた時に備えたのだろう、介護ベッドが置かれていた。

毛布がこんもりと膨らんでいる。

そろそろ日没の時間である。薄暗い室内で目を凝らすと、布団の先端に茂子の顔が見えた。

「し……茂子さん！」

慌てて駆け寄り、晋作は茂子の顔に手を触れてみた。

冷たい……。

し、死んでる！

仰天したなんてもんじゃない。それこそ腰が抜けそうになった。

全身から血の気が引いていく。心臓が早鐘を打つ。スマホを取り出す手が、ガタガタと震えた。

それでも、〝119〟とタップする。

「消防です。火事ですか、救急ですか」

消防士の声が聞こえるや、晋作は大声で叫んだ。

「死んでるんです！　宇田濱の村山茂子さんが自宅で――」


あれから五日。

今日は茂子の葬式の日だ。

急遽東京から駆けつけた息子たちとの接触と会葬者の三密を避けるため、通夜と葬儀は自宅で行われることになった。それも屋内ではなく、縁側に設けた簡素な祭壇に、会葬者が線香をあげ、手を合わせるのだ。

短い付き合いだが近隣住民の中では、最も親しくなったのが茂子である。第一発見者でもある。

もちろん通夜にも参列したのだが、家を離れる最後の時を見送るべく、晋作は茂子の遺影に向かって手を合わせ冥福を祈った。

「西尾さん、ありがとうね……」

祭壇を離れ、距離を置いて庭に佇む参列者たちの元に戻った晋作に、百香が歩み寄ってくると声をかけてきた。

「ありがとうって、何がです？」

「茂子さんのこと……。いろいろとお世話して下さってたんですね」

「いや、お世話ってほどでは……。親しくなったのも、最近のことですし……」

「西尾さんがいなかったら茂子さん、あんなに早く見つからなかったと思いますし……」

マスク越しに話す百香の声は震えている。「私も気にはなっていたんです。折ある毎に声を掛けるようにはしてたんだけど、町には独居老人がたくさんいるし、それにコロナのこともあって、最近は行くのを控えていたもので……」

「僕が訪ねなくても、誰かが気づいたと思いますよ。茂子さん、デイサービスに行くのを楽しみにしていましたし、息子さんたちだって、茂子さんのことは気にかけていたでしょうし……」

百香は、そこで暫し沈黙すると、

「でもねえ……孤独死に直面する度に思うの……。誰にも看取《みと》られずに死を迎えるって、さぞや寂しかったろうなって……」

ぽつりと漏らした。

いままで考えたこともなかったが、百香がいわんとしていることも理解できないではない。しかし、こうも考えられる。

茂子の亡くなり方は、世間でいう『ぽっくり』に近い。『ぽっくり寺』に願を掛ける老人が数多《あまた》いるのは事実というもので、長患《ながわずら》いの果てに死を迎えるよりも、こうした最期を迎えたいと願っている人がたくさんいるのもまた事実。そう考えれば、茂子は理想的な死に方をしたともいえるのだ。

しかし、それを口にするのはさすがに憚られた。

口を噤んだ晋作に、

「都会での孤独死が社会問題となっているけど、高齢化が進んでいる地方だって同じなのよ。家族と同居していても、起きて来ないんで部屋に行ってみたら死んでいたっていう話はたくさんあるけど、同じ屋根の下に家族がいたかいないかじゃ、やっぱり違うと思うのよね」

百香は少し怒ったようにいう。

「茂子さんも、本当は家族と一緒に暮らしたかったんでしょうに……。いってましたもん。夏に息子たちが家族を連れて帰省してくるのが楽しみだって……。それに、こうもいってましたね。あっちで一緒に暮らそうっていってくれるけど、友達もいないところで、何をやって暮らしていけばいいんだって……」

「そこなんですよねえ……」

百香は溜息をつく。「地方の独居老人は、ライフスタイルが確立されてしまっているから、いまさら変えることなんかできないもの……。ＱＯＬにかかわる問題なんだから、いくら子供から、こっちで一緒にといわれても無理なのよ」

百香がいうQOLとは〝クオリティ・オブ・ライフ〟の略で、個々の人生における『生活の質』のことを意味する。

「ですよねえ……」

晋作は頷くと続けた。

「高齢になって住み慣れた町を離れて都会に行っても、土地勘がないんじゃ外出もままならないし、話し相手もいないんじゃ、家に引き籠もるしかありませんからね。それじゃあ、健康な高齢者だって、惚けちゃいますよ。そんなことになろうものなら、呼び寄せた家族が困りますもんね」

「かといって、子供たちが老いた親の面倒を見るために、故郷に戻るかといえば、それもない……」

百香は祭壇の傍にいる茂子の息子たちに目をやると、「茂子さんのところだって、ご長男、ご次男はもう定年なさっているそうだけど、それでも戻って来なかったし……。結局、この家も空き家になってしまうのねえ……」

また一つ、溜息をついた。

そういわれて、晋作は改めて茂子の住まいに目をやった。

家の中に入ったのは、茂子を発見した時がはじめてだったのだが、分厚い木材が敷き詰められた床は黒光りしていたし、柱もまた太い木材が使われていたことを晋作は思い出した。

「もったいないですよねえ……」

晋作はいった。「古い家だけど造りはしっかりしているし、茂子さんは高齢なのに、掃除もまめにやってたんでしょうね。廊下なんか、ピカピカでしたもん」

「これから先は、お盆に墓参りに来る時に使うのが精々でしょうからね。人が住まなくなった家って、あっという間に傷みが進むから、次第に足が遠ざかる……。かくして廃屋になるのを待つばかりってことになるんですよねえ」

「都会には、僕のような人間がたくさんいると思うんだけどなあ」

晋作は、思いつくままを口にした。「テレワークが勤務形態の主流になった会社なら、どこに住んでも仕事はできますからね。それでいて給料が変わらないんだから、地方での生活は本当に魅力的ですもん」

「それは、西尾さんには釣りって趣味があるからよ。確かに職場がテレワークを導入したのをきっかけに、東京を離れる人たちが出て来ているとは聞きますけど、精々が湘南とか千葉、埼玉、熱海あたりといいますからねえ」

「それは、ある程度土地勘があるからでしょうね。海が好きな人なら、湘南なんてしょっちゅう行ってるでしょうし、埼玉、千葉は自治体の違いだけで、東京とほとんど変わりませんもん。田舎特有の地域住民との人間関係の煩わしさも――」

あっ、しまった……。

晋作は、そこで言葉を呑んだ。

空き家に対して、百香が悲観的な見解を口にするので、前向きな話をするつもりが、逆の言葉を口にしてしまった。

「田舎といっても様々ですからね……。住んでみなけりゃ分からないってことはたくさんあるし、外から来た人に冷たく当たる地域も少なくないって聞くし……」

「でも、宇田濱は別ですよ」

晋作は慌てていった。「意地悪されたことはないし、みんな親切な人ばかりで、僕はもの凄く満足してるんです」

本音をいえば、意地悪こそされたことはないものの、「海幸」では、「引っ越して来た」といった途端、職業から給与の額に至るまで、当然のように訊ねられた時には面食らったし、人間関係にも距離を感じたことは事実である。

もっとも、この点については、地方に居住するに当たっての通過儀礼のようなものだろう。全員が顔見知りのような町に、新参者がやって来れば、「こいつは何者だ」という気持ちを抱いて当然だ。実際、武や健介が山菜を持って来てくれるようになるまで、それほど時間はかからなかったし、茂子をはじめ、近隣住人との人間関係も良好といっていいだろう。

「そうはいっても、いきなり田舎に生活基盤を移すって気にはなれるもんじゃありませんよ」

百香はまたしても悲観的な言葉を口にする。「西尾さんだってそうでしょう？　宇田濱が釣り好きには最高だっていうけど、日本にはそんな土地はたくさんあるもの。ここに飽きたら、九州とか北海道とか、他所に行くって考えているんじゃないんですか？　住みたい土地に、いつでも移り住める。それがテレワークの最大のメリットですものね」

「いや、百香さん、それは違いますよ」

晋作は、首を振った。「そりゃあ、各地を転々としながら、その土地ならではの魚を釣り歩きたいとは思いますよ。だけど、これほど条件が揃った賃貸物件なんて、まずありませんもん」

えっ？　という表情を浮かべる百香に向かって、晋作は続けた。

「築九年。未入居、家具家電完備。宅配便で衣類、仕事道具を送れば次の日から普通に生活できる。しかも、家賃はべらぼうに安い。ここまで条件が揃っている物件に巡り会えるなんて奇跡ですよ。初っぱなからこんな家に住んでしまったら、どこへ行ったって見劣りするに決まってますもん」

「そうかなあ」

百香は小首を傾げる。「だって、移り住んだその日から生活できるっていうのなら、ウイークリーマンションがあるじゃないですか」

「確かにウイークリーマンションは、全国にたくさんありますけど、需要が見込めるところ、つまり都市部にしかないんですよ。当然、家賃は高いし、海や山に出かければ、それなりの出費を強いられます。それじゃあ千葉、埼玉に住むのと変わりないじゃないですか」

「なるほど……。それはいえてるかも……」

納得するかのような百香の反応に意を強くした晋作は、

「この家だって、貸しに出せば借りたいっていう人はいると思うんですよねえ」

茂子の家を目で指しながら言葉に弾みをつけた。「古民家に住みたいって人は、結構いるらしいですからね。地方からわざわざ移築したなんて話も聞きますし、茂子さん、畑もやってたじゃないですか。古民家に畑付きなんて、聞く人が聞いたら魅力を感じるんじゃないですかね」

「どうやって、借り手を探すんですか？」

「そりゃあ、ネットですよ。僕が借りている家だって、百香さんがネットで店子を募集したんじゃないですか」

「でも、この家にしたって、来ればすぐ生活できるわけじゃありませんよ。家具とか家電製品一式を買い揃えれば結構な出費になるし、いま使っているものを持って来ようとすれば、引っ越し費用がかかります。それに住んでみたら想像していたのと違ったってことだってあるでしょうし……。その時、前に住んでいた家を引き払っていたら、帰るに帰れないってことになるじゃないですか」

確たる考えがあっていったわけではなかった。

思いつくままを口にしたに過ぎないだけに、晋作は言葉に詰まった。

「西尾さんだって、そのリスクを考えて、いつでも川崎に戻れるよう、あちらのマンションは、そのまま借り続けているわけでしょう？　そんなことができるのも——」

「だったら、いま家の中にある家具、家電製品付きで貸しに出したらいいじゃないですか」

「いま家の中にある家具、家電製品付きで貸しに出す？」

なぜ、そんなことをいってしまったのか自分でも分からない。

そんな心情が目に表れてしまったのか、

「家具、家電製品付きで貸すって簡単におっしゃいますけど、独居老人が長く暮らしていた家に、人様にお貸しできるようなクオリティの物はそう残ってはいないと思いますけど？」

百香は、胡乱気な眼差しで晋作を見る。

確かに、百香の指摘は当たっているかもしれない。

一人暮らし、それも高齢者は年金に頼って生活してきたはずだ。人によって受給額は違うとはいえ、地方の民力からして、決して十分とはいえない額だろう。まして自分が死んだ後は使う人間がいなくなるとなれば、えてして高額な家屋の手入れ、耐久消費財への出費は極力抑えようとするに決まっている。

「なるほどねえ……」

晋作は声の調子を落とした。「そういえば、震災で失った家を新たに建てた高齢者は少ないっていいますもんね」

「当たり前ですよ。自分の代で住む人がいなくなる家を新築したって、おカネが無駄になるだけですもの。仮設住宅が片づけられた後は、災害公営住宅に移られた方がたくさんいたのもそれが理由の一つなんです。しかも、その災害公営住宅も九年経ったいまでは、岩手、宮城、福島の三県で、七パーセント近くが空き室だし、十年後には二割にもなるといわれてるんですよ」

「そうかあ……。家を失わずに済んでも空き家になる。被災者のために建てた公営住宅も、高齢化が進む地域では、それもまた空き室だらけになるのか……」

「それにネットを介して空き家の借り手を探すのは、既に多くの自治体や不動産業者が行っています。都会の人からすれば家賃が格段に安いのは確かですが、借り手はそれほど現れないと聞きますよ」

それも百香のいう通りだろう。

黙った晋作に百香は続ける。

「その日からすぐに生活できる家といえば、シェアハウスが近いと思うんですけど、こちらは立派なビジネスですから家賃もそれなりですし、利用者が見込めるところ、つまり、ウイークリーマンションと同じで、よほど立地がいいところじゃないと成り立ちませんよ」

ごもっとも……。

何もかもが百香のいう通りなのだが、こうも否定的な見解ばかり聞かされると、ならば策はないのかと思えてくる。

というのも、「正論、定説、常識を疑え。それを覆してみせることができれば、大きなビジネスを摑める」と、社長の大津はことあるごとに社員に説いていたからだ。

そして、大津はこうもいったことを晋作は思い出した。

「挑戦を嫌う人間は、新しいことをやろうとすると、まず最初に問題点をあげつらう。しかし、それはどうすれば成功するかが分かっていることなんだ。なぜなら、解決しなければならない問題は既に分かっているからだ」

もちろん、解決策が簡単に思いつくなら誰も苦労はしない。現実には技術、資金、人材、その他諸々、知恵を絞るだけでは解決できない要因は幾つもある。事実、大津がそんな言葉を口にする度に、社内では「知恵を絞っても解決策がないから実現できないんだ」という声が聞こえて来る。しかし、大津とてそんなことは百も承知でいっているのだ。彼がいいたいのは、とことん知恵を絞れ。考え抜け。いまは策が見つからなくとも、何かの拍子に、あるいは時間の経過と共に問題が解決できる環境が整っていることだってあるんだということだ。

「ねえ百香さん」

そこで晋作はいった。「おっしゃることはもっともなんですけど、コロナ感染が拡大するにつれ、社会環境、人の意識もコロナの発生以前と様変わりしているのは事実だと思うんです。テレワークだってそうじゃないですか。コロナなんてものが現れなかったら、仕事は会社でするのが当たり前。誰しもがそう思って疑わなかったに違いないんです」

「そうでしょうね」

「ところが必要に迫られてやってみたら、自宅でも十分仕事ができると分かった。いま現在は仕事はオフィスでやるものという既成概念が打ち破られた時点にあるわけですが、次に何が起こるかというと、ライフスタイルの変化じゃないかと僕は思うんです」

百香は、興味を覚えた様子で晋作の話に聞き入っている。

「だってそうじゃありませんか。仕事は会社に行ってやるものだったから、通勤圏内に住まなければならなかった。それが大都市への人口集中に繋がったんです。その必要がなくなったとなれば、いままでのライフスタイルを見直す気運が高まると思うんです」

百香は言葉を返して来なかったが、否定しないところを見ると、晋作の見解を肯定的に捉えたらしい。

晋作は続けた。

「既に、東京近郊に生活拠点を移す人たちが出て来ていますが、これはライフスタイルを見直す気運の現れと見て間違いないでしょう。大きな変化も、最初は小さな変化からはじまるものです。ならば、どうしたら大きな動きにすることができるか。その方法を考えてみるべきなんじゃないでしょうか」

「西尾さんのおっしゃることは、もっともなんですけど、空き家対策を担当しているから分かるんですが、現実はそんな簡単に行くものじゃなくて――」

「百香さん」

晋作は、百香の言葉をぴしゃりと遮った。「その方法を考えてみましょうよ」

「できない理由を語るより、どうしたらできるかを考えたほうが、何倍も楽しいじゃないですか。第一、仕事は楽しくなけりゃ苦痛になるだけですよ」

そこで晋作は百香の視線をしっかと捉え、声に力を込めた。

「一緒に考えましょうよ。どうしたら、小さな動きを大きな動きにできるかを」

「えっ？」

5

茂子の長男・信夫《のぶお》が訪ねて来たのは、葬儀から二週間ほど経った日の夕刻のことだった。

「突然に申し訳ありません。私、村山茂子の長男で、信夫と申します。生前母が大変お世話になったとお聞きしまして、ご挨拶に伺いました」

玄関口に立つ信夫は、丁重に頭を下げる。

「それはご丁寧に……」

晋作もまた姿勢を正すと一礼し、「でも、お世話をしたというほどのことではないんですよ。私もこちらに来て、まだ半年も経っていませんし、親しくさせていただくようになったのも、つい最近のことですので」

困惑しながらこたえた。

「いえ、亡くなったその日のうちに母を見つけることができたのは、西尾さんのお陰です。もっと早くにお礼に伺わなければと思ってはいたのですが、二週間は町内の人との接触を絶対に避けるよう、いわれておりましたもので……。本当にご無礼いたしました」

信夫は再び頭を下げる。

「私も、ここに移って来た時には同じ事をいわれました。川崎に住んでいたもので……」

「本来ならば葬儀の場に席を設けて、皆様に会葬の御礼をしなければならなかったのですが、この状況下ではそれもできず、大変心苦しく思っております」

東京での生活が長いというが、やはり信夫は宇田濱の出だ。言葉に訛《なまり》はないものの、朴訥な口調、控えめな態度は地元の人たちと共通するものがある。

「こんな時期ですから仕方ありませんよ。参列した方たちの間からも、きちんとした形で見送りたかったって声がたくさん聞こえましたもの……」

葬儀のクライマックスは出棺時にある。

会葬者が棺の中に花を入れ、故人に最後の別れを告げるのだが、感染予防の観点からそれも叶わず、遠目で棺の蓋が閉じられるのを見守るしかなかったのだ。

「これ……つまらないものですが、母がお世話になったお礼にと思いまして……」

信夫が、手に提《さ》げていた紙袋を差し出してくる。

「そんな、お世話になったのは私の方です。お母様からは、タケノコとか野菜とかを、分けていただいていたんですよ」

「気持ちですから……」

そうまでいわれて固辞するのも失礼だ。

「そうですか……、では頂戴いたします」

紙袋の中に、包装紙に包まれた箱が見えた。箱の形と重さからして、どうやらメロンのようである。

このまま帰すのも失礼な気がしたし、百香が茂子の家も空き家になると心配していたこともある。あの家をどうするつもりなのかを訊ねるいい機会だと思い立ち、

「村山さん、お時間ありますか？」

と晋作は信夫に問うた。

「ええ……」

「でしたら、ちょっとお茶を飲んでいかれませんか？」

「いや、こんな時期ですので、お邪魔するのはどうかと……」

「こちらに来られてから半月近くにもなりますし、宇田濱では、まだ感染者は一人も出ていません。家の中が不安でしたら外でいかがですか？」

「外……ですか？」

「庭にテーブルと椅子が置いてあるんです」

晋作はちょっぴり自慢げにいった。「この家からは海が一望できるもので、天気のいい日は朝食を外で摂ろうと思いましてね」

「本当によろしいんですか？」

「もちろんです」

晋作はこたえると、「申し訳ありませんが、庭に回っていただけますか。すぐお茶の支度をしますので」

キッチンに取って返した。

茶の支度を調えた晋作は、リビングから庭に出た。

そこにはホームセンターで購入したテーブルと二つの椅子があり、その一方に腰を下ろして海を眺める信夫の姿があった。

「どうです、いい眺めでしょう？」

「本当に、素晴らしい景色ですね……」

信夫は感激したようにいい、「うちからも海は見えますけど、ここは格別の眺めですねえ……。故郷の海が、こんなに綺麗だったとは、気がつきませんでしたよ」

改めて認識したように、目を細めながら遠くを見やる。

「私は釣りが趣味でしてね。会社がテレワークを取り入れたのを機に、思い切り釣りが楽しめる場所を探してたんです。たまたま釣り仲間から宇田濱のことを聞きまして、ネットで検索してみたら、この物件が貸しに出ているのを見つけましてね」

「夏には毎年来ていたんですけどねえ。景色の見事さもそうですが、ここに家が建ってたことも気がつきませんでした。なんせ、墓の掃除をしたり、親戚のところへ行ったり、帰省すると東京にいるより慌ただしくて」

そこで、信夫は海の方に再び目をやると、「しかし、綺麗ですねえ……」

改めて漏らした。

「宇田濱っていいところですよねえ。娯楽と呼べるものはありませんけど、この通り景色はいいし、食べ物は美味いし、空気もいい。のんびり暮らすには最高の場所ですよ。僕は、ここでの生活に大満足しているんです」

信夫は言葉を返さずに、茶碗を口元に運ぶとズッと音を立てて口に含んだ。

そこで、晋作は問うた。

「村山さんは、こちらに戻って来られるんですか？」

「戻るつもりなら、とっくに戻ってますよ」

信夫は茶碗を置きながら、薄く笑う。「老いた母に一人暮らしをさせていたんですからね。本来ならば、退職を機に戻って面倒を見るべきだったんですが、家内は都会育ちなもんでしてね。田舎で暮らすのは絶対に嫌だといいまして……。それで、母親にこっちに来ないかとはいったんですが、行ったところでどうすればいいんだといわれると、返す言葉がなくて……」

やはり、想像していた通りだ。

「友達もいないし、土地勘もないんじゃ、都会での生活を強いるのは酷かもしれませんね」

晋作は相槌を打つと、「じゃあ、あの家はどうなさるんです？」

続けて問うた。

「まあ、墓参りに来た時に使う程度になるでしょうねえ。取り壊して更地にすれば、税金が高くなりますし、売りに出しても、買い手なんか現れないとも聞きますし……」

「もったいないなあ。村山さんの家って、所謂古民家じゃないですか。使われている木材もしっかりしてるし、見た目には傷みもないし、貸しに出せば僕のようなテレワーク従事者とか、別荘を持ちたいって考えている人とか、借り手が現れるんじゃないかと思うんですけどねえ」

「そんな物好き、いるわけありませんよ」

信夫は首を振りながら笑い、茶碗に手を伸ばした。「だって、車がなけりゃ生活がままならない場所ですよ？　東京から宇田濱まで車で来たら半日かかるし、高速代にガソリン代だって結構な出費になりますからね。それに、自然が豊かだ、風光明媚だといっても、娯楽といえばパチンコ程度じゃないですか。やることなくて、三日もいたら飽きてしまいますよ」

「でも、人が住まなくなった家は、傷みが早いっていいますよね。野生動物の住処にもなるっていわれてますし、活用方法を考えなければ、後々面倒なことになるんじゃないですか？」

「それは、分かっているんですが……」

信夫は、少し困惑した表情を浮かべると、「使う当てがない以上、早々に取り壊すべきなのは重々承知してるんですけど、更地にすると固定資産税が高くなるんですよねえ……。いまのところは、非正規の仕事についていますが、それだっていつまで続くか分かりません。老後の暮らしは年金頼りとなると、微々たる金額とはいえ、やはり安いに越したことはないわけで……」

定年まで会社勤めをすれば、退職金が支払われるが、それだけでは老後の暮らしを支えることができないのが現実だ。

果たして、信夫は続ける。

「取り壊すにしてもかなりの費用がかかるんですよね。それ以前に、家の中にある物は、全部両親の遺品ですからね。子供としては、使う当てがないからって処分してしまおうって気には、なかなかなれないんですよ……」

もっともな話である。

「一緒に考えてみましょうよ」と百香にいった手前、あれから晋作も空き家問題についていろいろと調べてみたのだが、家の解体、廃棄物の処理費用は高額なだけでなく、都市部と地方の間に大きな差はない。

つまり、土地の価格が高額、かつ不動産取引が活発な都市部でこそ解体費用を負担してでも売却利益が見込めるが、まず買い手が現れない地方では、まるまる家の所有者の持ち出しとなってしまうのだ。

信夫はさらに続ける。

「解体費用だけでも、百万はかかるでしょうからね。そんな大金はとても出せませんし、本当のことをいえば、固定資産税だって払いたくはないんです」

「失礼ですけど、固定資産税はどれほどの額になるんですか？」

「三万円ちょっと……ですかね」

「三万ちょっと？　あんな大きな家なのに？」

がかかる。そうなんて人はいませんから

「家だけじゃありません。畑も入れてです」

「なのに、たったそれだけ？」といいそうになるのを晋作が堪えたせいで、一瞬間が空いた。

　そこから晋作の胸の内を察したらしく、

「そんなもんですよ。いま時、この辺の家や土地を買おうなんて人はいませんからね」

　安いとは思っていたが、まさかそこまでとは……。

「それなら、仮に月額三万円で貸せたら、年間の固定資産税をひと月分の家賃で回収できちゃうじゃないですか」

　驚きのあまり、晋作はつい口にしてしまった。

「借りたいって人がいるんだったら、月一万でもいいですよ。でもねえ、西尾さん。借りたいって人がいないから、空き家が増えるんじゃありませんか。そりゃあ、月三万の家賃って、都会の人にはとんでもなく安く感じるでしょうけど、それ相応の理由があるもので……。ほら、よくいうじゃないですか。安い物には理由があるって。まさに、それですよ」

　その点は、信夫のいう通りかもしれない。

　だが、固定資産税が年額三万円。もし、月三万円で借り手が現れれば、信夫にとっても税金の負担が軽くなるどころか、大きな副収入が得られる。百香が村山家の空き家対策に悩むこともなくなる。しかも借り手は間違いなく田舎暮らしに憧れる人間だ。あれだけ大きな古民家が、畑付きで三万円で借りられるのなら、まさに願ったり叶ったり。それこそ両者ウイン・ウインの関係が成立することになる。

「あの……突然こんなことをいうのもなんですが……」

晋作はいった。「村山さん、あの家を貸しに出してみませんか？」

「えっ？」

「実は私、宇田濱の空き家問題がどうしたら解決できるかを考えておりまして……」

「西尾さんが？　どうしてまた？」

信夫は怪訝な表情で問い返してくる。「西尾さんだって、ここにずっと住むわけじゃないんでしょ？　コロナ騒ぎが収まったら、東京の方に戻られるのでは？」

「東京に戻る可能性はなきにしもあらずですが、ここでの生活が長く続くよう願ってはいます。私、本当に気に入ってんですよ、宇田濱が」

「でもねえ、貸しに出したところで借りてくれる人が現れますかね」

「ネットに物件案内を出せば――」

そこまでいいかけた晋作を遮り、

「どうですかねえ」

信夫は首を傾げ、あからさまに疑問を呈する。「だって、そうじゃありませんか。定住するにせよ、別荘として使うにせよ、実際に現物を見なけりゃ決められないでしょう。仙台辺りならともかく、東京に住んでいる人が興味を覚えても、家を見に来るだけでも結構おカネがかかるし、一日仕事になるんですよ」

「ごもっとも」

晋作は頷くと、「でもね村山さん。私の会社の社長はことある毎にこういうんですよ。挑戦を嫌う人間は、新しいことをやろうとすると、まず最初に問題点をあげつらう。しかし、それはどうすれば成功するかが分かっているってことなんだ。なぜなら、解決すべき問題が把握できているからだって……」

大津の言葉を話して聞かせた。

「それは理屈ですよ。簡単に解決できないから、みんな苦労しているんじゃありませんか」

「でも、うちの会社はそんな社長の下で急成長を遂げてきたんです」

その言葉を聞いて、信夫は「えっ」というように、小さく口を開くと問うてきた。

「西尾さん、失礼ですが、どちらの会社にお勤めで？」

「シンバルです」

「シンバルというと、大津誠一郎さんが社長をおやりになっている？」

「なるほどねえ……。いかにも大津さんらしいお考えですね」

やはり、大津のネームバリューは絶大だ。

一転して、信夫は感に堪えない様子で頷く。

「社長をご存知で？」

「もちろん、お名前は存じ上げてます。私、関東中央鉄道で、駅員をしておりましたので、シンバルさんの自動改札システムにはお世話になりましたから」

「いや、お世話になったのは、うちの方で……」

「そうでしたか。シンバルにお勤めなんですか」

信夫は、満面に笑みを湛《たた》える。「大津さんは雑誌や新聞によく取り上げられますし、本も何冊か読ませていただきました。小さな会社を一代でいまの規模に急成長させた立志伝中の人です。お考えは、よく存じ上げているつもりですし、勉強させていただきました。もっとも、それを仕事に生かせたことはないのが、常人の悲しいところで……」

「その大津の言に従えば、問題を問題として放置していたら、いつまでも解決できないということになってしまいます。ならば、どうしたら解決できるのか。そこに知恵を絞ってみようと思ったわけでして……」

「ええ……」

もんね」

信夫は、あっさりと快諾した。「夏に墓参りに来た時に使うしかないなと思っていた家ですし、借り手が現れなくて当たり前、現れたらそれこそ儲《もう》けものってものです
「いいでしょう」

「それ、駄目元ってことじゃないですか」

「そうですね。駄目元なら、結果が出なくとも諦めがつきますもん」

信夫は、ひとしきり笑い声をあげ、「それで、私はどうすればいいですかね。あの家を賃貸に出すとなると、いろいろとやらなければならないことがありますよね」

目元を緩ませながら問うてきた。

6

それから三日後の週末。晋作は百香を伴って茂子の家を訪ねた。

あの日、信夫に依頼したのは、ただ一つ。家の内部状況を確認させて欲しいということだけだった。

というのも、晋作がいまの家を借りることにした理由は二つあって、まず家賃が安く、川崎のマンションを借りたままにしておけること。もう一つは、当面必要な衣類

や仕事道具を宅配便で送るだけで、住みはじめたその日から日常生活が送れることにあったからだ。つまり、この二つの条件をクリアすることができれば、借り手が現れる可能性は格段に高くなると考えたのだ。

「ごめん下さい」

玄関の引き戸を開けながら、晋作は家の中に向かって声をかけた。

「ああ、西尾さん。先日はどうも」

玄関傍の居間の襖が開き、信夫が姿を現した。

「ご紹介します。こちら、役場で空き家対策を担当している関野さんです」

晋作が紹介すると、

「関野です。ご挨拶をさせていただくのは、はじめてですけど、お母様には生前大変お世話になりまして……」

百香は、丁重に頭を下げる。

「いやあ、お世話になったのは母の方です。関野さんのことは、母からいろいろと聞いておりました。それに章男さんには、ここを出るまでよく遊んでもらったもんで」

「信夫さんのことは、折に触れ、義父から伺っておりました」

「帰省する度に、章男さんとも酒を呑みたいなあと思ってたんだけど、親戚回りもあるし、一人暮らしをさせているお袋と、なるべく長く一緒にいてやりたいと思って、なかなか出かけられなくて……。外でばったり出会った時に、挨拶する程度になってしまったもんで、百香さんが嫁に来たことも知ってはいたんだけどもねえ……」

「分かります。茂子さんも、信夫さんたちが帰省して来るのを、本当に楽しみにしてましたもの」

「葬儀の時にも章男さんをお見かけしたんですけど、なんせコロナのことがあったもので、満足にご挨拶ができなくて……」

「半月以上も経ちましたから、もう感染の心配はありませんね」

百香の言葉に、信夫は目元を緩ませると、

「さあ、どうぞ上がって下さい」

二人を促した。

靴を脱ぎ玄関の床を踏んだ瞬間、分厚い板の感触が足裏から伝わってきた。思った通り上質の木材が使われているらしく、長い年月を経ても軋む音一つない。

「どこから見ますかね」

信夫の問いかけに、

「まず、居間から見せていただきましょうか」

開かれたままの襖の奥に晋作は目をやった。

「分かりました……」

居間は十二畳ほどの広さがあるか。天井から吊り下げられた蛍光灯の下には掘り炬《ほご》燵《たつ》がある。テレビは液晶だが、画面サイズはそれほど大きくない。エアコンはなく、扇風機が一台。茶簞笥《ちゃだんす》の中に整然と並ぶ、茶碗や茶托《ちゃたく》。昭和の暮らしを彷彿とさせる物に溢れている。

「台所を見せていただいてよろしいでしょうか」

晋作がいうと、

「もちろんです」

信夫は即座に応じ、奥の間に続く引き戸を開けた。

床は板張り、居間と同じ程の広さなのだが、大きな食器棚と調味料を入れたサイドテーブルに冷蔵庫と電子レンジがあるだけで、その分だけやたら広く感ずる。

「茂子さんは、食事を居間で摂ってらしたんですね」

「私らがいた頃は、ここにダイニングテーブルがあったんですけど、お袋は和式が好きでしてね。大分前に、他人にあげてしまったようですよ。寝るのもずっと座敷に布団を敷いてたんですけど、十年ほど前だったかなあ、膝を壊しましてね。布団の上げ下げが大変だといって、ようやくベッドを使うようになったんです。トイレだって、それまで和式でしたもん」

懐かしそうな口ぶりで信夫は話した。

「食器、見せていただいていいですか？」

「どうぞ、どうぞ」

晋作は、食器棚の扉を引き開けた。

独居老人の住まいだし、少なくとも居間を見た限りでは、魅力を感ずるものはない。さしたる期待を抱かずに目をやったのだったが、薄暗い棚の中に、重厚な光を放つ椀がずらりと並んでいる。

「これは、漆器ですか？」

「秀衡塗《ひでひらぬり》ですね」

こたえたのは百香だった。「平泉《ひらいずみ》の辺りで作られている漆器です」

驚いた。

黒を基調としたもの、朱を基調としたもの、その双方と、数組の漆器がずらりと並ぶ。共通するのは菱形を四つに区切った、所謂『武田菱』に似た文様が施されていることで、しかも金が使われている。その豪華さ、煌びやかさは、見事という他ない。

「立派なものですねえ」

晋作は感嘆した。「これが秀衡塗ですか。名前は知っていましたけど、現物ははじめて見ました」

「金色堂《こんじき》があるように、平泉は黄金文化が栄えたところですからね。岩手って、ジミイ〜なイメージがありますけど、決してそんなことはないんです」

「ちっともジミじゃないですよ。大谷翔平《おおたにしようへい》、菊池雄星《きくちゆうせい》に佐々木朗希《ささきろうき》と時代の寵児を次々に輩出してるじゃないですか。MLBだって岩手に注目してるんですよ」

「茂子さんは、漆器がお好きだったんですね……」

熱く語りはじめた晋作を無視して、百香は話題を元に戻す。

「漆器だけじゃなくて、食器が好きだったんですよ。そこにあるお椀は、祖母の代からのものもありますけど、陶器はほとんどがお袋が集めたものなんです」

晋作はすかさず別の扉を開けてみた。

信夫がいうように、山と積まれた陶器が並んでいる。

「これは、この近くの工房で焼かれたものですね」

再び百香がいった。「良質の粘土が採れるっていうんで、陶芸家が移住してきて窯《かま》を開いている町があるんですよ」

「値段は手頃だし、自分の畑で採れた野菜や、いただいた魚を料理して盛り付けるのが楽しいと……」

信夫はそこで急に声を詰まらせた。

視線をやると、涙を堪えるように、信夫は目をしばたたかせている。

「すいません……」

短い間を置き、信夫は小さく頭を下げ、「長いこと一人暮らしをさせてしまいましたのでねえ……。そんなことぐらいしか楽しみがなかったのか……さぞや寂しかっただろうなと……」

再び声を詰まらせた。

正直いって晋作は、父親は現役だし、母親も健康にこれといった問題を抱えていないこともあって、両親が老いた時のことを真剣に考えたことはない。

しかし、まだ先のこととはいえ、来るものは来る。親の老いに直面する時が避けられないことに晋作は改めて気がつき、

『親孝行、したいときには親はなし』

昔からいわれる言葉だが、本当のことなんだナ……。ふと思った。

「村山さん、これ、どうなさるんです？」

晋作は、話題を元に戻した。

「どうしたらいいんですかね」

信夫は困惑した様子でこたえた。「東京の自宅には、置く場所がありませんし、そもそも家内はこういうものに全く興味がないんですよね……」

「そういえば、奥様は？」

「東京に帰りました」

信夫は、小さく肩を竦《すく》めた。「とにかく、田舎が嫌いなんですよ。遺品の整理にしたって、私の親のものですから、どれを処分するか、家内が決められるわけがありませんので、いたところでやることがないし……」

「漆器や陶器はネットの転売サイトに出品すれば、買い手が現れると思いますよ」

百香がいうと、

「それも考えたんですが……。お袋やお祖母《ばあ》さんが大事にしていたものですからね。見ず知らずの人に転売して、おカネに換えるっていうのは、やっぱり抵抗あるんですよ……」

信夫は、困り果てた様子でこたえる。

「じゃあ、このままにしておくんですか？」

そう訊ねる百香の声が、険しくなったように思えるのは、気のせいではあるまい。

信夫が家をこのままの状態にして東京に戻ってしまえば、空き家が一軒増えることになる。それすなわち、百香が対策を講じなければならない物件が一つ増えることを意味するからだ。

「この家から出したくないんですよ」

信夫は、溜息をつくと続けた。

「変に聞こえるかもしれませんけど、この家も食器も、母親が一人で守ってきたんです。家と食器は二つで一つ。切り離すことに抵抗を覚えるんです」

そこで、晋作は訊ねた。

「じゃあ、もしも、もしもですよ。この家を借りたいという人が現れて、この食器を使いたいっていったら——」

「もちろん、使っていただいて結構です。お袋だって、生活食器として使ってきたんです。それこそ、生きた使い道ってもんですからね」

「もし、使いたくないっていったら？」

「二階の天井裏は、物置になってますから、そこに仕舞っておくことになるでしょうね。まだ収納スペースには余裕がありますので……」

信夫はそういうと、「もう台所は、いいでしょうか？　よければ、次の部屋に行きましょうか」

頷く二人を引き連れて、台所を後にした。

7

「どうですか？　何かいいアイデアは浮かびました？」

百香が問いかけてきたのは、茂子の家からの帰り道のことだった。

「やっぱり現実は甘くありませんね」

晋作は率直な感想を口にした。「使えるものよりも、処分しなけりゃならないものの方が圧倒的に多いって感じですもんね。トイレやお風呂にしたって、人に貸すとなれば、全面的に入れ替えなきゃならないだろうし……」

「茂子さんの家なんか、随分マシな部類ですよ。長いこと空き家になってた家なんて、屋根が傾いてたりするのもありますから、雨漏りで畳はおろか、床板も腐ってしまって、とてもじゃないけど使えないなんてのも、沢山あるはずです」

「でも、茂子さんの家自体は全く傷んでないようだし、箪笥や食器なんかはいまのままでも立派に使えるように思えたんですけど」

「あれは岩手の伝統工芸品で岩谷堂《いわやどう》箪笥といいましてね。かなりいいものですよ」

やはり百香の目にも止まったらしい。「新品なら小さいものでも十万単位の値がつきますし、仕上げに漆が使われてますから、長く使っているうちに、色合いに味が出てくるんですよね」

川崎のマンションに置いている家具は、量販店で買ったものばかりで、良質なものの値段は皆目見当がつかない。

「十万単位って、そんなにするんですか？」

「家具なんてピンキリですもの。それこそ外国製の高級品になれば、百万単位のものだってあるらしいですよ」

驚く晋作を尻目に、百香は当然のようにいう。「宇田濱もいい時代があったんですよねえ。津波に流される前までは、その時代の名残で、小樽のニシン御殿とまではいかずとも、宇田濱にも立派な家が結構あったんです」

そういわれてみれば、宇田濱には茂子の家同様、頑丈な資材をふんだんに使った見るからに堅牢な家が散在している。

「茂子さんの家も、元々は漁師だったんですか?」

「茂子さんのご主人の代まではね」

百香は頷くと続けた。

「戦後の高度成長期に入る前までは、肉は贅沢品で滅多に食卓に上ることはなくて、タンパク源は主に魚だったそうなんです」

「魚離れといわれて随分経ちますけど、いまでは魚よりも肉を好む人の方が多くなってますもんね」

「だから、当時は行商が盛んに行われていましてね」

「行商?」

「漁師の家のお婆さんやお嫁さんが、竹の行李《こうり》を背負って魚や海藻を売り歩くんです。当時は道路の整備も十分ではなかったので、朝にバスで浜を出て、内陸部にある家を一軒一軒訪問して売り歩いていたらしいですよ。自家用車が普及していない時代のことですから、町に魚屋があってもなかなか行けない。そんな不便を解消したのが行商、まあいまでいう訪問販売だったんですね」

「なるほどねえ。市場を通さず、自家販売する分だけ、利益が上がるというわけですね」

「立派な家や家具も、その時代の名残なんですよ」

「ということは、町内の空き家の中には、お宝がたくさん眠っているかもしれないってことですか？」

「その可能性はあるでしょうね」

百香は足を止めると、山の斜面に立つ一軒の家を目で指した。

それは茂子の家と同程度の古民家で、敷地の中には蔵がある。

「あの家も、空き家になって三年になるんですけど、誰か買ってくれる人はいないかって、散々買い手を探しているのに、なかなか……というか、興味を示す人がさっぱり現れなくて……」

「じゃあ、家の中もそのままの状態なんですか？」

「信夫さんがいったように、家の中にあるのは、家族との思い出が詰まった品ばかりでしょうからね。そりゃあ、右から左に捨てるってわけにはいきませんよ……」

百香を襲った悲劇を知ってしまった後だけに、その言葉には圧倒的な説得力があった。

沈黙した晋作に百香は続ける。

「捨ててしまおうと思っても、昔と違って庭で燃やすってわけにはいきませんからね。業者に依頼すれば、処分費用も結構かかりますし、家具とか食器に使えるものがあっても、いま生活している家には置く場所がない。だから、家の中どころか、蔵の中も西尾さんがいう『お宝』が結構眠っているんじゃないかと思いますよ」

「話を聞くにつけ、もったいないと思う気持ちが募るばかりですねえ」

それは、晋作の本音だった。「まだまだ十分使える家具や食器がある。茂子さんの家には、客用の寝具だってあったじゃないですか。そうした物を、うまく活用すれば、移住とまでは行かずとも、気軽に田舎暮らし体験ができる『貸し家』に活用できると思うんですがねえ」

「家や家具の一部がそのまま使えても、家電製品やその他諸々、特に都会の人をターゲットにするなら、いまの生活様式に合った物を完備しないことには借り手なんか現れませんよ」

そこで、百香は晋作に視線を向けてくると、続けていった。

「西尾さんだってそうでしょう？　築九年経ってはいるけど、未入居にして未使用の家具、家電が完備されているから、うちの家を借りる気になったんでしょう？」

「でもね、その点をクリアできれば、需要はあると思うんです」

それでも晋作は諦めきれない。「空き家のまま放置しているのは、解体費用と、固定資産税が高くなるからだと信夫さんはいいました。でも、固定資産税は家と土地を所有している以上、毎年支払わなければならないんです。信夫さんの家の固定資産税はたかだか年額三万円ですよ。同額で貸しに出せば、ひと月分の家賃で十分賄《まかな》えるどころか、馬鹿にならない収入が得られるじゃないですか」

「だから、その借主が見つからないから、皆さん頭を痛めているわけで――」

「借主だって、メリットはありますよ」

すかさず反論してくる百香を遮って、晋作は話を進めた。「移住に際しての最大の問題は、実際に住んでみないことには、その地域の事情が分からないことにあると思うんです。これまで住んでいた家を処分して、夢だった田舎暮らしをはじめたものの、想像していたのとは全く違った。こんなはずじゃなかったと後悔しても、今度は戻る家がない。移住は一か八かの賭けのようなものだからです」

「空き家をウイークリーマンションと同じ形態で活用できれば、そのリスクも解消できるといいたいのでしょう？」

「そうです」

晋作は頷いた。「仮に月額十万円で、やって来たその日から日常生活が送れる。そんな物件があれば、完全に移住をする前に、その地域の事情を把握できるし、テレワークの導入を機に、地方での生活に興味を持っていたビジネスパーソンにも気軽に使って貰えるはずなんです。つまり貸す側、借りる側の双方の間で、ウイン・ウインの関係が成立することになるわけです」

「それは分かりますけど、じゃあ原資は誰が出すんですか？」

百香は、ぴしゃりといった。「空き家のコンディションは、それこそ千差万別。人が住まなくなって長い家は、相当傷んでいるはずですし、風呂、台所、トイレ、畳だって新品と入れ替えなければなりません。それ以前に、貸すに当たっては、まず家の中を空にしなければならない。その整理、処分だけでも大変な労力と資金が必要になるじゃないですか。それを誰が負担するんです？　家主ですか？　空き家対策の一環だ、行政が負担すべきだとおっしゃるのなら、それは無理です。不可能です。宇田濱には、そんな財源はありませんので」

百香にいわれて晋作ははじめて気がついた。

空き家の増加が取り沙汰されるようになって久しいが、対策を講じるのは空き家の増加に悩む各自治体という論調で終始してきたように思う。しかし、貸すにせよ、売るにせよ、カネが動く以上立派なビジネスだ。それを行政の問題として考えるのが、そもそもの間違いなのだ。

「百香さんのおっしゃる通りですね」

晋作はいった。「空き家問題の解決策って、取り壊すか、売却するか、貸すかの三つしかありませんからね。いずれにしても家主が判断することですし、売却するか、貸しに出すかとなれば、これはもう立派な不動産ビジネスです。いずれにしても役場の仕事じゃありませんもんね」

「そうには違いないんですけど、放置しておくと野生動物が住み着いたり、倒壊の危険も出てくるわけで、役場に相談や苦情が寄せられることになるんです。それも家主の責任には違いないんですが、対策を講じてくれる人は、ここにいないんです。だから、いつまで経っても、この問題に解決する目処がつかずにいるわけで……」

「分かりました」

晋作はいった。「少しばかり考えがあります。少し時間をいただけますか?」

「考えって、どんな?」

脳裏に浮かんだのは、「新しいビジネスを考えろ」といった大津の言葉だったが、彼がどういう反応を示すか分からないいま、百香に話すわけにはいかない。

「それは、また今度……」

晋作は首を横に振りながら微笑むと、「どういう反応を示すか、皆目見当がつきませんが、相談してみたい人がおりまして……」

大津の顔を思い浮かべながらいった。

8

モニターに映る大津が晋作にむかって問いかけてきたのは、翌日の夜のことだった。

「改まって相談とは、どんなことかな」

「ご多忙のところ、早々にお時間を作っていただきまして――」

礼をいおうとした晋作を、大津の笑い声が遮った。

「多忙なもんかね。私のような高齢者は感染すると命取りになりかねないというからさ、会食は皆無だし、仕事だって可能な限りテレワークにしてるんだ。立派な引き籠もりだよ」

四月上旬をピークに減少に転じた東京の新規感染者数は、六月の中旬以降増加に転じ激増している。

「東京の感染者数は一進一退で、落ち着く気配がありません。用心するに越したことはないかと……」

「君は相変わらず、釣りに興じているようだね」

「ええ……。周辺町村を含め、まだ感染者は一人も出ていませんし、海上では感染の可能性はまずありませんので」

「羨ましい限りだねえ」

大津は、うんざりしたようにいう。「歳を取ると若い頃のようには動けんようになるのは当然なんだが、今回のような外的要因で著しく行動が制限されると、さすがにこたえる。さっさと引退して田舎でのんびり暮らしたいという思いがますます募るばかりだよ」

大津が自ら田舎暮らしに話題を振ってきたのをこれ幸いとばかりに、

「実は、その田舎暮らしを望まれている社長のお考えを伺いたくてメールを差し上げたのです」

晋作は切り出した。「もし、私がいま借りている物件同様、フル・ファニッシュメント、やってきたその日から、日常生活が送れる環境が整った賃貸物件があったら、社長は借りてみたいと思われますか？」

「ついたその日からねえ……」

大津は思案するかのように短い間を置き、「条件にもよるが、興味は覚えるね」と返してきた。

「条件と申しますと？」

「借りるとなれば敷金に礼金、不動産屋には仲介料も払わなければならんだろう？　それに実際に物件を見てみないことには、借りるも借りりんも判断がつかんからね。そのためにいちいち現地に足を運ばなければならないとなると面倒だよな」

「敷金、礼金なし。一週間単位で借りられるならどうでしょう」

「それだと、ウイークリーマンションと同じことになるね」

「そう、ウイークリーマンションなんですが、物件は一軒家で、田畑付きもある。そして、家賃は極めて安い……」

「田畑付きの一軒家？」

大津は興味を覚えたようで、問い返してきた。

「近年空き家の増加が問題になっておりますが、この町にも空き家がたくさんありまして、自治体も大変頭を痛めているのです。空き家の中には古民家といいますか、築年月は大分経っていても、頑丈な部材がふんだんに使われていて、まだまだ十分使用に堪える家もあるのです」

「なるほど、それをテレワーク従事者の住まいとして貸しに出そうというわけか」

さすがは大津だ。察しがいい。

晋作は、すかさず続けた。

「極めて安い料金で貸せる根拠は、固定資産税の金額です」

「固定資産税？」

そこで、晋作が茂子の家の概要と、それにかかる固定資産税の金額を話して聞かせると、

「そんなに大きな家と畑があるのに、年額三万円って……」

果たして大津は目を丸くして驚く。

「売却しようとしても、買い手は現れない。空き家は増える一方なんですから、そりゃあ不動産価格だって安くなりますよ」

「それにしても、年額三万って……」

「仮に月額五万円で借り手がつけば、残る十一ヵ月分の家賃は、まるまる所有者の所得になるわけです。年額にして五十七万円。不良資産だったものが、逆に所得を生む優良資産に変わるんです。その家の所有者のような、年金生活者にとっては魅力的な話ですよ」

「確かに、それはいえてるね。田舎に帰らないでいるってことは、都会に生活基盤を持っているんだろうからね。まして、人手不足とはいえ、定年を迎えた年齢層の再就職先は限られるだろうし、職にありつけたとしても非正規だろうから、年額五十七万円の収入は大きいよなあ」

「それに、この空き家の活用には、テレワーク従事者以外のニーズも見込めるのではないかと思うのです」

「ほう、それはどんな？」

「地方への移住を考えている方、田舎暮らしに関心を抱いている人たちの実体験の場として使えるのではないかと……」

大津は、「あっ」というように、小さく口を開く。

そこで晋作は続けた。

「前に申し上げましたが、移住が失敗に終わる最大の要因は、想像と現実とのギャップにあるといわれます。つまり、周到に調査を重ねたつもりでも、実際に暮らしてみないことには、分からないことが山ほどあるのです。なのに、気軽に田舎暮らしを体験できる環境は全く整ってはいません。フル・ファニッシュメントの貸し家を安価な料金で利用できるなら、移住に際してのリスクも低減できますし、都市部から地方への移住を考える人たちの増加にも繋がるのではないかと」

「テレワーク従事者の現役層、リタイヤ層の人口が増加すれば、地方の過疎化に歯止めがかかり、地元経済も活性化していくというわけか」

大津は感心した様子で腕組みをすると、低い声で唸った。

「もちろん地方の、それも過疎高齢化が進んだ地域には、娯楽施設はほとんどありま

せんし、交通の便も良くはありません。スーパーの品揃えだって都会とは違います
し、コンビニだって車を使わないと──」

ポジティブな要素だけに終始し、問題点や検討事項を提示しないプレゼンは下の下
だ。

なぜなら、提案を受けた側は必ずや問題点をあげつらってくるものだからだ。

そこで衝かれて来るであろう問題点を自ら口にしたのだったが、

「それは、大きな問題ではないように思うがね」

大津は、晋作の言葉を遮った。「移住希望者にせよ、テレワーク従事者にせよ、地方への移住を考えている人なら、田舎暮らしが多少の不便を強いられるのは承知しているさ。都会生活に執着している人は、そもそも田舎暮らしに興味を示さんよ」

大津は、晋作がいおうとしていたことを先回りすると、さらに続けた。

「もっとも、気軽に借りられるとなれば、テレワーク従事者の中には、完全移住とはいかないまでも、趣味を存分に楽しむため、あるいは気分転換目的で、ひと月ぐらい田舎で過ごしてみるかって気になる人は結構出て来るだろうね。君だって、その口だもんな」

「おっしゃる通りです……」

「敷金、礼金なし、家賃は安い。引っ越しをすることなく、好きなだけ地方での暮ら

しがエンジョイできる……」

そこで大津は改めてコンセプトの概要を呟くと、「いいじゃないか！　素晴らしいアイデアだよ！　どうしていままで誰もこんなプランを考えつかなかったんだろう」

満面に笑みを浮かべた。「週末にちょっと贅沢な旅行に出かける程度の家賃で済むなら、いまの住居をそのままにしておけば、気に入らなくても戻ればいいだけだし、他所に移ったっていいんだし」

「えっ？　他所に移る？」

晋作は、その意味が俄に理解できず、思わず問い返した。

大津は怪訝そうな顔をし、

「空き家は全国にごまんとあるんだ。選択肢はたくさんあった方がいいに決まってるさ。この事業を日本全国で展開すれば極端な話、夏は北海道、冬は沖縄に住むことだってできるじゃないか。まさか宇田濱だっけ？　君がいま住んでいる町だけでやろうって考えていたわけじゃないよね」

と問うてきた。

「いや、それはそうなんですが……」

いきなり大津がこれほどまでに乗り気になるとは予想していなかったし、一貫して業務畑を歩んできただけに、晋作は新規事業の立案に携《たずさ》わったことはない。ただ、何をやるにしても、まずはテストを行い市場の反応を窺いながら段階を踏み、徐々に規模を拡大して行く。それが定石というものだと考えていた。

「ですが社長、この事業をはじめるに当たっては、クリアしなければならない問題が、まだ幾つもあるわけでして……」

晋作は、空き家といっても、家の中には家具や生活用品がそのままになっていること。貸しに出すには、それらを整理した上で、内装に手を入れ、家電製品等の生活用品を整えなければならないことを説明し、さらに続けた。

「つまり、一軒の空き家を貸しに出せる状態にするだけでも、かなりの初期投資が必要になるわけです。事業としてやるからには、当然利益を確保しなければなりません。キャッシュフローを考えれば、家賃を安くするにも限度があるわけで——」

「そうだろうね」

ところが、そんなことは百も承知だとばかりに、大津は晋作を遮り、あっさりという。

「えっ？」

「西尾君のアイデアはとても面白い、いや素晴らしいと思いながら聞いたけど、一つ残念なのは、家賃についての説明が、固定資産税をベースにしていたことだ。私も老い先短い年齢だから分かるんだが、高齢になると無駄な出費は極力控えるようになるものでね」

「そ、そんな……」

晋作は言葉に詰まった。老い先短いという言葉を肯定するわけにいかないこともあったが、莫大な個人資産を持っている大津の口から「無駄な出費」という言葉が出たことに違和感を覚えたからだ。

「まして、長く一人暮らしをなさってきたんだろうし、地方の民力を考えればなおさらだろう。フル・ファニッシュメントで貸しに出せる状態にするには、それなりに費用がかかるさ」

「例に挙げた家は、相当に状態がいいのですが、調理器具、バスタブやトイレ、それに畳だってそのまま使えるとは思えません。となると、事実上のリフォームとなるわけで――」

「だろうね」

大津は皆まで聞かずに、またしてもあっさりこたえる。

「だろうねって……。リフォームの経験がないので費用のことはよく分かりませんが、大半のものを入れ替えれば五百万、いや一千万近くかかっても不思議ではないのでは……」

「魅力的な物件にしなけりゃ、借り手がつかないんだから仕方ないじゃないか」

ビジネスになると踏んでいるからこその言葉には違いないのだろうが、大津が何を考えているのか、晋作には皆目見当がつかない。

これも器の大きさの違いというものか……。

「もちろん、最初から全国展開をするつもりはないから安心しなさい」

大津は、晋作の胸中を察したかのようにいう。「まずは、君が例に挙げた物件を含めて、町内で、使えそうな空き家がどれほどあるか調べてみることだね。その上で、リフォームが必要な箇所、購入しなければならない家具、家電製品などをリストアップして欲しい」

「リストアップだけでよろしいのですか？」

「そう、リストアップだけ、見積もりを取る必要はない」

いつの間にか、大津の口調は経営者のそれに変わっていた。

頷いた晋作に向かって、

「通常業務をこなしながらじゃ大変だろうが、私の考え通りなら、面白いビジネスになるかもしれない。一つよろしく頼むよ」

大津は目を細めながらいった。

第五章

1

「それ、本当のことなんですか？　シンバルの社長さんが、空き家の活用に興味を示されたんですか」

　翌日の夕方、晋作から大津の意向を聞かされた百香は、信じられないとばかりに目を丸くして声を弾ませた。

「それで、百香さんにお願いしたいことがありまして、お伺いしたんです」

　晋作は百香の喜びように目を細めながら続けた。

「一つは町内の空き家の中で、状態がいい物件をリストアップしていただきたいんです。その上で、所有者に当社の意向をお話しいただき、この事業にご協力いただけるかどうか問い合わせていただきたいんです」

「分かりました。空き家の所有者の連絡先は、把握しておりますので……」

「もちろん、お借りするかどうかは中を見せていただいてから判断することになります。ですから、その際に鍵をお貸しいただけるかどうかも訊ねていただきたいのです」

「それは、先方の意向次第ですが、役場が責任を持って行うといえば、駄目だという人はまずいないと思いますよ。それに、所有者は皆さん、空き家をどうするかで頭を痛めているんですから」

快諾する百香に晋作は頷くと、

「もう一つは、借主が耕作を希望する場合のサポート体制を構築していただきたいのです」

話を進めた。「農作業に心得のある人には不要ですが、家庭菜園をやってみたいという方は、長期利用に繋がるはずです。農機具の貸し出しや、技術指導のサポート体制が整っていれば大きなアピールポイントになりますし、貸し家の稼働率を上げるということにも繋がりますので……」

「指導を受ける機会を作れば、地元住民と触れ合う頻度も上がりますからね。この地域の特性をよく知ってもらうという観点からも、とても大切なことですね」

百香の声に、ますます弾みがつく。「明日、上司に相談してみます。近隣農家や農協にも相談することになると思いますが、たぶん協力していただけると思います」

「あっ、でも、こちらは急ぐ必要はありませんので」

晋作は慌てていった。「なんせコロナ騒動が終息しない限り、人の移動は避けなければなりません。二週間は外出禁止じゃ、宇田濱に来る意味がありませんし、地元の人にも歓迎されはしませんからね」

「ですよねえ……」

将来に光明を見出したと思っただけに、厳しい現実を突きつけられた時の失望は大きいのだろう。

一転して百香は声を沈ませる。

夏の盛りに入ってもコロナの感染状況は一進一退。感染者が増えては減りを繰り返しているのだから、さすがに百香も、

「宇田濱では、まだ感染者が一人も出ていないのが救いですけど、こうも長引くとさすがに……」

うんざりとした表情を浮かべる。

「まあ、治療薬が見つかるか、開発されるかでもしない限り、この騒動が収まるのはまだまだ先になるでしょうね。もっとも、早ければ年末にはワクチンが完成して、来年には日本でも接種がはじまるんじゃないかって見立てもあるんですけどね……」

「来年ですか……」

声を落とす百香に向かって、晋作はいった。

「だから、準備をする時間は十分にありますし、そもそもこのプランを実行するまでには、少なくとも半年、いや一年やそこらかかることになるでしょうし……」

「一年……ですか？」

「だって、空き家がそのまま使えるとは思えませんからね。家財道具を整理して、リフォームしてってやってたら、それくらいはかかりますよ」

「そうか……。そうですよねえ……」

有望な解決策がようやく出てきたのだ。それも宇田濱のみならず、空き家対策のモデルケースとして、全国に波及する可能性があるとなれば、どんな結果が出るのか、一刻も早く知りたくなるに決まっている。

「不謹慎に聞こえるかもしれませんけど、それも悪くはないと僕は思うんです」

落胆した様子の百香に向かって、晋作はいった。「日常生活が著しく制限された期間が長くなるほど、コロナ前の日常を取り戻した時の反動は大きくなるでしょうし、今回の件でライフスタイルや人生観を見直す人たちも少なからず出てくるように思うんです」

「都会での生活が、必ずしもいいとは限らない。考えを改める人たちが出てくると？」

「田舎暮らしの専門誌があるくらいですから、引退後は地方でのんびり暮らしたいと考えている人たちは、少なからずいるはずです。ただ、問題は実際に暮らしてみないことには、その地の実態がなかなか見えてこない。つまり、想像と現実とのギャップというリスクが移住には常につきまとっていたわけです」

「このプランは、そうしたリスクを解消してしまいますもんね」

「それに、大都市に人口が集中するのは、仕事は会社でするのが当たり前で、通勤可能圏内に住まざるを得なかったからです。当然、家を買うのも通勤圏内。しかもローンを組んでとなったら、その地から動くことなんかできませんもん」

「結果、都市部の人口は増加するばかり、地方の人口は減るばかりになるというわけですね」

「それが、今回のコロナ禍で、通勤せずとも、どこにいたって十分仕事がこなせることが分かってしまった。すでに自宅を購入した層は無理だとしても、若い世代に住む場所の選択肢が格段に広がったのは確かなんです」

「西尾さんも、その恩恵に与った一人ですものね」

百香はクスリと笑った。

「僕は釣りですけど、宇田濱近辺にはサーフポイントが幾つもあるっていうじゃないですか」

「それは、宇田濱近辺に限ったことではなくて、三陸沿岸にはサーフィンに適した海岸がたくさんありますよ」

「週末に高速使って遠くまで出かけて、サーファーで混み合う中で波に乗り、帰りは渋滞に巻き込まれて帰って来るのに比べたら、ここに住めば渋滞なし。それどころか、仕事前に毎日サーフィンやれるんですよ」

「しかも、他所に行きたくなったら、宅配便で荷物を送れば、翌日からは次の土地ですぐに生活できるってのも夢みたいな話ですよね」

「いや、宅配便を使う必要はないかも――」

そこまでいった時、新たな問題点にはたと気がつき、晋作は言葉を呑んだ。

「必要はないって、どうしてですか？」

「いや、田舎暮らしに車は絶対に必要ですからね。他所に移る時は、車に荷物を積めば宅配便なんか使わなくていいと思ったんですが、それじゃあ夏は北海道、冬は沖縄ってわけにはいかなくなりますよね……」

「あっ、そうか……」

「まあ、そんなのは些細な問題ですよ。車が不可欠なら、車のレンタルをパッケージにしちゃえばいいんですから」

第五章

取って付けたような話だが、

「なるほどねえ……」

意外にも百香は感心した様子で、目をしばたたかせる。

「若い世代では、いまや車は所有する物ではなくて、シェアするのが当たり前になっていますし、都会なら駐車場を確保しなければなりませんが、田舎ならそんな必要はありませんからね。駐車場の料金がセーブできる分だけ、利用者には安く貸せるでしょうから、それもアピールポイントの一つになるかもしれません」


シンバルのような大企業では、事業部は独立した会社のようなもので、部門間の異動はまずないといっていい。業務部門からマーケティング、まして営業への異動はあり得ない。だから、これまで業務畑一筋でキャリアを積み重ねてきた晋作にとって、新事業を企画するのも、立ち上げるのも、これがはじめての経験だった。

そのせいもあるのだろう。全てのことが新鮮だった。そして何よりも、誰も手がけたことのない新ビジネスに挑戦する事への興奮を晋作は覚えた。


晋作はバッグの中から、クリアホルダーに入れた書類を取り出すと、

「いまの説明で、シンバルの考えは理解していただけたと思いますけど、一応企画書をお渡ししておきますね。空き家の所有者への、依頼書の原案も書いてみましたので、後でご意見を聞かせてください」

百香に差し出した。

2

夕刻に百香の家を訪ねたこともあって、久々に「海幸」で呑むことにした。

引き戸を開けると、「いらっしゃい!」という声と共に、カウンターの中にいた健介が立ち上がった。

いまだ感染者が一人として出ていない宇田濱だが、メディアの影響力は絶大だ。高齢者の情報源はテレビか新聞が主のはずで、いずれもコロナの恐怖を煽るものだから、感染への恐怖、警戒感は高まるばかりだ。

どうやら海幸もめっきり客が減ったと見えて、七時半になろうというのに店内に客の姿はない。

「随分ご無沙汰でねえの。最近は、こっちの方はやってねえの?」

天井からぶら下がったビニールの幕の向こうから、健介は釣り竿を操る仕草をする。

「相変わらずやってますけど、東京にいる同僚に魚を送ってやったら大好評でしてね。着払いでもいいから送ってくれっていうもんで、釣った魚が捌けてしまうんですよね」

　それは本当のことだったが、海幸に魚を持ち込まなくなった理由はもう一つあって、客足がめっきり落ちているのが傍目にも明らかだったからだ。仕入れたところで、捌けない魚を持ち込まれても、健介が困るだけだろうと思ったのだ。

　果たして健介はいう。

「やっぱす皆、警戒すてんだべなあ……。最近は、毎日こんな調子だもの。今日だって、シンちゃんがはじめての客なんだよ……」

「お互い、マスクしたままってのも、違和感ありますもんね。それに宇田濱では、いまだ感染者が一人も出ていないんですから、知らないうちに感染していて、発症までの間にここに来てたなんてことにでもなろうものなら、ケンちゃんに迷惑がかかると思ってんじゃないですかね」

「それもあんのがもすんねえなあ……」

　健介は両の眉尻を下げ、溜息をつく。「シンちゃんは、一日中家で仕事だがら、他人と接触する機会はねえべげんとも、ここら辺の勤め人はテレワークなんかしねえもの。他所がら来た人との接触は、避けられねえがらね……」

　客が来ないのも困るし、来ても困る……。これがコロナ禍における商売人が直面しているジレンマだ。特に、甚大な影響を受けているのは飲食業で、メディアも困窮ぶりを連日報じるものの、取材対象は大都市か有名観光地の店がほとんどだ。

確かに大都市に比べて地方は、市場規模という点では比較にならないほど小さいが、その分だけコミュニティにおける同調圧力は高くなる。しかも、地方の人間は、概して真面目だから、権威ある人間に「出るな、移動するな」といわれれば、素直に従う分だけ、飲食店が受ける打撃は甚大だ。

この話を続けていたのでは、お互い気分が暗くなるだけだ。

「さて、生中から行こうかな」

晋作は努めて明るい声で告げ、「今日のお勧めはなにかな」

壁にかかったホワイトボードに目をやった。

ところが、いつもなら料理名で埋まっているはずなのに、今日は一品といやに少ない。

「申し訳ないね……。お客さんが来ないと無駄になるもんで……」

気配を察したものか、健介は悄然と肩を落とす。

「まあ、こんな状況じゃしかたないよね」

晋作は、そういいながら改めてホワイトボードに目をやった。

そこに、はじめて目にする料理がある。

「夕顔のカス煮ってなんですか？」

「夕顔っつうのは、干瓢《かんぴょう》の原料になるもので、夏の間だけ採れるの。大きいのは一メートル近くになるがな。それを、乱切りにして酒粕と鯖の水煮と一緒に煮るの」

「夕顔って食べたことないなあ」

「美味しいがすよ。夕顔自体は冬瓜《とうがん》さ似てで味はねえんだげんと、つるっとしてで、冬瓜よりも食感はいいの」

「じゃあそれをください。それから……」

晋作は定番が書かれたメニューを開き、他に二品の料理を注文した。

ほどなくして、生中が目の前に置かれ、ジョッキを傾ける間に小鉢に入った夕顔が差し出された。

「ハヤッ！」

晋作が思わず声を上げると、

「作りたての温かいのもいいんだげんとも、冷たい方が味が染みて、更に美味しぐなんだよね。俺なんか、丼鉢に山盛りにしたのを一度で食ってしまうもの」

「またまたあ……。いくら何でもそれはないっしょ」

どろっとした酒粕に塗れた夕顔の質感は、確かに冬瓜に似てはいるが、より柔らか、滑らかなのが見た目で分かる。鯖の水煮は煮ている間にすっかり身がほぐれてしまったらしく、事前に健介から聞かされていなければ、煮魚の身らしきものが入っているとしか分からないほどに、酒粕の中に溶け込んでしまっている。

晋作は、苦笑いを浮かべながら、夕顔を口に入れた。

な、なんだ、この食感は……！

驚いた。

口中いっぱいに広がる芳醇な酒粕の香り。コクがある甘み。そこに鯖の水煮から出た出汁《だし》の味が加わると、抜群の美味さになっている。

そして夕顔だ。ツルリというか、ペロリというか、滑らかな舌触り。噛むまでもなく滑り落ちて行く時の喉越しに、恍惚となるほどの快感を覚える。

「こ……これは……本当に美味い……」

晋作は感嘆した。

「んでがすペ……」

ニンマリと笑った健介は、「丼一杯、一度に食べるっつうのも分かるでしょ？」

返事をする間もなく、晋作はうんうんと頷くと、再び夕顔を頬張った。

「お代わりしすか？」

そう問うてきた健介に、晋作はまたしても頷きながら、

「この辺じゃ、夕顔を当たり前に食べてんですか？」

と訊ね返した。

「植えている人はそういないど思うよ。だって、作ったところで、売り先がねえものね。この辺のスーパーでも売ってねえもの」

「これさあ、冬瓜なんか比較にならないほど美味いよ。東京の人が、この味を知ったら、とんでもない需要が発生すると思うよ」

「そうは語っけんともね、夕顔は大っきく育つから、量を取ろうと思えば畑も広くなければならねえす、受粉が結構大変らしいんだよね」

「受粉？」

「夕顔は、その名の通り、夕方咲くんだよ。普段は農作業がとっくに終わってる時間に、わざわざ畑さ行って――」

「受粉なんて、年一回のことじゃないですか。それが収入になるなら――」

話を途中で遮った晋作を、

「収入になるって、シンちゃん、夕顔なんてそんなに高い値段がつかねえよ」

今度は健介が遮った。「実は大っきいし、重さはスイカどころじゃないんだよ。当然、運送費は高くなるす、嵩があるがら箱さ何本も入らねえべさ。第一、そんな重労働は年寄りには無理にきまってるべさ」

なるほど、いわれてみればというやつだ。

沈黙した晋作に向かって、健介は続ける。

「この夕顔にすたって、都会さいる子供や孫が、盆に帰ってくるど夕顔食いてえって
いうがらって、そのために作ってるのを分けてもらってんだよね。それもさあ、今年
の夏はコロナのお陰で、帰って来ねえって……」
再び話題がコロナの影響になりかけたのだったが、もううんざりだとばかりに健介
は口を噤み、夕顔を大きな鉢に盛り付けはじめる。
短くも、重苦しい沈黙が二人の間に流れた。
「はい、これくらいは食べられるべ。足りなかったら、まだあるがら」
晋作の前にお代わりを置いた健介は、「ところで、シンちゃん。茂子さんの葬式
で、モモちゃんと長いごど話すてだよね」
探るような眼差しを晋作に向けながら問うてきた。
「うん、ちょっと町のことでいろいろと話があったもので……」
「町のこと？」
「茂子さんの家も、空き家になるらしいんですよ。百香さん、役場で空き家対策を担
当してるじゃないですか。また一軒、空き家が増えるって、頭を痛めているようだっ
たので……」
「空き家かあ……」
健介も、その問題には気がついているらしく、包丁を握った手を止めた。「独居老

人ばっかりだすな。死ねば、その家は即空き家だもんなあ。今時、買う人なんかいねえす、貸しさ出しても、見向きもされねえど聞くもんなあ。モモちゃんも大変だよなあ……」

その間に晋作は、二杯目の夕顔に箸をつけ、口いっぱいに頰張った。

不思議なことに、同じ味、しかも結構な量を食しているにもかかわらず、全く飽きがこない。それどころか食い進めるごとに、美味さが増してくる。何よりも堪らないのがつるりとした食感と喉越しだ。まさに、尾を引く美味さ、麻薬的な美味さだ。

「で、何か策は思いついたの？」

突然、健介は身を乗り出しながら問うてきた。

「実現するか、うまくいくかも分かんないけど、取りあえずテストをしてみようかと……」

「テスト？」

健介は商売人には違いないが、民間企業のビジネスのやり方を知らないはずだ。

「いきなり大規模にやるわけにはいかないからね。まずは数軒の空き家を使ってテストして、問題点を洗い出し、解決しながらユーザーの反応を見る。行けるとなれば、一気に事業を拡大して行こうと」

「なじょなごどやるの？」

もはやツマミの支度はそっちのけとばかりに、健介は興味津々といった態で問うてきた。

晋作が起案したとはいえ、シンバルの新しい事業になるかもしれないビジネスプランだ。本来ならば、部外者に口外するのは御法度なのだが、地元住民の反応を知るのも必要かもしれない。

そこで、晋作がプランの概要を話して聞かせると、

「はあ……」

健介は、心底感心した様子で、まじまじと晋作を見詰め、「やっぱり大っきな会社さ勤める人は目の付け所つうが、考えることが違うもんだなあ。なるほど、そんな手もあんだね」と感嘆する。

「そうはいっても、解決しなければならない問題は、幾つもあるんですけどね」

百香にこの話を伝えてから、それほど時間が経っていないというのに、いざテストの準備に入るとなると、不安材料が幾つも浮かんでくるのだから不思議なものだ。

「空き家になってからの時間が長けりゃ、内部もかなり傷んでるだろうからね。流しや、風呂、トイレだってそのまま使えるとは思えないし……。リフォームとなれば、多額の費用がかかるから、家賃もそれ相応のものになるだろうし……」

「そんでも、東京に比べれば、格段に安い家賃で貸せるべさあ」

「その家賃をどの程度に抑えられるかが、いまの時点では皆目見当がつかないんだよねえ」

茂子の家にしたってそうだ。

建家自体はいまのままの状態で十分使用に堪えると思うが、シンク、トイレ、風呂は全面的に入れ替えなければならない。畳もそうだし、食器、家電製品、ベッドに寝具、クローゼットだって、新たに購入するとなると、総額は間違いなく数百万の金額になるはずだ。

そして、ビジネスとして行う際に、最も重要視されるのは投資効率、つまりどれほどの期間で原資の回収が終わり、利益を生むことになるのかにある。家賃を高く設定すれば、利益を生むまでの期間が短くなるが、それでは利用者が集まりにくくなる。逆に家賃を安く設定すれば、利用者の関心を惹くだろうが、原資回収までの期間が長くなる。それではビジネスとしての旨味が薄れてしまう。

「そりゃあ、そんだべなあ……」

その辺りの事情は想像がつくらしく、晋作の懸念に理解を示す健介だったが、「んでもさ、勝手な話なんだげんとも、それでも空き家を借りる人がたくさん出て来れば、俺のような地元で商売やってる人間には、有り難い話だよ」

未練がましい口調でいう。

「それに、稼働率もあります」

「稼働率？」

「常に利用者がいるということは、まず考えられませんからね。利用者がいない間は収益ゼロ。一年を通じてどれほどの期間、利用者がいない期間が発生するのかも考慮しないと」

そのためのテストなのだが、考慮しなければならない点を挙げはじめれば切りがない。

これ以上続けていたのでは、せっかくの酒が不味《まず》くなるだけだ。

「まっ、いずれにしてもやってみないことには、分かりませんからね。社長だって、そういう気持ちでいるからこそ、テストしてみようかってなったわけで……」

ジョッキを持ち上げ、口を付けかけた晋作に、

「でもさ、シンちゃん、最初に語ったよね。このプランは、移住を考えている人たちには、その土地がどんな町なのかを知る絶好の機会になるはずだ。結果的に、移住につきまとうリスクを極限まで解消することになるって」

健介が問うてきた。

「いったけど、それが何か？」

「もしも、もしもだよ、シンちゃんの会社が貸しに出した家さ住んでみで、宇田濱を

気に入った、住みてえという人が出て来たとしたら、その人はそれがらどうすんの？」

「どうするって？」

健介のいわんとしていることが、俄には想像がつかず、晋作は思わず問い返した。

「別に空き家を探すの？　それとも、空き地を探して家を建てんの？」

考えもしなかった問いかけに、晋作はこたえに詰まった。

「それは……」

「それじゃあ、移住なんかできねえど思うんだよね。んだって、そうだべさ。シンちゃんは、家庭菜園をやりだいのなら、田畑もあるど語ったげんとも、家を借りで、ここで生活してみる人は、その間借りた家の畑で実際に作物を栽培するんでしょ？　そんな体験も含めで、宇田濱さ住んでもいいど判断すて、移住してくんのでねえの」

「確かに……」

「んだったら、その家をそのまま売ってやればいいんでねえの？」

はっとした。

健介のアイデアは、まことに理に適ったもので、議論する余地が全くなかったからだ。

「つまり、貸し家ではあるけれど、購入可能。早い話が、モデルハウスで生活してみることができるというわけか」

「そんだば、リフォームさカネがかかったって、大した問題にはならねえんでねえの？　んだって土地と家の値段さ、リフォームにかかった代金を上乗せすればいいんだもの。ここら辺の土地の価格なんて知れたものだす、空き家の持ち主だって、買い手が現れればそりゃあ喜ぶよ。リフォームの値段を上乗せすたって、名の通った場所さ別荘を買うごどに比べだら、遥かに安い値段で田畑付きの家が買えるどなったら、移住したいつう人だって、願ったり叶ったりつうもんでねえの？」

目から鱗とはこのことだ。

貸すもよし、気に入れば売却にも応ずる。自分が知る限り、こんなビジネスを行っている不動産業者は聞いたことがない。これぞ、新規事業に相応しいビジネスプランだ。

「健介さあ〜ん……」

自然に顔いっぱいに笑みが広がっていくのを感じながら、思わず晋作は名を呼んだ。「そのアイデア、いただきます！　それ、すごくいいです！」

「そうすか？」

健介は意外そうにいいながらも、目を輝かせる。

「いやあ、来てよかった。こんな素晴らしいアイデアも貰えたし、こんな美味しい料理にも巡り会うことができたし」

晋作はジョッキを傾けると、健介に向かって威勢のいい声を張り上げた。「よお～し、今日は呑むぞ！　微力ですが売上げに貢献するぞ！」

3

末次は始業時間の十五分前には出勤してくる。

早々に晋作から聞かされたプランを話しはじめた百香だったが、

「ちょ、ちょっと待って……。シンバルの社長って、確か大津さんだよね」

末次は説明半ばで問うてきた。

「ええ、大津誠一郎さんです」

「その大津さんが、何だって？　移住を考えている人や、テレワーク従事者向けに、空き家を貸しに出す事業をやるって？」

末次はあからさまに胡乱げな眼差しを百香に向ける。

「はい」

「で、そのテストを、ここでやるって？」

「ええ」

末次は正面に立つ百香を、片眉を上げながら上目使いで見ると、

「まさかあ。んなわけないだろう」

背凭れに身を預け、失笑する。「だってさあ、シンバルって民間企業だよ？　ビジネスって、商売のことだよ？　商売って、儲けるためにやるんだよ？」

「そうですね」

「だったらさあ、風光明媚なところとか、近くに名所旧跡があるとかさ、空き家なんて日本全国どこにでもあんだもの、もっと条件のいい場所でやるでしょう。娯楽もない、文化施設もない。ないないづくしの宇田濱で、何でやんなきゃならねえの？」

「それはですね――」

「それにさあ、テストって結果を出さなきゃ意味ないんだよ？」

説明をしかけた百香を、末次は遮ると続けた。

「どんだけ素晴らしい企画でも、テストで蹴躓《けっまず》いたら、それまでなんだよ？　本気でやるつもりなら、絶対に失敗しない場所でやるんじゃないの？」

自虐的な言葉のオンパレードに、百香は溜息をつきたくなった。

まあ、それも無理のないことではある。長年、それも年を経るごとに深刻化していく過疎高齢化。それに伴って増加していく独居老人と空き家。いずれの問題にも解決策を見出せず、深刻化していく最中に襲った大津波。インフラこそ再建されつつある

ものの、状況は悪化する一方なのだ。

「テストには、二つの考え方があるんじゃないでしょうか」

百香は、反論に出た。「いま課長がおっしゃったのが一つ。もう一つは、逆に悪条件の中でテストを行い、問題点を洗い出し、改善した上で好結果が得られれば、その後の展開はずっと楽になる……」

「そういう理屈も成り立つけどさ、テストするにしたって、リフォームして、家電製品や家具を揃えてってやってたら、大金がかかんだよ？　カネを使うからには、駄目でしたじゃ済まされないのが、サラリーマンの世界でしょ？　税金使って成果が得られなくとも、上が決めたことだからで済む公務員の世界とは違うんだよ」

思わず本音を漏らしてしまったというところか。

もちろん、財源が乏しい宇田濱では、役場の職員も質素倹約に余念がないが、国が行う公共事業となると話が違ってくる。予算内に収まる事業は皆無に等しいのは、オリンピックで知れたこと、紛れもない事実である。

「でも、大津さんは、宇田濱でテストをやることを承認なさったそうですよ」

上目使いで百香を見る末次の目の表情が変わった。

そして、何やら意味あり気に口元を歪めると、

「それってさあ、関野さんが貸してる家に住んでる人がいってんだろ？」

ぴくりと小鼻を膨らませる。

「そうですけど？」

「その人が、どうしてこんなアイデアを出してきたのかなあ」

「それは、私が空き家問題を担当していて――」

「だからって、ここでテストするってわけ？　サラリーマン人生を賭けて？」

「サラリーマン人生を賭けてって、どういう意味ですか？」

「さっきいったでしょ？　大金使って失敗すれば、駄目でしたじゃ済まないのが、サラリーマンの世界なんだよ？」

企業に勤めた経験もないくせに、知った風な口をきくんじゃない！

そう返したくなるのを堪えて、百香はいった。

「たまたま西尾さんが、宇田濱にいた。そして、使えそうな空き家があったからじゃないでしょうか」

「でもさ、シンバルほどの会社なら、もっといい条件の空き家を見つけることが――」

「課長……」

今度は百香が押し殺した声で末次を遮った。「感染拡大防止の観点から、人の移動を極力抑えろといわれている最中に、誰が、どうやって条件のいい空き家を探してこ

れるんですか？　コロナ騒動は、いつ収まるか皆目見当がつかないでいるんです
よ？」
　さすがに、そこをつかれると反論できないと見えて、末次は口をもごりと動かして
押し黙る。
　百香は続けた。
「西尾さんは、こうおっしゃいました。テストを始めるまでには時間がある。テスト
を始めるのは、コロナ騒動が収まってからだ。それまでに万全の体制を整えて、事態
が終息したらただちにテストに取りかかれるようにしておこうって」
　これもまた、理に適っているだけに反論などできるはずがないのだが、
「でもさ、シンバルって一部上場の大企業だよ。テレワークで仕事しているのも、西
尾さんだっけ？　その人だけじゃないでしょう」
「このプランを考えついたのは、西尾さんです。彼以上にプランの内容を熟知してい
る人は、他にいるわけがないじゃないですか」
「か・れ……」
　末次は、またしても下卑た笑いを口元に宿す。
　何を考えているか先刻承知だが、それを無視して百香はいった。
「つまり、宇田濱でやることにしたのは、コロナが収まった時点でただちにテストを

行うため。時間を無駄にしたくないからです。事前に準備しなければならないことがたくさんあるからです」

「たとえば？」

「空き家の状態は様々ですからね。リフォームにかかる費用は安いにこしたことはありませんから、状態のいい物件を探さなければなりません。町内の空き家を回り、外観から使えそうな物件をピックアップし、その上で所有者の同意を得て内部を見せてもらい、リフォームにかかる費用を算出する。それが把握できないことには、家賃だって決められませんからね」

「所有者への打診は誰がやんの？　登記簿謄本を見れば分かるけど、西尾さんが調べて連絡するの？」

「課長……」

さすがに、ここまで来ると百香も我慢がならない。「これって、役場が長年頭を痛めてきた、空き家問題を解決できるかもしれないプランなんですよ。しかも、経費は全てシンバルが持つ。町には一切費用は発生しない夢のような話なんです。このプランの実現に向けて、町が全面的にシンバルをバックアップするのは当然のことじゃありませんか」

「でもさあ、一企業のビジネスのために――」

「そんなの企業誘致と一緒じゃないですか！」

百香はついに声を荒らげた。

ああでもない。こうでもない。いったい、こいつは空き家問題を解決する気があるのか。

しかし、罵声を浴びせたところで、どうなるものでもない。それよりも、まだ末次には話さなければならないことがある。

「このプランは、宇田濱の空き家問題を解決しようというだけのものではないんです」

内心で渦を巻く苛立ちと怒りが、百香の言葉に弾みをつけた。「テストで成功を収めれば、シンバルはこのプランをビジネスとして全国展開するつもりなんです。そうなれば、増加する一方の空き家の対策に頭を痛めている全国の自治体に、『宇田濱モデル』として広がって行くことになるんです」

「宇田濱モデル？」

末次の表情が変わった。

片眉をピクリと吊り上げ、背凭れに預けていた上半身をのそりと起こす。

ちぇっ……。分かりやすすぎるヤツ……。

「お分かりいただけましたでしょうか？」

百香は、声に皮肉を込めると、続けていった。

「町が全面的にこのプランに協力するとなると、空き家対策の担当者は私です、今日から、この仕事に専念したいので、許可をいただきたいと思います」

そこで、百香は手に持っていた書類を入れたクリアホルダーを差し出すと、

「これ、西尾さんが、お書きになったビジネスプランと、空き家の所有者への説明書と依頼書です。完璧だと思いますけど、ご一読の上、お気づきの点がありましたら、なんなりと……」

そういい残し、自分の席に取って返した。

4

「ほう、そこに気がついたかね」

モニターに映る大津が満足そうに微笑んだ。「このビジネスは、移住を考えている人に、実際に田舎暮らしをリスクなしで体験してみる最高の機会を提供することになる。でもね、君がいうようにその町の状況が把握できた、家も気に入ったとしても、借家じゃあ住み続けることはできんからね。空き家がたくさんあるといっても状態は様々だし、リフォームだって必要だろうさ。それでも、近くに手頃な物件がありゃい

いが、他所で探さなけりゃならないとなると、移住に伴うリスクが発生するからね」

「そのまま売ったらいい」といったのは健介だ。そこまで賞賛されると、さすがにばつが悪くなる。

「いやあ、そこに気がついたのは、私じゃないんです、町の居酒屋の店主が……」

「町の居酒屋の店主が？」

「まさにいま、社長がおっしゃったのと同じことをいいまして……。そこで、はじめて気がついたわけです……」

「君は正直な男だねえ。わざわざいわんでもいいだろうに」

「部下の手柄は上司のもの、部下のミスは部下のものと、サラリーマン社会ではよくいわれますけど、そうはなりたくないなあと、常々思っていたもので……」

それは晋作の本音だったが、そこではたと気がついて、「あっ、でも私の上司がそうだっていっているわけじゃないですよ。あくまでも、一般論としてのことですので……」

慌てて弁解した。

「部下の手柄は上司のものか……。よく聞く言葉だけどさ、見ている人は見ているものだし、人の口に戸は立てられないというのも本当のことなんだよ。狡《ずる》は、いずれ必ずバレるものでね」

「それで気がついたのですが、家を購入することもできるとなると、シンク、風呂、トイレは長期間に亘って使用に堪えうるだけのクオリティを持ったものを使用しなければなりませんし、リフォームもまた徹底的にやらなければなりません。加えて、田舎暮らしに車は不可欠ですから、それも用意しなければならなくなります」

「それのどこが問題なのかな？」

「いや、初期投資の額は、利用料金に直結するわけですから、安く抑えるに越したことはないわけでして……」

「だったら、安く抑える方法を考えればいいじゃないか」

大津はあっさりという。

「へっ？」

間の抜けた声を上げた晋作に向かって、大津は含み笑いを浮かべると、

「そうか、君は業務畑、それも財務一筋でやってきたんだったね」

はたと気がついたように、小さく頷いた。

「ええ、その通りです……」

「うちも大企業の例に漏れず業務は分業化され、それぞれの役割は決まっているよね」

「ええ……」

「その分だけ大小、多くの取引先を持っているわけだ」

「はい……」

「うちは製造業に分類される企業だが、製品を造るに当たって、部品や資材を調達するのは資材調達部だ。社員の福利厚生は人事部なら、什器備品の調達は総務部の仕事だ。大企業ならではのメリットを最大限に活かしたらいいじゃないか」

大津は、ニヤリと笑いながら頷くと続ける。

「私はねえ、この事業には大きなニーズがあるだけでなく、大都市から地方への人口分散、疲弊する地方の活性化、ライフスタイルの見直し、リタイア層には決して十分とはいえない老後資金の有効活用と、社会にとっても大変意味のあるものになるんじゃないかと考えているんだ」

もちろん、晋作も気がついてはいたが、大津にいわれると、改めてこの事業に潜在する可能性の大きさを実感した。

「はい……」

「このビジネスモデルを知れば、興味を示す会社は少なからずあるはずだ。中には是非一緒にやりたいという会社も出て来るだろう。各道府県に十軒だとしても、一道二府四十三県。四百六十軒の貸し家を持つことになる。五十軒ならば、二千三百軒だ。君がいまいる宮城県にどれほどの市町村があるか知ってるかね？」

知るわけがない。

「それは……」

こたえに窮した晋作に、

「十四市、二十町、一村。お隣の岩手県には、十四市、十五町、四村もの市町村があるんだよ」

さすがは大津、すでに調べはついているとばかりに諳んじてみせる。

「二つの県だけでも、六十八もの市町村があるんですね」

「もちろん、空き家の状態は様々だ。状態が良くても、立地や交通の便が余りにも悪くて、どう考えても借り手がつかない物件は数多くあるだろう。でもね、テストで好結果が得られれば、空き家問題に頭を痛めてきた自治体が、必ずやこのビジネスに興味を抱く」

「物件情報が黙っていても集まるようになるというわけですね」

「そうだ」

その後の展開が見えているかのように断言する大津の目には、大きなビジネスを摑んだ確信と喜びの色が浮かんでいる。

果たして大津は続ける。

「このビジネスモデルを真似て、自ら手がけようとする自治体も中にはあるだろう。

しかし、それはすぐに無理だということが分かるはずだ」

「個別にやったのでは、スケールメリットによるコストダウンが図れないからですね」

「それもあるが、そもそも空き家問題の解決を自治体が担うのが間違いなんだ」

晋作も同じ考えを抱いてはいたが、

「といいますと？」

敢えて大津を促した。

「用途に公平さを求められる公金を原資にすれば、私有財産の活用のために使うことはできんからね」

「なるほど、自治体に存在する空き家が全て貸しに出せるというわけではありませんからね」

「そう。我々だって、空き家の全てを活用するなんて考えてはいないし、できるわけないからね。立地もいい。リフォームの費用も許容範囲内。借り手が見込める家賃で収まる、ひいては買い手がつく可能性がある。収益が上げられると判断できて、はじめて投資するんだ。つまり、これは立派なビジネスなんだよ」

「その結果、地方の人口減に歯止めがかかり、地場の経済が上向くのなら、自治体にとっても有り難い話ですよね」

「空き家の所有者、自治体、そして利用者にも、メリットはあってもデメリットになるものは一つとしてない。我々だって貸せば使用料、利用者が購入を望めば、それまで住んでいた都会の家やマンションの売却を仲介すれば、双方の所有者から手数料が得られる。つまり、このビジネスが極めて筋がいいのは、携わる者全員に、ウイン・ウインの関係が成立することなんだ」

熱く語る大津だったが、そこで言葉を切ると、モニター越しに晋作を見詰め、続けていった。

「売る側、買う側。サービスを提供する側、される側。どんなビジネスでも、携わる者全員が満足するものでなければ成功しないし、長続きしない。こんな、素晴らしいビジネスプランを考えてくれた君には、本当に感謝しているよ」

身に余る言葉だが、そこまで絶賛されるとさすがに照れる。

「いや、そんな……」

「そこで、君にもう一つやって欲しいことがある」

「なんでしょう」

「次のフェーズ、つまりこのテストで好結果を得られた後に備えて、全国の自治体に向けての告知方法を考えることだ。それから、このビジネスプランを活用したいといって来た場合、自治体に配付する資料を製作してほしい」

そう命じてきた大津に向かって、晋作はすかさずこたえた。

「最初に仰った、全国の自治体に向けての告知方法は、役場の空き家対策担当者が検討することになっております」

「ほう、そうかね」

「実は、彼女、ここの大家さんでして……。私がこのアイデアを考えついたのも、親しくなった近隣のお婆さんが、ついこの間亡くなりまして、彼女が『また、一軒空き家が増える』と頭を抱えていたのがきっかけだったんです」

「なるほどねえ。そういうことだったのか……」

大津は納得した様子でいう。「ビジネスのネタってもんは、どこに転がっているか分からんものだからねえ。もっとも、それに気づかずに、チャンスを逃してしまう人間が圧倒的に多いのだがね」

「気がついたというか、たまたま思いついただけでして……」

「いや、それは違うと思うね」

ところが意外にも、大津は真顔でいう。「私はねえ、チャンスってもんは、常に万人の目の前に転がっているものだと思っているんだ。人は成功者に対して、あの人は運を持っているとかいうけどさ、それはね、気がつくか気がつかないか、チャンスが来た時の備えができているか、できていないかの違いでしかないとね」

つまり、晋作にはその備えがあったといいたいらしいのだが、さすがにそれはどうかと思う。

そこで、晋作は話を戻した。

「社長、その自治体に配付する資料ですが、いつ頃までに仕上げればよろしいでしょうか？」

「自治体が反応するのは、テストの結果が出てからになるから、急ぐ必要はない。先日もいったが、まずは宇田濱町内で、貸しに出せば借り手がつきそうな空き家を何軒か探し、このビジネスに使う承諾を家主から取ることだ」

そこで、大津ははたと気がついたように、「しかし、君には通常業務があるからなあ。片手間じゃ大変か」と案ずるようにいった。

フレックスタイム制を導入しているシンバルのコアタイムは十時から午後四時で、昼食の一時間を除いた勤務時間は七時間である。つまり、九時に出社すれば、五時まで。八時に出社すれば、四時には帰宅できるのだが、テレワークが導入されてからは、通勤時間がゼロになったこともあって、資産管理課では九時五時が勤務時間ということで、課員の全員が同意している。

もちろん、時間内で終わることは希で、早朝、あるいは夕方の釣りを諦め、仕事をしなければならない日も当たり前にある。テストまでに時間があるとはいえ、この仕事が加わるとなると、実のところかなり厳しいのは確かだ。

「ええ……まあ、そうですね……」

「どうしたもんかなあ……」

腕組みをして、考え込む大津に向かって、晋作はいった。

「土日のどちらかを、この仕事に当てることにします」

「それは、いかんよ。まだ、私と君との間の話とはいえ、会社の新事業の可能性を探るためにやるんだ。立派な業務だよ」

「でも、平日にこの業務に時間を割けば、週末を使って通常業務の遅れを取り戻すことになります。かといって、フルタイムで新事業に専念するほどの業務量にはならないでしょうし……」

「それはそうなんだが……」

口籠もる大津に向かって、晋作は明るい声でいった。

「修業だと思えば、どうってことありませんよ」

「修業？」

大津は片眉を上げ、問い返してきた。

「社内には様々なプロジェクトに従事した経験がある社員はたくさんいます。本来であれば、この仕事もそうした人たちが行うべきなのは重々承知しております。でも、せめてテストの結果が出るまでは、素人なりに試行錯誤しながら、この仕事を自分で手がけてみたいんです」

「まあ、君の気持ちは分からんでもないが……」

「新しい知識やスキルを身につけようとするなら、おカネを貰うどころか、月謝を払わなければならないんですよ。そう考えれば、週末の一日くらい、この仕事に費やすのはお安いものですよ」

本心からの言葉だったが、もう一つ、晋作にはそれ以上の理由があった。

百香と頻繁に連絡も取れれば、会う機会も増える。しかも週末の一日を一緒に過ごすことができるかもしれないと思ったからだ。

百香に対して好感を覚えていることは事実だが、それが所謂恋愛感情であるのかどうかは、まだ判断がつかない。それでも、会いたい、話したいという気持ちは、日を重ねるごとに募るばかりだ。

「そうか、そこまでいってくれるのなら、君の言葉に甘えることにしよう」

何かいいたげではあったが、大津は承諾すると、「リフォームの段階ではバスタブ、トイレなどの購入、自動車のリースと他部門の手を借りることになるからね。貸しに出す空き家の目処が立つまでは、全て君に任せることにしよう」

といい残し、その日の会話を終わらせた。

茂子の家以外に候補となる四軒の空き家を決めるのに、百香は二ヵ月を要した。

5

なにしろ、津波で大分流されはしたものの、宇田濱町内にはいま現在六十軒を超える空き家があるのだ。

もちろん、空き家問題は昨日今日発生したものではない。倒壊の危険がないかなど、建家の現状については代々の担当者が調査した資料があったので、「改善が必要」と記されたものは視察対象から除外した。

そこで、晋作と相談し、建物の状態、眺望、耕作地の有無等、いくつかの基準を設け、候補を絞ることにしたのだったが、資料から判断すると使える可能性があると見られる空き家は十五軒にもなった。

それら全てを見て回り、使えそうか否かを外観から判断することにしたのだが、それに当たっては晋作が同行した。結果、使用可能と思われる空き家は八軒。絞り込みが終わったところで所有者に手紙を送り、今回のプランへの興味の有無を問い合わせ、「ある」と返答があれば鍵を入手し、内部を調査したのだったが、もちろんその全てに晋作が同行することになった。

「モモちゃん、お昼一緒に食べない？」

仁美が声を掛けてきたのは、晋作と共に、残る二軒を見て回るのを明日に控えた金曜日、百香が持参してきた弁当を机の上に置いたその時のことだった。

「そういえば、ヒトちゃんとお昼食べるのって、久しぶりだよね」

「このところ、席にいなかったもんね。一緒に食べようよ」

もちろん断る理由はない。

百香が快諾すると、仁美は「会議室に行こう」といって、先に立って歩きはじめた。

「モモちゃん、最近、忙しそうだね」

会議室に入り、弁当を広げながら仁美はいった。「外に行ってることも多いし、いても仕事に没頭してるから、なんだか声を掛けられなくてさあ」

「うん、いまねえ、面白い仕事してるんだ。ひょっとすると、空き家が生まれ変わる。それも、うまくいったら、宇田濱の空き家対策がモデルとなって、全国に波及していくかもしれないんだ。私、すごくわくわくしてんの」

それは、紛れもない百香の本心だった。

お役所仕事は万事において前例主義だから、前任者の業務を踏襲すれば、可もなく不可もなく、つつがなく日々を過ごすことができる。しかし、社会環境が猛烈なスピードで変化する時代である。当然、前例主義では時代のニーズに対応できないのは明らかなのに、そこは役所である。職員の意識がそう簡単に変わるわけがない。

そこに、降って湧いたように持ち上がったのが、今回のプランだ。

役所では到底思いもつかないような発想だし、仮に起案したとしても、一笑に付されて終わるのが関の山だ。それが、極めて短期間のうちに、テストとはいえ、実現に向けて動き出している現実が新鮮だったし、民間企業のダイナミズムを垣間見た思いがして興奮を覚えた。

だから、百香の声はどうしても弾んでしまうのだったが、

「あのさ、モモちゃん。そのことなんだけどさあ……」

意外にも、仁美は心配そうにいう。

「そのことって……なに？」

「大丈夫なのかなあと思って」

「大丈夫って、何が？」

「いや、ちょっと変な噂が立ってんだ」

「噂？」

想像がつかないではないが、百香は敢えて意外そうに訊ねた。

「なんか、こんな話するとさあ、興味本位でいってんじゃないかと思われるかもしれ

ないけど、私、そんなつもりはないからね。モモちゃんのことが心配で、いうんだからね」

仁美は、いい訳がましくいう。

「うん、それは分かってるよ」

「あのね、モモちゃん、騙《だま》されてるんじゃないのかって、いってる人たちがいるのよ」

「騙されてるって……なんで?」

「シンバルなんて大会社が、空き家対策なんかに興味を示すはずがない。まして、社長さんがこんな話に乗り気になるなんて考えられないって」

「そんなことないよ。だって、西尾さんが――」

「西尾さんて、モモちゃんと歳があまり変わらないわよね。ってことは、まだヒラなんでしょう?」

仁美は百香の話を遮って問うてきた。

「確か課長代理だったと思うけど、それってヒラなのかなあ」

「モモちゃんさあ、役場だってヒラ職員の次は係長、課長代理、課長、次長、部長、局長、副町長があんだよ。シンバルだって、そうは変わらないと思うのね。それからいったらさあ、課長代理なんて平社員からようやく一つ上に上がった程度のもんじゃん。シンバルって、従業員が何万人って大会社だよ。そんな大きな会社の社長と、ヒラ同然の社員がなんでサシで話せんの？」

「なんでっていわれても……」

そんなこと分かるわけないじゃない、と続けようとした百香を、

「おっかしいってば」

またしても仁美は遮り、堰《せき》を切ったように話し出す。「だいたいさあ、コロナ騒ぎが収まったら、その人、東京に戻んじゃないの？　仮に、テレワークが続いたとしてもよ、釣りがしたくてここに来たんでしょう？　だったら日本は海に囲まれてんだものの、どこに住んだっていいわけじゃん。第一、こんな廃《すた》れた町に、貸し家を造ったところで、借りる人なんかいるわけないし――」

「じゃあ、なんで西尾さんは、こんなアイデアを出してきたわけ？」

今度は、百香が仁美を遮った。

その口調の険しさに、

「アッ……、これ、そういってる人たちがいるってことだから。私が、そう思ってるってわけじゃないから誤解しないでね」

仁美は、慌てて弁解する。

「そんなことはどうでもいいから、西尾さんのいってることがどうしてでまかせだっ

ていうの？」

「それはさあ……、モモちゃんの気を惹くためじゃないかって……」

「はあ？」

百香は、声を吊り上げた。

「モモちゃんて美人だし、しっかり者だし……。津波で旦那さんを亡くして独身になったこともあって、職場の中にも外にもモモちゃんを狙ってる独身男性は結構いんのよ。あんただって、気づいてるでしょ？」

「西尾さんが、そうだっていうの？」

「私じゃないよ。そういう噂になってるってことをいってるだけだからね」

仁美は、またしても言い訳を口にする。

「あのさあ、それっておかしくない？」

百香は、溜息を漏らしたくなるのを堪えていった。「もしも、もしもよ、西尾さんが私の気を惹くために、こんな話を持ち出したのなら、ふつー、バレた時のことを考えません？」

「そ、それは……」

口籠《くちご》もる仁美に向かって百香は続けた。

「嘘をついてまで気を惹こうとする男に、誰が好意を抱く？　それとも、嘘だって分かった時に、そこまで想ってくれてるのかって感激する？」

「いや、だからあ、こんな噂が立ってるってことを教えただけで……」

語気の激しさに、慌てて弁解する仁美に向かって百香はいった。

「ヒトちゃんさあ、西尾さんが準備してくれた一連の書類、見せてあげるから一度読んでみなさいよ。一読して私、本当にびっくりしたわ。そりゃあ役所と違って当たり前なんだけど、もうレベルが違うの」

「そりゃあ、シンバルなんて大企業に採用されるくらいだもの、一流の大学を出てんだろうし——」

「そんなこといってんじゃないの」

百香は、またしても仁美の言葉を遮った。「あれだけの資料を作るのに、どれだけ時間がかかったかってこと。労力もそうだけど、空き家が増加する一方の宇田濱を、何とかしたいっていう熱意があの書類からは感じられるの。これほど真剣に、この問題に取り組んできた役場の職員なんて、これまでいなかったもの。私、恥ずかしくなっちゃったくらいなのよ」

それは、百香の正直な感想だった。

晋作が作成した企画書は、全く非の打ち所がない、見事な出来映えだった。所有者への手紙にしてもそうだった。

過疎高齢化が進む宇田濱の現状説明からはじまり、対策を講じなければ空き家が増加し続けることを訴え、放置しておけば次の世代の負担を重くするだけになると諭す。それも、宇田濱の年齢三区分別人口構成比をグラフ化し、さらにその中に占める独居老人の数を明示し、近未来の町の姿が所有者にも容易に想像できるようにしてあった。

次に、固定資産税や取り壊した場合のコストをベースに、空き家を活用した場合に生ずるメリットを説明し、あくまでもシンバルが行う事業であり、所有者には金銭的負担が全く発生しないことを明確に記したのだ。

そして最後に、このビジネスが空き家問題に直面している全国の自治体に波及する可能性があることを訴え、故郷がそのモデルケースになると結んでいたのだ。

「それに、空き家の所有者には、とっくに事業の趣旨を書いた手紙を送っていて、八軒の家主さんから鍵を預かって、六軒は家の中の調査も終えているの」

百香は続けた。

「それで、どうして嘘だなんていえるの？　ここまで話が進んで、しかもシンバルって会社名まで出しているのよ？　これが嘘なら、バレた時に西尾さんはタダじゃ済まないわよ。そんな馬鹿なことするもんですか。そもそも、西尾さんは、人を騙すような人じゃないわ！」

少しムキになったかも知れない……。

百香は自分自身でもそう思った。

それはなぜなのか……。

晋作が考案したプランを提示され、実現に向けて動き出してから、百香の日々は一変した。

誰もやったことがない仕事。それも宇田濱、いや日本全国の自治体が長年抱え、解決策を見出せずにいた問題の打開につながる可能性を秘めたビジネスに携わる喜び。晋作との会話は、驚きと興奮の連続だったし、候補の空き家を見て回る時間は、それは楽しかった。この瞬間が、ずっと続けばいい。そう思った……。

その思いの正体は、何なのか。

百香はいま、はっきりと悟った。

「モモちゃん……あんた、ひょっとして……」

ぎょっとした様子で百香を見詰め、言葉を呑む仁美に百香はいった。

「いいたい人にはいわせておけばいいじゃない。真実はいずれ分かるんだもの。噂が噂じゃなくなる日が、絶対に来るんだもの」

終章

1

「候補物件の家の中の状態は、送ってもらった画像で大体のところは把握できたよ。さてそうなると、次はリフォームにかかる費用の見積もりと、業者の選定だね」

モニターの中の大津がいった。

「コロナのこともありますし、少なくとも今回のリフォームは、地元の業者を使うべきではないかと考えますが」

晋作が、すかさずこたえると、大津はいった。

「実は、君が物件の選定作業をはじめてから、以前から付き合いのある企業経営者に今回の事業プランを話してみたんだ」

「経営者とおっしゃいますと？」

「便器やバスタブの製造メーカー、家電メーカーに大手家具量販店の社長とか、このビジネスに関係する企業の経営者だよ」

「テストはまだはじまっていないのにですか？」

「このビジネスは、うちが新事業をものにできるかどうか以上に、地方再生、ひいては日本の産業界の将来の観点からも大変重要な意味を持つと私は考えているんだ」

日本の産業界の将来とは、大袈裟に過ぎないかと思ったが、大津は真剣だ。「とかく大企業の経営者は、近視眼的な経営をしがちだが、中にはそうじゃない人もいる、そうした経営者が何を憂いているかといえば、日本の人口減少なんだ。なぜかは、君も分かるだろう？」

「ええ……。日本の国内総生産（ＧＤＰ）の七割は国内需要です。人口の減少は市場規模の縮小を意味しますから、当然企業の業績も縮小していくことになるからです」

「その通りだ」

大津は頷く。「都市部への人口集中が地方の人口減に繋がっていることは誰もが知っている。そして住環境、高い生活費、その他諸々、都市部での生活が子供を生み育てる、いや、それ以前に家庭を持つことすら難しくしていることもだ」

「テレワークの導入によって、通勤の必要性がなくなれば、居住地の制約はなくなります。快適な住環境、生活コストが安い地方へと移住する人が増えれば、生活に余裕ができる。結婚して家庭を持つこともできれば、子供も産める。人口減に歯止めがかかるというわけですね」

「もちろん、人にはそれぞれライフスタイルというものがあるし、価値観も様々だ。でもね、テレワークによって、ライフスタイルの選択肢が増えたことは確かだと思うんだ」

「では、お聞きになった企業経営者は、この事業プランに興味を示されたわけですね」

「もちろんさ」

大津は満足げに頷く。「ビジネス自体にも魅力はあるが、人口減少に歯止めがかかる可能性があるのなら、大変結構なことだ。是非とも協力したいといってくれてね」

「ということは、リフォームの際に入れ替える器具、新たに購入する備品の費用を安く抑えることができると？」

「少なくとも、宇田濱で行うテストに際しては、無償で提供してもいいといってくれてね」

「無償……ですか？」

予想もしなかった好反応に、晋作は驚きの声を上げた。

「たった、五軒やそこらだ。そこから先は、さすがにそうはいかんがね」

苦笑を浮かべた大津だったが、一転して真顔になると、話を続ける。

「ビジネスは慈善事業じゃないからね。大きなビジネスになる可能性があると判断したからこそ、協力してくれるんだよ」

「おっしゃる通りでしょうね。ビジネスは慈善事業ではないというのもその通りですし、前に社長がおっしゃったように、携わる当事者の全てがウイン・ウインの関係でなければ継続性が見込めませんからね」

晋作の言葉に、満足そうに頷いた大津は、

「そこで、早急に取りかかって欲しいのは、リフォーム業者の選定だ。ただし、地方でこの手の事業をやろうとすると、地元の有力者が一枚嚙もうとするのが常だし、今回は地元の役場に協力してもらっているんだから尚更だ。業者の選定は公明正大に行わなければならん」

「では、コンペ……ということになりますか」

「ただ、安かろう、悪かろうでは困る。借りてくださる利用者には、満足してもらわなければならんし、ましてその地域が気に入って、家の購入を希望する方は、終の住処になるかもしれないんだ。手抜きは断じてあってはならんのだからね」

「採用基準は？」

「業者の実績についてはうちの審査部を使えばいいさ。信用調査会社は財務調査だけを行っているわけじゃない。業者の評判も調査するからね。見積金額の妥当性については、外部のコンサルタントに任せることにしよう」

「分かりました」

「いずれにしても、まずは業者への告知。次にコンペに関心を示した業者に、実際に物件を見てもらわなければならない。そうでないと見積金額が出せんからね」

「それは、こちらで対応いたします。役場の担当者の協力が得られると思いますし、私もできる限り立ち会いますので……」

「役場の協力が得られるのなら、君が立ち会う必要はないんじゃないか？」

もちろん大津のいう通りなのだが、立ち会いたいのだ。

「第一、物件を案内するのは平日の昼間になるんじゃないのかね？　君は仕事があるんだし――」

「こんな仕事を担当させていただける機会は、滅多にないことです」

晋作は、大津の言葉が終わらぬうちにいった。「もちろん、案内が週末の場合に限りますが、これも修業のうちですので……」

「週末ねえ……。業者だって週末は休むだろうに……。いずれにしても、テスト段階とはいえ、ここから先は、社を挙げて取り組む体制を構築しなければならない。そこで、組織横断型のプロジェクトチームを正式に設けようと思うんだが、西尾君にはリーダーをやってもらうよ」

「リーダー？　私がですか？」

余りに唐突、かつ考えもしていなかっただけに、晋作の声が裏返った。

「テストは宇田濱でやるんだ。全てのプロセスを逐一間近で見られるのは君しかいないだろ？」

「しかし社長、新規事業の立ち上げなんて、経験したことがないんですよ」

「そんなことといったら、誰だって最初はそうだよ。それに、貸し家ビジネスなんて、うちの会社がはじめて手がける事業だ。ことこの件に関しては、社内に経験者なんかいないじゃないか」

「しかし、リーダーにはマネージメントスキルも必要ですし、どんなプロジェクトにも応用が利くノウハウがあるはずです。経験のあるやなしでは──」

「そのノウハウを君が確立すればいいじゃないか」

大津は冷徹な声で、晋作の言葉を遮りあっさりいった。「それに、マネージメントスキルというがね、君は入社して何年になる？」

「十二年になります……」

「確か、課長代理だったね」

「はい……」

「十二年もの間、上司の仕事を間近に見ていれば、いろいろと感ずるものもあるはずだ。まして、誰も手がけたことがない事業だよ。いままでの経験を活かして思う存分やってみたらいいじゃないか。それに……」

そこで、大津はいいかけた言葉を呑んだ。

「それに、何でしょう？」

「人の移動は極力抑えろといわれていることもある。そちらに行こうにも、コロナ騒動が終息するまでは、誰も動くことができんのだ」

もっともな話ではある。

本来ならば準備段階の各過程で、しかるべき人間が必要に応じて宇田濱を訪れ、進捗状況を確認しながら進めるところだが、コロナ禍が続いている中にあっては不可能だ。東京から出向いてこようものなら、二週間の自主隔離を強いられるし、万が一にも感染でもしていれば、高齢化が進んだ宇田濱では、大惨事になりかねない。

「ですよねえ……」

晋作が頷くと、

「いままでならば、新しいことをやろうとすれば、いろいろと雑音も聞こえてきただろうが、テレワークじゃその心配はまずないからね。とにかく、いい機会だと思って、思う存分やってみたらいいさ。前例なき仕事ってのは、面白いもんだぞ」

大津は力強くいい、嬉しそうに目を細めた。

2

十一月に入ると、宮城県北部にある宇田濱は、秋も真っ盛りとなる。

山は紅葉した木々に綾取られ、大気は気温の低下と共に清冽さを増していく。

晴天の早朝は、収穫を終えた田んぼや畑から仄かに水蒸気が立ち上る。

紅葉した山々。点在する農家。庭の柿の木に宿る朱色に熟した実の鮮やかさ。それらが一体となった光景は、まさに息を呑むほどに美しい。

宇田濱にやって来たのは、春の気配がようやく感じられる頃だったことを思えば、何と時が経つのは早いことか……。

「もう、今年も残り二ヵ月を切りましたね。早いものです……」

早朝の道を百香と肩を並べて歩きながら、晋作はいった。

「本当に……」

百香も、感ずるものがあるのだろう、感慨深げに漏らす。「一年なんて、あっという間……。特に今年はいろいろありましたもの……」

「そうですよねえ……」

晋作は、静かに笑った。「まさか、宇田濱に来た時には、こんな事業をやることになるとは想像だにしていませんでした」

「私だってそうです。空き家の活用法にこんな手があるなんて、考えもしませんでした。しかも、それが実現しちゃうんですもの、本当に夢のようです」

「まあ、それもうまく行けばの話です。悪夢になる可能性だって十分過ぎるくらいにあるんですからね。勝負はこれからですよ」

「そんな、縁起でもないこといわないで下さいよ。そんなことになったら、空き家対策の宇田濱モデルになるって夢も絵に描いた餅になってしまうし、西尾さんだって困るでしょ？　発案者にして、プロジェクトリーダーとしてこの事業を引っ張ってきたんですもの」

百香の指摘はもっともだ。

晋作をプロジェクトリーダーに指名した大津は素早く動いた。

翌週には、資材調達部、総務部、審査部の役員に、プロジェクトの概要と狙い、そして意義を説明し、しかるべき人材をメンバーに指名するよう命じた。

もっとも、当面の間はビジネスとして成り立つか否か、反応を見るためのテストであり、物件も五軒と少ない。しかも、メンバーに指名された社員は東京近辺に在住していることもあって、宇田濱を訪れることはできない。加えて、業務量も限られていることもあって、晋作から相談や要求を受けた際に応じる、所謂パートタイムメンバーである。

だから空き家を貸しに出せる状態にまで仕上げる仕事の大半は、晋作と百香が二人で行った。

募集要項と案内は晋作が作成。宇田濱近辺でリフォームを行っている業者は百香が調べ、募集要項と案内の送付は〝シンバル〟名で彼女が行った。

リフォーム費用の見積もりのための業者の下見は、やはり平日の日中に集中したこともあって、その大半は百香が立ち会った。

応募書類が出揃ったところで、審査部が業者の実績と信頼度を調査。さらに、見積金額の妥当性を外部のコンサルタントが審査し、それらの結果を総合的に検討した上でリフォーム業者を決めた。

バスタブ、トイレ、家電製品はテストに限り無償提供だが、後に備えて資材調達部が担当し、総務部は軽自動車のリース契約を担当した。

全国に広がる可能性を秘めた事業にしては、所帯も業務量も小さなものだったが、それでも僅か三ヵ月で準備を終えることができたのは、大企業の組織力があればこそのことだった。

「百香さん、この景色撮影しておいたら？　利用者募集のホームページに載せたら、いいアピールになると思いますよ」

晋作は、目の前に広がる光景に視線をやった。

「そうですね。今日はまた、いつにも増して綺麗ですもんね」

百香はいうが早いか、首から提げた一眼レフのデジタルカメラを手に取ると、シャッターを切りはじめる。

今日の目的は、昨日リフォームを終えた家の中を晋作が確認するのともう一つ、利用者を募集するホームページに掲載する画像と動画を撮影することにあった。

百香が撮影を終えたところで、二人は再び肩を並べて茂子の家に向かって歩きはじめた。

やがて、茂子の家が見えてくる。

外見こそ変わってはいないが、内部は様変わりしているはずだ。

百香が鍵を開け、家の中に足を踏み入れた瞬間、早くも晋作は変化を感じ取った。

黒光りする頑丈な板に覆われた玄関は以前のままだが、藺草《いぐさ》の芳香が漂ってくるのだ。

古民家に真新しい畳から漂う藺草の香り……。このアンバランスさが何とも贅沢なものに思え、それだけでも晋作の胸は高鳴るばかりだ。

そして、居間に続く張り替えられたばかりの襖を開けた瞬間、様変わりした光景に晋作は息を呑んだ。

長い歳月を経て、重厚感が増した柱と梁。壁紙を張り替え、畳を入れ替えただけなのに、その変わりようたるや……。

「凄い……。高級感というか、スタイリッシュというか……。住宅雑誌のグラビアに載ってるような雰囲気じゃない！」

「古い家具家電を片《かた》して、壁紙と畳を新品にしただけなんですけどね」

内装を決めたのは百香である。彼女のセンスの良さは、晋作が借りている家の様子からも分かっていたつもりだが、まさか、ここまでとは……。

「正直いって、私も驚いているんです」

百香は感慨深げにいう。「人が住まなくなると、途端に傷みはじめるっていいますけど、それはやっぱり本当のことなんだなあって……」

「それって、どういうこと？」

「家にとって、人は生きるエネルギー、命を与えてくれる存在なんですよ。家を建てるなんて、一生に一度あるかないかのことじゃないですか。持ち主の強い思い入れが籠もっているはずですし、住みはじめれば歳を重ねるごとに愛着だって増してくる。そんな家主の気持ちに、家はこたえてくれてるんじゃないかって……」

「なるほどねえ……」

百香の話にはまだ先がありそうだ。

晋作は相づちを打ち、続く言葉を待つことにした。

「西尾さんは、私に壁紙選びや家具の選定を任せて下さったし、リフォームがはじまってからは、一度も現場に足を運ばなかったでしょう？」

「それは、たとえになるかわからないけど、リフォームって整形手術のようなものだからですよ。途中経過を見てたんじゃ、施術前、施術後の変貌ぶりの驚きも半減しちゃうと思ったんです」

実のところ、晋作がリフォームの最中に現場を一度も訪ねなかった理由は他にもあって、一つは百香の能力を信じていたこと、そしてもう一つは、プロジェクトのリーダーに任命されたものの、従来の業務量が軽減されたわけではなく、平日は自宅で仕事をこなさなければならなかったからだ。

もちろん、工程管理はリーダーの重要な任務の一つだ。

百香とは二日に一度、どちらかの家でミーティングを持ち、その後は夕食を共にした。そんな日々が続いたのだから、お互いの距離が縮まるのは当然の成り行きというもので、それがまた晋作には嬉しかったのだ。

「傷んだ場所を修理し、壁紙を張り替え、畳の入れ替えをしていると、家が息を吹き返してくる、喜んでいるような気がしてきて……」

リフォームの作業が進むに連れ、部屋の光景が徐々に変化していく工程を逐一《ちくいち》目の当たりにしていれば、家が息を吹き返そうとしている、喜んでいるという思いを抱きもするだろう。

「確かに、人が住めばこその家ですからね。仕事道具や食器だってそうですよ。使わなければ、あっというまに劣化しちゃいますもん」

「それでなんですけど、茂子さんがお使いになってた岩谷堂簞笥と食器なんですけど、この家を借りる方に使っていただこうかと思って……」

「えっ？」

短く漏らした晋作に向かって、百香はいう。

「信夫さんにお話ししたら、使っていただけるのなら母も喜ぶだろうと快諾して下さったし、シンバルが調達したクローゼットは、別の部屋に置いておけばいいかと思って……」

「まあ、信夫さんが、そうおっしゃるのなら、部屋は他にもありますから、いいんじゃないですか」

晋作の返事を聞いた百香は、

「で、その部屋なんですけど、こんなふうになったんです」

そういって次の部屋に続く襖を引き開けた。

その光景を見た瞬間、

「こ、これは……」

晋作は、驚きのあまり絶句した。

新品の畳の上に置かれた重厚な岩谷堂箪笥は、リフォームの間に手入れをされたらしく、すっかり様変わりしていた。長い年月を経た箪笥に塗られた漆は、深く重厚な光を放ち、味わい深さという点では新品の比ではない。

リフォームされた床の間と、新品の畳と岩谷堂箪笥が置かれた姿の何と美しいことか。この光景を一目見れば、誰しもが「こんな生活空間で暮らしてみたい」と思うに違いない。

「まるで、どこかの高級旅館みたいでしょう？」

思った通りの反応だったらしく、百香は悪戯《いたずら》っぽく目元を緩ませながら問うてきた。

「これ、サイトに載せたら、凄い反響がありますよ！」

晋作は興奮を隠さずにこたえた。「こんな部屋を見てしまったら、いま住んでいる都会の家が、酷く見窄《みすぼ》らしく思えて来ますよ。まして、田舎暮らしを考えている人や、テレワークを機に地方で暮らしてみようかって考えてる若者だって、試しに住んでみるかって気にもなりますよ」

「寝室は他に用意してありますので、この部屋は客間としても使えます。夏の昼間はお友達を招待して、釣りやサーフィン、サイクリングなんかを存分に楽しんでいただいて、その後、庭でバーベキューをするもよし、海幸なんかで新鮮な魚介料理を味わっていただくもよし。都会ではバーベキューをしようにも、自宅でってわけにはいきませんからね。その点、ここなら誰に気兼ねすることなくできますので……」

「国内には手を入れさえすれば、魅力的な貸し物件に変わる空き家は少なからずあるはずです。このモデルが全国に広がっていけば、予想以上に大きなビジネスになる可能性は十分にありますね。僕は、いま、確信しましたよ」

声を弾ませた晋作だったが、

「そうなると、いいですね……」

意外にも、百香はどこか寂しそうにすら聞こえる声でいう。

その反応に、怪訝な思いを抱いた晋作は、思わず百香に視線をやった。

「どうかしたんですか？　なんか、あまり嬉しくないように聞こえましたけど？」

「いえ、別に……」

百香は否定するが、どうも様子がおかしい。

「いや、でも……」

晋作の再度の問いかけに、

「利用者を募集するサイトは、物件の写真を載せれば完成ですけど、その時点で、私、この仕事から離れることになるんですよね……」

百香は寂しげに視線を落とし、そして小さく息を漏らした。

「えっ？　どうして？」

「空き家の所有者に、この事業を説明する手紙を出しましたよね」

「ええ……」

「やっぱり、この手の話は漏れ広がってしまうんですよねえ……。他の空き家の所有者から、なんでうちの空き家を使ってくれないんだ、不公平だってクレームがありまして……」

晋作は溜息をつきたくなった。

羨望、嫉妬……負の感情は人間ならば誰しもが抱えているものだ。しかも長く直面してきた問題が解決された人間がいる一方で、自分は対象外となれば、「なぜ？」という思いに駆られて当然だ。まして、そこに行政が介在したとなればなおさらのことだろう。

なぜならば、行政は国民、市民のために存在するもので、万事において公平でなければならないという思い込みがあるからだ。

しかし、こと空き家問題に関しては別なのだ。なぜならば、いかなる事情があるにせよ、放置してきた所有者に絶対的な責任があり、本来解決を行政に頼るのは間違いだからだ。

「そんなことといいはじめたら、企業誘致だって同じじゃないですか」

晋作はいった。「地元に雇用を生むためといって企業誘致に成功しても、希望する全員が採用されるとは限りません。職を得る人もいれば、得られない人もいる。それでも、地域に大きなメリットがあるから、用地を整備し企業を誘致するんじゃないですか」

百香は言葉を返してこなかった。

そこで、晋作は問うた。

「で、役場の上司に何かいわれたんですか？　他の空き家をどうするんだとでも？」

「いいえ、そうじゃないんです……」

百香は首を振ると、意外な言葉を口にした。「正直いって、役場の人たちは、まさか西尾さんのプランが実現するとは思っていなかったようなんです」

「えっ？」

「この周辺には、かつて企業誘致に成功した自治体があったんですけど、事業から撤退、あるいは人件費が安い海外に生産拠点を移す……、所謂経営上の理由で、撤退の憂き目にあったところが少なからずあるんですね。その結果、新たな職場を求めて町を出て行く人が続出して、誘致前よりも、それも急激に人口が減ってしまったという苦《にが》い経験があるんです……」

「確かにその手の話はよく耳にしますけど、このビジネスは別です。テストの結果次第では——」

「テストの結果次第では、どうなるんです？」

百香は晋作の言葉を遮った。「リフォームした五軒以外に、貸しに出せる空き家があるとでも？　コストを度外視してでも、宇田濱の物件を増やして行くとでもいうんですか？」

「いや……それは……」

晋作は言葉に詰まった。

百香の指摘が的を射たものであったからだ。

「だから、サイトが完成した時点で、私はこの仕事から離れなければならないんです。それに、うまく行ったら……」

百香は、そこで言葉を呑んだ。

「うまく行ったら？　何です？」

「シンバルは、このビジネスを全国に展開するつもりなんですよね」

「ええ」

「その時、西尾さんは、どうなさるんです？」

「どうするって……」

「プロジェクトリーダーとして、新事業の指揮を執る立場になられるんじゃないんですか？　全国に事業を拡大するなら、テレワークってわけにいきませんよね。宇田濱を出て行くことになるんじゃないですか？」

そんなことは、考えたこともなかった。

とにかく、テストに漕《こ》ぎ着け、好結果を出す。

テストの準備に取りかかってからというもの、その一心で動いてきたのだが、考えてみれば百香の指摘はもっともかもしれない。

実際、プロジェクトリーダーに任命された時、大津はその理由として、コロナが収まらないうちは、他のメンバーが宇田濱に行くことが困難であることを挙げた。

テストがはじまれば、利用者の反応を窺いながら、改善点や問題点を抽出し、対応策を講じながら、ビジネスモデルとしての精度を高めて行くことになる。もちろん、その間は宇田濱に留まることになるのだが、問題はそれからだ。

このビジネスを全国的に展開するのは、コロナ禍が終息してからだとしても、ワクチンの開発には目処がついているというから、もはや時間の問題といってもいいだろう。その時、全国展開に向けて、誰がリーダーとなってプロジェクトを率いていくのか……。

社内にはプロジェクトのマネージメントを経験した人材は数多くいる。しかし、今回は別だ。シンバルがはじめて手がける事業だけに、発案し、テストを行い、モデルを確立した自分以外に適任者はいないのだ。

「そうなるかもしれませんね……」

晋作は再び言葉に詰まった。

「私は、シンバルの社長さんのことはよく知りませんけど、発案者であり、実際にテストを行った西尾さんをリーダーに任命すると思うんです。そうなったらテレワークじゃ無理ですよね。だって、全国展開をすることになったら、それこそ日本各地を走り回らなきゃならなくなるんですよ。宇田濱に住んだまま、そんなことできるんですか？　東京に戻ってしまうんじゃないですか？」

その可能性は、十分にある……。

本格的にこの事業のリーダーに任命されれば、間違いなく課長に昇進だ。全国展開に向けて、新たに専門の部署が設けられ、部下も与えられるようになるだろう。

もちろん大津のことだ。テレワークでも十分やれるだろう、あるいは、やれるように工夫したらいいというかもしれない。しかし、全国展開となれば、業務量だって激増するし、この事業に携わる業者との折衝も頻繁に行わなければならなくなるだろう。

第一、全ての会社がテレワークを導入しているわけではないし、いまは行っていても、コロナ禍が終息すれば、元の勤務形態に戻す会社もあるはずだ。

そう考えると、宇田濱に住み続けながら、全ての仕事をこなすのは、とても現実的ではないことに晋作は改めて気がついた。

そして、宇田濱を去るということは、百香と離れてしまうのを意味することにも……。

3

実のところ今日この日まで、晋作自身はサラリーマンの悲哀を感じたことはほとんどない。

出世欲がないわけではないが、シンバルでは課長代理までは同期横並びで昇進することもあって、競うという意識がなかなか芽生えなかったこともあるのかもしれない。

しかし、考えてみれば晋作も、早ければこの二、三年のうちに、同期の中から課長に昇進する人間が出て来る年齢だ。そこから先は、実績次第、能力次第で、昇進にどんどん差がついていく。

してみると、今回のプロジェクトは同期のトップを切って課長に昇進するまたとないチャンスだし、本格的にリーダーに任命された後、事業を拡大して行ければ、さらなる昇進を手にすることも可能だろう。

だが、そのために宇田濱を去る、しかも百香と距離をおかなければならないとなると思いは複雑だ。

二人でテストの準備を進めた充実した日々の何と楽しかったことか。

百香との距離が徐々に縮まっていくことへの高揚感。

それが何を意味するかは、自分でも明確に悟っている。

この日々がずっと続けばいい。ずっと百香と一緒にいたい。

その想いは、日を重ねるごとに募るばかりだ。

だが、その想いをついぞ口に出すことができないでいたのは、百香がどんな反応を示すか皆目見当がつかなかったからだ。

自分と同じ想いを抱いてくれたなら、どんなにいいかと思う反面、そうではなかった時、宇田濱から、百香の許から去らなければならなくなるのではないか。

そこに考えが至ると、どうしても決心がつかなかったのだ。

とても夕食を一人自宅で摂る気にはなれなかった。

せめて酒を呑む間は、百香のことを考えずに済むよう、話し相手が欲しかった。

「こんばんは」

晋作が海幸の引き戸を開けると、

「あっ、シンちゃん。いらっしゃい！」

マスク越しながらも、いつにも増して健介は威勢がいい。

それも道理というもので、珍しくカウンター席に先客がいる。

四十過ぎといったところか、百香よりも少し年上の女性である。

すでに酔いが回りはじめているのか、潤んだ眼差しで晋作をチラリと見ると、燗酒が入った盃を一息で干した。

「寒ぐなってきたねえ。今日も釣りさ行ったの？」

健介は竿を上下する仕草をしながら問うてきた。

「いや、最近はそっちの方はすっかりご無沙汰でね。週末は、例の貸し家の準備で忙しくて……」

晋作は椅子に腰を下ろしながら、「まず、ビールね。今日は小瓶で。それから、熱燗かな」

早々に注文を告げた。

「了解です！」

健介は冷蔵庫に伸ばしかけた手を止め、「そうだ、今日はサンマのいいのがあんの。刺身にして食べねえすか？　肝和えで」

「肝和え？」

「叩いた肝を醤油と酒で和えたタレで食べるの。まず、絶品だから、食べてみらい」

「そんな食べ方があるんだ。熱燗にも合いそうだし、じゃあそれを」

カウンターに置かれたビールを手にし、グラスを満たすと、晋作は一息に一杯目を空けた。

体が冷えていても、やはり最初の一杯は格別だ。

ほっと息を吐いた晋作に、

「空き家のリフォーム、進んでるようだね」

健介はサンマに小出刃を入れながらいう。

「うん、リフォームが終わったもんで、今日は最終チェックを兼ねて、サイトに載せる写真を撮ってきたんだ。コロナが収まる気配は全くないし、二週間の自主隔離を厳守することを条件に、入居者を募集してみようかと思ってさ」

「そうかあ、いよいよはじまんのだね」

健介は三枚に下ろした身の一つを手にすると、「みんな期待してんだよ。シンちゃんがはじめる事業がうまくいけば、空き家はいっぱいあるがらね、使ってくれる人が多くなればなるほど、町が賑やかになるんだもの、夢のような話だよ」

「いや、それはちょっと違うと思いますよ」

「なして？」

「今度の町の広報に詳しく載ると思いますけど、空き家といっても状態は様々だし、うちの会社もビジネスとしてやるわけです。眺望だとか、間取りだとか、物件を決めるに当たっては、他にも考慮しなければならないことがあるからね。空き家なら、どれでもいいというわけにはいかないんだよ」

「そりゃあ、そうだべげんとも、これからも空き家は増えんだよ。その中には使えそうなものもあるど思うんだよね」

健介のいうことはもっともかもしれない。

独居老人が多いことだし、空き家になった期間が短ければ、使える家もないとはいえまい。

「可能性は否定しないけど、まずはテストの結果を見ないことにはなんともいえないな」

明確な返答を避けていったつもりだが、

「タケちゃんも、期待してんだよね」

健介は妙なことをいい出す。

よね」

「タケちゃんも所帯を持つごどを諦めたらしくてさ、老後のごどを考えはじめてんだ
「タケちゃんが？　どうして？」

「持ち家があるのとないのとでは、老後のあり方だって随分違うと思うけど？」

「老後の生活費を心配してんだよね」

「生活費？」

「年金だってたかが知れてるす、退職金だって雀の涙だもの。もし、家を借りてくれる人がいるっつうなら、さっさど貸しさ出して家賃貰うべって。そすたら、なんぼかでも生活費の足しになんでねえがって……」

　そんなことを期待されても困る。

　老後の生活費の足しにというからには、応分の家賃収入が得られると考えているのだろうが、それは捕らぬ狸のなんとやらというものだ。

　使う当てもない家を所有しているだけで発生する経費が、ゼロになるどころかプラスになる。利用者は、都会では考えられない安価な料金で、戸建ての家が借りられる。それこそが今回のビジネスの肝なのだ。

　武は兄弟で住んでいる持ち家を貸しに出せば賃貸収入を得られる、自分たちは手頃なアパートでも借りて、家賃収入を生活の足しにと目論んでいるのだろうが、土地の

値段こそ格段に違うとはいえ、建物の建設費は都会であろうが田舎であろうが大差ない。

つまり、貸し家を経営するコストは田舎であろうとそれなりにかかるのだ。見込み違いもいいところだ。

しかし、そう断じてしまうのも、さすがに気が引けて、

「まあ、そうなるといいとは思いますけど、それもテストの結果次第、今後の成り行き次第ですね」

晋作は、努めて穏やかにいい、空いたグラスにビールを注いだ。

この間に、出来上がったサンマの刺身が、カウンターの上に置かれた。

「食べてみて」

健介に勧められるまま、晋作は刺身をタレに浸し口に入れた。

脂の乗った新鮮なサンマの刺身の旨味に混じって、コクの中に仄かに感じる肝の苦みが口中一杯に広がった。

「これ……素晴らしく美味いねえ」

晋作は感嘆の声を上げた。

「んでがすぺえ〜」

してやったりとばかりに、健介が相好を崩したその時、

「美味しいのはいいんだけどさあ、あんた、モモちゃんをどうするつもり？」

少しばかり呂律が怪しい口調で、カウンターに座る女性がいった。

その声には、明らかに険がある。

「えっ？」

モモちゃんをどうするつもりって……。この女性、誰？

不意を衝かれて晋作は、言葉に詰まった。

「あんた、西尾さんだよね」

「ええ、そうですけど？」

「ヒトちゃん、止めれ！　あんだ、今日は、まだそんなに呑んでねえのに、なじょしたの……」

すっかり狼狽した様子で止めにかかった健介を遮って、

「モモちゃんと同じ職場で働いてる、も・ち・だ・ひ・と・み、です！」

仁美は声を大にして名乗った。

「アッ……はじめまして……」

間の抜けた返事になってしまったのは、仁美の勢いに押されたこともあるが、百香をどうするつもりかと訊かれて動揺したせいもある。

「これからテストをやるそうだけど、うまくいったら、あんた、どうすんの？　民間企業のことは分かんないけどさあ、新しい事業の立ち上げに成功したら、大手柄だよねえ。出世コースに乗るんだよねえ。ここに住んで、テレワークを続けるなんて無理でしょう」

仁美は険を含んだ声で、晋作のこれからを決めつける。

「そんなこと分かりませんよ。持田さんは知らないでしょうけど、僕は平社員に毛が生えた程度で、昇進は上が決めることですから……」

「平社員に毛が生えた程度ってことは、上の命令には逆らえないじゃん」

「ちょ、ちょっとお、ヒトちゃん。止めれってば」

健介が再び止めにかかったのだが、仁美はお構いなしだ。

「あんたさあ、役場でどんな噂が立ってるか知ってんの？」

「噂……ですか？」

「あんたはモモちゃんを狙ってるんじゃないのかって、そんな噂が立ってんのよ」

「えっ……えええっ！」

「ケンちゃん、あんたも聞いてんでしょ？」

仁美は断定的にいい、健介に鋭い視線を向けた。

健介の表情に微妙な変化が現れた。

「どうなんだ」といわんばかりに、冷ややかな目を晋作に向け、こくりと頷く。

そんな健介の反応を見て、仁美は続ける。

「そりゃさあ、シンバルなんてチョー有名企業が、こんな田舎町の空き家を活用した事業をはじめるなんて聞けば、誰だってそんな馬鹿なって思うわよ。じゃあ、何であんたがそんなことをいい出したのかってことになるわけよ。あんたは釣りがやりたくてここに来たっていうけど、モモちゃんは独身だし、美人だからね。彼女の気を惹くために、テキトーなことといってんじゃないかって、疑われてたのよ」

そんなことは、全く知らなかった。

健介にプランを話して以来、海幸には何度かやってきたがそんな噂が立っていると聞かされたことはなかったし、当の百香からにしてもそれは同じだ。

なんと返したものか、言葉に詰まった晋作に向かって、仁美はさらに続ける。

「だから私、モモちゃんにいったのよ。こんな噂が立ってるよ。騙されてんじゃないのって」

「騙すって……」

あまりの言葉に絶句した晋作に、

「そしたら、モモちゃん何ていったと思う？」

仁美は勢いのままいった。「これほど真剣に、この問題に取り組んできた役場の職員なんてこれまでいなかった。そもそも西尾さんは、人を騙すような人じゃない。そりゃもう、ムキになってってさ」

仁美が怒っているように感じられるのは気のせいではあるまい。

となると次に出て来るのは……。

「モモちゃん、あんたのことが好きなのよ」

果たして仁美はいう。「幼稚園から高校まで、役場に入っても、後輩だけど、ずっと一緒にいたんだもの、私には分かる。もちろん、そんなことは自分からいう人じゃないけどさ、モモちゃんが仕事に取り組む姿を見ていれば、あんたをどれほど信頼しているか。一緒にあんたと働けるのを、どれほど嬉しく思っているか。私には、分かるのよ」

「ヒトちゃん、それはあんだの考え過ぎっつうもんでねえが。だって、モモちゃんは――」

泡を食ったように、口を挟んだ健介を、

「何が考え過ぎよ！　この手の話は、私の得意分野なんだよ」

そこで仁美は口の端を歪めると、「まあ、ケンちゃんが、そう思いたいのは分かるわよ。だって、あんたもモモちゃんを狙ってる一人だもんねえ」

皮肉の籠もった口調でいう。

「そ、それは……」

図星を指されたようで、口籠もった健介から再び視線を晋作に向けてくると、仁美は続けた。

「モモちゃんは独身だけど、ただの独身じゃないのね」

「知ってます……。津波でご主人と、お子さんを亡くされたことも、あの家がずっと空き家になっていた理由も、全て聞きましたので……」

「本人から？」

「いえ……そうじゃありません……」

晋作は、知った経緯を話そうとしたのだが、それより早く、

「なら手っ取り早いわ」

仁美はいった。「モモちゃんは、突然襲った不幸をずっと引き摺《ひず》って、亡くなったご主人と子供たちへの想いを捨てられずにいたの。もちろん気持ちは分かる。大切な……、そりゃあ大切な家族を、あんな形で失ったんだもの、諦めなんかつくもんじゃないからね」

仁美の声が震えはじめるのが分かった。

晋作は、黙って話に聞き入ることにした。

「でもね、あれからもうすぐ十年……。ずうっとあの悲劇を引き摺って、これから先、何倍もの人生を生きるのは間違いだと思うし、余りにも気の毒だと思うの。自分

のために、新しい人生を生きるべきだし、生きて欲しいと思うわけよ」

「うん、それはその通りだ」

　さも自分がその任を担うといわんばかりにいう健介を、

「どうして、ここで、あんたが口を挟むかなあ……」

　仁美は、じろりと睨むと晋作に向かって問うてきた。

「あんた、モモちゃんをどう思ってるの？」

「そりゃあ、素敵な人だとは思ってますよ」

「素敵な人ぉ？」

　仁美は、白けたように「ふん」と鼻を鳴らし、盃をぐいと空け、

「だったら訊くけど、何でまた空き家の活用なんて思いついたわけ？　モモちゃんが空き家対策の担当者で、解決策が見出せなくて困っていたのを、何とかしてやりたかったからじゃないの？」

　と問うてきた。

　その通りだ。

　晋作は頷いた。

「素敵な人だって程度で、会社にこんなプランを持ち込むの？　もっと深くて、熱くて、せつない想いを抱いていたからじゃないの？」

自分でも百香に寄せる思いが何であるかは重々承知している。

口を噤んだ晋作に、仁美は止《とど》めの言葉を吐いた。

「世間では、それを愛というの」

晋作は、無意識のうちに立ち上がっていた。

「シンちゃん……なじょしたの？」

健介が、驚いた様子で問うてきた。

「俺……」

ぽつりと呟いた晋作は踵《きびす》を返し、背後の引き戸に手を掛けた。

「シンちゃん、どこさ行ぐの？」

「あんた雰囲気読みなさいよ！　野暮なこと聞くもんじゃないわよ！」

「んだって、勘定だってまだだす……」

背後から聞こえる二人の声を聞きながら、晋作は引き戸を開けると、脱兎の如く闇の中を走り出した。

4

「画像と動画を見て、さぞや高いんだろうなと思ったら、あの料金ですもん、誰だって驚きますよ。僕だって、事情が許せば、一度試しに使ってみたいって思いましたもん」

いつも通り、発泡酒を手にした克也が心底残念そうにいった。「でもねえ、うちはマンション買っちゃって、ながあ〜いローンを抱えちゃってるし、利用できるとしても一週間がいいところですからねえ」

「一週間じゃあ、使う意味がないよなあ」

晋作は両眉を上げ、ビールを口にした。「だってさあ、日本でのワクチンの一般接種開始は、早くとも今年の春以降っていわれてんだぜ。安全宣言が出ないうちに宇田濱に来たって、二週間は自主隔離だもん、来る意味ないじゃん」

利用者募集のサイトは、二〇二一年一月一日、元日の早朝に立ち上げた。

リフォームが完了して、ひと月半ほどの間が空いたのは、メディアを使った告知活動を行ったからだ。

シンバルの広報室がプレスリリースを配信した直後から、新聞、雑誌、テレビの取材申し込みが殺到した。

もちろん、名うての経営者である大津が新たに立ち上げるビジネスということもあったが、それ以上にメディアの興味を惹いたのは増加する一方の空き家問題を解決する可能性を、この事業が秘めていると評価したからだ。

ましてテレワークの導入を国が推奨している最中である。このビジネスが全国に広がれば広がるほど、従来のライフスタイルの概念が劇的に変化するかもしれないという期待もあった。

もちろん、取材の対応に当たったのは、晋作と百香である。

取材に当たっては、記者は日時指定の上日帰り、かつ地元住民との接触は厳禁。宇田濱の風景はもちろん、物件の内部の撮影に当たっては、マスク着用、ソーシャルディスタンスの確保を厳に守ることを徹底させた。

そして、『宇田濱モデル』と称されたこのビジネスが、メディアで報じられるや、凄まじい反響が起きた。

もちろん、やらせではないが、さすがにプロが撮影した画像はひと味もふた味も違う。まるで、リフォームした家の紹介番組さながらに、見栄えのいいことといったら……。

真っ先に反応したのは、空き家対策に頭を悩ませていた自治体である。

利用者の募集をはじめる以前から、宇田濱町役場、シンバル本社に問い合わせが殺到し、百香、そしてシンバルの広報は対応に追われた。そして、いよいよ予約が開始されると、瞬時にして五軒の物件に借り手がついた。それも、二週間は自主隔離厳守というのが条件なのにもかかわらずだ。

「それにさあ、いまのところ、いつ空きが出るか、全く分かんないんだよねえ」

晋作は克也に向かって続けていった。

「いま、借りている人たちは、以前から地方に移住することを考えていた人ばかりでさ。春を迎えたら、畑仕事を経験してみたいっていってるんだよね。種を蒔きゃあ、収穫するまでいるんだろうし、ここが気に入れば、家を買い取るかもしれないしねえ」

「期限を決めないから、そんなことになるんですよ」

武則も悔しそうにいう。「利用は一週間単位。退去する場合は、二週間前に通告って、最低でも二週間は借りなきゃならないわけじゃないですか。それじゃあ他の利用者がいつ使えるか分かったもんじゃないでしょうが」

「ウェイティングは沢山いるけど、現時点では物件が限られてんだもの、仕方ないじゃん。なんせ、テストの段階だし……」

「料金も安すぎますよ」

怒ったような口調で、桜子が会話に加わってきた。「一週間で、三万円って、高級ホテルの一泊分にも満たないじゃないですか。そんな料金でビジネスになるんですか？　リフォームしたって聞きましたけど、空き家に手を入れたんだったらメッチャおカネかかったんじゃないんですか？」

「それは、物件を安く借りられたからさ」

一週間、三万円の料金というところからして、桜子は茂子の家を見たのだろう。東京の家賃相場からすれば、法外に安く感じて当然なのだが、それも物件の調達コストを知らないからだ。

晋作は含み笑いを浮かべ、続けていった。

「空き家だろうと、ただの土地だろうと、不動産を所有していれば、毎年固定資産税を納付する義務がある。玉木さんが見た一週間三万円の家賃の物件って畑付きなんだけど、固定資産税はいくらだと思う？」

「さあ……」

桜子は首を捻る。「私、不動産なんて持ってないから、見当がつきません……」

「年額三万円……」

「さ・ん・ま・ん！」

声を裏返しながら絶叫したのは克也だ。「僕なんか、年間二十万も払ってんですよ。しかも、２ＬＤＫとはいえ、決して広くないマンションなんですよ。それが、あんな広い家を、しかも畑付きで、たった三万円って……」

「うちはね、それを月額一万円で借りてんだよ」

「い・ち・ま・ん？」

克也は、またしても目を丸くして驚愕する。

「驚くほどのことじゃないよ。地方にはたくさん空き家があるけど、もっと広い畑付きで、月額二万、三万って貸し物件はたくさんあるからね」

「でも、それにしたって……」

「住む当てもない、買い手もいない、かといって取り壊せば大金がかかる。三万とはいえ、所有しているだけで毎年固定資産税を支払う義務が生ずる家が、年間十二万円の収入を生んでくれるんだ。しかもリフォーム費用は全額うちが持つんだぜ。所有者にとっては、有り難い話だろ？」

「すると、一軒がフル稼働したとして、うちは一物件当たりおよそ月額十一万円、年間で百三十二万円の利益が得られるわけですか」

「料金を安くした分、室内清掃はもちろん、日常的なサービスは一切行わない。利用者が退去した時点で、室内清掃、布団カバーやシーツの交換はするけれど、不定期でもその仕事をやりたいって地元の人が結構いてね。人集めには苦労しないんだ」

「しかし、年に百三十二万の利益かぁ……」

微妙とばかりに、武則がいう。「リフォームには一軒当たり、五百万からの費用がかかったって聞きましたけど、それじゃあ黒字に転じるのは、ざっと五年後ってことになりますよねえ」

「宇田濱が気に入った。この家で暮らしたいっていうなら買い取れるんだぜ。リフォームの費用は売却価格に乗せればいいんだし、仲介手数料も入るじゃないか」

晋作は、即座にこたえた。

「あっ、そうか。それで関連会社のシンバル不動産をかませたわけですね」

「このビジネスが、全国に拡大して行けば、その軒数分だけ利益は増大していくことになるし、社長は、この事業は地方の活性化に繋がる可能性がある。利益の上がらんビジネスは論外だが、たとえ利幅が小さくとも、やる価値がある。なぜならば、企業とは市場なくして成り立たない。市場規模とは、すなわち人口だとおっしゃってね」

「なるほど、確かにそうですよね……」

大津の言葉ということもあってか、一転して武則は感心したようにいう。「人が多けりゃ多いほど市場規模は大きくなるわけだし、逆に減少すればするほど、小さくなっていくわけですもんね」

「つまり、生活コストが高くて、住環境もいいとはいえない、都市部への人口集中が続く限り、少子化は解消されない。コロナのお陰で、経済は最悪の状況に陥ってしまっているけど、テレワークは場所を選ばない。このビジネスが拡大すれば、地方に住んで仕事をする若い世代も増えるんじゃないかってわけですね」

「さすが、玉木さん」

晋作は顔の前に人差し指を突き立てた。「要は、利益はそこそこでも、市場を育てるために種を蒔く。この事業は、企業社会のためでもあると、社長はおっしゃったんだ」

「じゃあ、西尾さん、そこを引き払ってこちらに戻って来られるんですか？　だって、この事業を全国展開するなら、これから出張も頻繁に——」

「いや、俺はここに居続けるよ」

「でも……」

「このプロジェクトからは離れることになったんだ」

「えっ！」

モニターの中の三人が、一斉に驚きの声を上げた。

「どうしてです？　社長がそこまで熱をいれているプロジェクトですよ。しかも西尾さんが発案した事業じゃないですか。このまま、プロジェクトに専念するのが——」

武則が、早口で問うてくるのを遮って、

「このまま財務部にいたら、邪魔か？」

晋作は冗談を口にした。

「そんなことはありませんけど——」

「実はさ、俺、入籍したんだ」

「えっ！　ええええええ！」
三人の驚くまいことか。モニターの中で、一斉に身を仰け反らせ、口をあんぐりと開けたまま、目を丸くして固まった。

あの日、海幸から百香の家へ、晋作は夜道を駆けた。
百香に拒絶された時のことを恐れ、想いを告げられずにいた自分を晋作は恥じた。
どうしようもなく情けない男だとも思った。仁美からとはいえ、百香が自分に好意を
抱いていると告げられ、いま、こうして彼女の許に走るのは卑怯だと思った。
だが、百香とこれからの人生を一緒に歩みたい。この町で、百香と一緒に暮らした
い。自分の想いを告げる機会は、いまこの時を逃したら、永遠に訪れないと思った。
やがて、行く手に百香の家が見えてくる。
ほとんどの部屋の明かりは消えているが、居間と台所に明かりが灯っているところ
からして、おそらくは夕食を摂っているのだろう。
晋作は、玄関の引き戸の前で立ち止まると、息を整えた。
なかなか整わないのは、駆けてきたせいばかりではない。
これから想いを告げる緊張感に、心臓の鼓動が早くなるばかりなのだ。

「こんばんは！　百香さん！　西尾です！」

それでも晋作は、玄関の引き戸を開くなり大声で叫んだ。

「は、はあ～い……」

百香の声が聞こえた。

玄関に現れた百香は、晋作の様子からただならぬ気配を察したのだろう、

「どうしたんですか？　何か、あったんですか？」

顔を強ばらせながら問うてきた。

「も……百香さん……」

腹を括ったつもりだった。いまここではっきりと自分の想いを告げなければ、二度と機会は訪れない。情けなくて、卑怯だった自分に決別する最後のチャンスだとも思っていた。

しかし、いざ百香と直に向き合うと、さすがに晋作は怯《ひる》んでしまった。

「も……百香さん……」

百香は小首を傾げ、無言のまま、不思議そうに晋作を見る。

「み……水を下さい！」

咄嗟に口を衝いて出てしまったのだったが、ここに至ってもこれだ。

晋作は情けなくなって、下を向いてしまった。

「み……ず……ですか？」

百香は、ますます不思議そうな顔をすると、「すぐ持ってきますから、ちょっと待って下さいね」

台所に引き返そうとした。

「そんなところで飲まねえどもいがべ。上がればいいべさ」

その時、章男が顔を覗かせると、「水なんて語ってねえで、酒呑むべ。ビールも冷えでるす」

晋作に向かって顎をしゃくった。

いまいわなければ、気持ちが挫《くじ》けてしまう。今夜どころか、この先も自分の気持ちを打ち明けられない。

「も、百香さん！」

晋作はそこで、直立不動の姿勢を取ると、「お願いします！　僕と結婚して下さい！」

大声で叫んだ。

「えっ？」

百香は、目を丸くしてその場で固まった。

「僕と結婚して下さい！」

晋作は、再び大声で叫んだ。

「そ……そんなこと、いきなりいわれても……」

戸惑う百香に向かって、晋作はいった。

こうなると、もう止まるものではない。

考えるまでもなく言葉が湧いて出てくる。

「百香さんのことは、宇田濱に来たその日から、ずっと気になってました。そして、一緒に、空き家対策の仕事をするようになってから、その気持ちが何か、はっきりと分かったんです」

「ちょ……ちょっと待って下さい。もしかして西尾さん、お酒呑んでます？」

「少しだけ呑んでますが、酔ってはいません」

「酔ってますよ。こんなこといきなりいうなんて……」

「仮に酔ってたとしても、酔わなければいえないこともあるじゃないですか。だって、一生を賭けるお願いをするんですよ」

「でも、こういうことは……まして結婚なんて、徐々にお互いのことを知った上でじゃないと……」

「じゃあ、百香さんは、僕のことをまだよく知らないんですか？」

「いや、西尾さんのことは知ってるつもりですけど、私のことは知らないことがたくさんあるはずで……」

「知らないことってなんですか。何を知らなきゃならないんですか」

「そ……それは……」

百香は目を伏せて言葉を飲んだ。

「地震直後に町を襲った津波で、ご主人と二人のお子さんを亡くされたってことですか。あの家が九年もの間空き家になっていたのは、亡くされたご家族の想いが詰まっていて、暮らす気になれなかったことですか」

「西尾さん……」

百香は口元を震わせ、泣きそうな目で晋作を見詰める。

「もちろん、他に知らないことはたくさんあるでしょう。百香さんだって、僕のことで知らないことは山ほどあるんです。でも、それは、これから一緒に長い時間を過ごす中で、ひとつひとつ、知っていけばいいじゃないですか」

「でも……私は……」

「俺が話すたんだ」

二人の様子を黙って見ていた章男がいった。

百香は振り向くと、小さくいった。

「えっ？」

「西尾さんが、はじめてここさ来た時にはさ、なんぼ釣りが好きだど語っても、こんな田舎だ。すぐに飽きで帰ってすまうべと思ったよ。だども、回りの年寄りの面倒は見るす、町さ溶けこもうと努力すてるす。いい男だと思ったのさ」

「おとうさん……」

「西尾さんが百香さ気があんでねえがどは思ってだげんとも、俺の目に狂いはながったなあ。んだって、空き家をなんとかすべって知恵を絞ってけだのも、宇田濱のためっつうよりも、困ってる百香の力になりたいと思ったからだべさ」

百香の表情に変化が現れた。

章男の一言一句を嚙みしめるかのように視線を落とし、話に聞き入っている。

「もう、いいんでねえが」

章男は続けた。

「百香は津波で秀典ど二人の子供を亡くすた……。俺は息子ど女房を亡くすた……。だどもなあ、歳取った俺どは違って百香はまだ若い。喪さ服するっつう言葉があっけども さ、もう十年だぞ」

百香は無言のまま、微動だにしない。

「もう十分だべ……」

章男はさらに続ける。

「死んだ人さへの想いは大切にせねばならねえども、なんぼ想ったどごろで、もう帰ってくるごどはねえんだもの。大事なのは、前を向いてこれがらの人生を一生懸命生きるごどでねえのがな。日が沈めば夜が来る。夜になれば、真っ暗になって何も見えなぐなっけんども、必ず日は昇るもんだべさ。朝は必ず来るもんだべさ。そうすて、新しい一日がはじまるのだべ？」

身じろぎ一つしないで章男の話に聞き入っている百香の目から、涙が溢れ出す。そして、ぽつりと呟いた。

「サンライズ・サンセット……」

その意味を解したのかどうか分からぬが、章男は百香の言葉には反応することなく、

「この十年、百香のお日様は沈んだままだったげんともさ。この辺で、朝を迎えでもいいんでねえが？　お日様が当たる中を、前を向いで新しい道を歩ぐ時が来たんでねえのが」

訥々とした口調で諭すようにいった。

「それじゃおとうさん、これからどうなさるんですか？　いつまで漁師を続けられるか分からない歳になってるんですよ。独りになったら、誰が面倒を——」

「百香さん！　心配しないで下さい！　章男さんの面倒は僕たち二人で見て差し上げ

ればいいじゃないですか！」

「そ、そんな西尾さん……」

百香は驚愕しながら慌てて続けた。

「だって、西尾さんは、いずれ東京に戻るんでしょう？　そうしたら――」

「僕は戻りません。ずっと宇田濱にいます。宇田濱の人間になります」

晋作は、百香の言葉を遮って宣言した。「それなら章男さんの面倒を見て差し上げられるじゃないですか」

「でも、西尾さんには、おとうさんの面倒を見る義務もなければ、義理だって――」

「義務も義理もありますよ」

晋作は再び百香の言葉を遮った。「だって、百香さんは義理とはいえ、章男さんの娘じゃないですか。その娘を嫁にもらうんですから、僕にとってはおとうさんでしょう」

「理屈の上では、そうですけど……」

「百香よ……」

章男が優しい眼差しで百香を見ながら名を呼んだ。「お前も、西尾さんのことを好きなんだべ？」

こたえに窮した様子で、視線を落とす百香に向かって、章男は続ける。

「んだってさ、西尾さんはここさいる。俺の面倒さば二人で見ると語ったんだよ。その二つが理由で一緒になれねえと語んのだら、他にどんな理由があんのだ？」

「そ……それは……」

「何度も語るようだげんとも、もう十年だ……。おとうさんどは語っても、義理の親父だ。旦那が死んですまえば、義理もなにもねえ。出て行ってすまって当たり前なのに、百香は十年も一緒に暮らしてけだんだもの。これ以上、百香の世話になったら、あの世さ行って秀典さ顔向けできねえよ」

「おとうさん……」

「一緒になれ……」

優しい口調で決断を促し、章男は続けて問うた。

「西尾さんのごど、嫌いでねえんだべ？」

百香は小さく頷いた。

「好きなんだべ？」

百香はすぐにこたえなかった。

俯いたまま暫し間を置くと、突然顔を上げ、晋作を見ると問うてきた。

「本当に私なんかでいいんですか？」

「もちろんです！　そうじゃなかったら、結婚して下さいなんていうわけないじゃないですか」

「だって、私は前に結婚していて……子供もいたし……。四十にもなるし……。西尾さんは、年下で、初婚だし……。立派な会社に勤めていて、これからご出世なさるんだろうし……」

百香の言葉は途切れ途切れになり、ついには顔を覆って号泣した。

「百香さん……」

晋作は優しく、しかし、しっかとした声で呼びかけた。「夫を亡くした女性が幸せになっちゃいけないんですか？　子供を亡くされた女性が幸せになっちゃいけないんですか？　そんなことはないでしょう。さっき、章男さんがおっしゃったことに、百香さんはサンライズ・サンセットって呟きましたけど、夜が来れば朝が来る。サンセット・サンライズでもあるんです。僕と一緒にあの家で、毎日サンライズを眺めて、これからの人生を過ごしましょう。絶対に幸せにしますし、百香さんも僕を幸せにして下さい。お願いします！」

予想通りの反応だったが、三人のあまりの驚愕ぶりに、

「意外だなあ。いい歳して釣りばっかりやってる場合じゃねえだろうって、心配してくれてんじゃないかって思ってたんだけど」

晋作は軽口を叩いた。

「そりゃあ心配してましたよ。でも、今の時代にそんなこといおうものなら、立派なハラスメントになりますからね」

慌てて返してきた克也に、

「だったら、ええっ！　じゃなくて、よかったですねえとか、おめでとうございますとかでしょ」

「いや、だから釣りにしか興味がないのかと……」

「そんなことより、プロジェクトから離れるっていいましたけど、どうしてなんですか？　この事業は西尾さんが起案して、ここまでやってきたものじゃないですか。これから、全国に事業を展開していくなら、リーダーとしてやってきた西尾さんが適任だと思いますけど？」

桜子が不思議そうな顔をして話題を転じた。

「所謂、論功行賞ってやつかな」

晋作がこたえると、

「論功行賞？」

桜子は、小首を傾げて問い返してきた。

「社長からは、この事業を全国展開するに当たって、引き続きプロジェクトリーダーにって話をいただいたんだ。でもね、結婚することになったこと。ここに住み続けることを決めたこと。五軒、それもテストなら、プロジェクトをマネージメントした経験がない俺でもできるけど、規模を拡大するなら社内にもっと適した人材がいると申し上げて辞退したんだ」

「そんなもったいないことしたんですか？　だって、リーダーに指名されたら、少なくとも課長昇進は間違いなしじゃないですか！」

克也の驚くまいことか。

目を丸くしながら、信じられないとばかりに首を振る。

話にはまだ続きがある。

「そして、こうもいったんだ。空き家を活用し、地方への人口分散を図る事業を起案した人間が、その事業のために都会に戻るっておかしくないですかって」

「なるほど、いわれてみれば、そうかもしれませんね」

「社長も納得して下さったんだけど、どんな形でもいいから、このプロジェクトに携わることはできないかっておっしゃられてね。それで、いったんだ。実は、結婚する相手は、この町の役場で、空き家対策を担当していた女性なんですって」

「じゃあ、職場結婚みたいなもんじゃないですか」

すかさず反応した武則を無視して、晋作はいった。

「この事業は、テストがはじまる時点から、メディアで沢山報じられて、凄い反響があっただろう？　関心を示したのは利用者だけじゃない。空き家問題を抱えている、日本全国の自治体もそうだったんだ。で、町役場の担当者、つまり俺の妻の元にも、問い合わせが殺到してさ」

「つ・ま……」

桜子が絶句する。

「そう、妻」

晋作は誇らしげにいい、話を続けた。

「それで、社長にいったんだ。この町の近隣自治体も大きな関心を持っています。もし、お許しいただけるなら、財務部の仕事を続けながら、この町をベースとして周辺自治体の力になりたいとね」

「それ、周辺自治体の力にじゃなくて、つ・まの力になりたいんじゃないですか？」

桜子が、お見通しとばかりに呆れたようにいう。

「なんせ、メディアがこぞって宇田濱モデルと報じたからね。会社にも問い合わせが殺到しているけど、役場だって同じなんだもの、そりゃあ妻を助けなきゃって思って当然だろうさ」

「なんともお熱いことで……。ご馳走さまです」

茶化しながらも、晋作が良縁を得たことを喜んでいるように、桜子は目元を緩ませる。

ちょうどその時、背後に気配を感じて晋作は振り返った。

立っていたのは百香である。

彼女の手にあるのは、今夜の酒のアテだ。

「みんなに妻を紹介してもいいかな」

晋作は画面の三人に向かって呼びかけた。

「見たい、見たい」

はしゃぐ桜子に続いて、「是非！」、「挨拶させて下さい！」

克也と武則が身を乗り出した。

「百香さん、こちらへ」

晋作が促すと、百香がパソコンの前に歩み寄り、隣に座った。

「はじめまして。西尾百香です」

百香は西尾の姓を名乗り、画面に向かって頭を下げた。

5

闇に閉ざされていた空間に一筋の線が浮かび上がった。

明かりを消したリビングの窓際で、晋作は百香と並んでその光景を眺めていた。

線が徐々に輝度を増すにつれ、黒い海面と空のコントラストが明確になって行く。

「夜が明けるね……」

百香がぽつりと呟いた。

「うん……」

短くこたえた晋作は、百香の手をそっと握った。

こうして、百香の手の温もりを感じながら、静謐な空間に身を置いていると、縁とは不思議なものだと晋作は思った。

新型コロナウイルスの発現、感染拡大は、スペイン風邪以来の人間社会が直面することになった危機であり、大惨事には違いない。しかし、もしコロナ禍が発生しなかったら。釣りを趣味としていなかったら。奥山と出会うことがなかったら……。宇田濱という地名を知ることもなかったし、百香と出会うこともなかったのだ。

〝禍福は糾《あざな》える縄の如し〟という言葉があるが、コロナ禍の最中にあって、少なくとも晋作にとって福といえるものがあるとすれば、間違いなく百香と出会ったことだ。

こうしている間にも、空は急速に明るさを増して行く。

「晋作さん……」

ふと、百香が口を開いた。

「うん……」

「晋作さんが、結婚しようっていってくれた時、おとうさん、日は必ず昇る。ずっと夜の中にいたら駄目だっていって、私の背中を押してくれたでしょう?」

「うん……」

「あの時、私、サンライズ・サンセットっていったの覚えてる?」

「うん……」

「中学の修学旅行って、東京だったの」

「新幹線はとっくに開通してたんだろ? なのに東京?」

「二十五年も前の話だもの。この辺じゃ、昔から中学の修学旅行は東京だったの……」

百香はクスリと笑うと続けた。

「でね、観劇が日程の中に組み込まれていて、ミュージカルを観たの。それが、『屋根の上のバイオリン弾き』だったのね」

「ごめん……。僕は釣り一辺倒で、屋根の上のバイオリン弾きの歌は聴いたことあるけど、ストーリーは全然知らなくて……」

晋作は正直にこたえた。

「悲しい話……。でもね、劇の中で主人公が娘を嫁に出す時に、幸せな暮らしを送って欲しいという思いを込めて、親の気持ちを歌った歌に胸を打たれたの」

「サンライズ・サンセット？」

「そう……」

百香はこくりと頷くと、

「陽は昇り　また沈み

時うつる

よろこび　悲しみを

のせて流れゆく」

歌詞を諳んじる。

話には、まだ先がありそうだ。

晋作は、黙って待つことにした。

「あの時、おとうさん、私のお日様は沈んだままだったけど、この辺で朝を迎えてもいいじゃないか。お日様が当たる中を、前を向いて新しい道を歩む時が来たんじゃないかっていってくれたでしょう?」

「うん……」

「あの言葉で思い出したのね……。サンライズ・サンセットの歌を……。おとうさんは、義理のおとうさんなんかじゃない。私を本当の娘だと思ってくれてたんだって……」

「うん……」

「だから、私嬉しかったの……。晋作さんが、私と結婚すれば、おとうさんは自分にとってもおとうさんだ。二人で面倒見ますっていってくれたことが……」

百香は静かに、しかし感じ入ったようにいうと、そこで沈黙した。

「百香さん」

晋作は短い間の後に口を開いた。「あの時の言葉に嘘偽りはありません。僕は章男さんは、僕のおとうさんになったと思っているし、それが嬉しくてならないんです。そして、百香さんと、この宇田濱でこれからの人生を一緒に歩む。そう心に誓ったんです」

「ありがとう……」

百香は声を震わせてこたえると、それ以上言葉が続かないとばかりに再び沈黙した。

「絶対に幸せになりますよ」

晋作は窓の外に視線をやった。「あの時、僕、いいましたよね。サンライズ・サンセットじゃない。サンセット・サンライズだって」

百香が頷く気配を感じながら、晋作は続けた。

「もう、日が沈むことはありませんよ。だって、そうじゃないですか。この家からは、日が沈む光景は見ることができませんからね。日の出しか見れないんだもの」

晋作は百香を見た。

百香は窓の外に視線をやると、遠い海の彼方に目をやった。

益々明るさを増す水平線から、深紅、オレンジ色、黄色、菫色と見事なグラデーションを織りなす空が広がっている。

もう少しすれば、水平線の際から眩い太陽が顔を出し、海面に黄金に輝く光の道ができるはずだ。

その光景を見ながら、百香がぽつりと呟いた。

「サンセット・サンライズ……」

JASRAC 出 2405671-402

SUNRISE, SUNSET
Words and Music by SHELDON M. HARNICK and JERRY BOCK
©1964 THE TIMES SQUARE MUSIC PUBLICATIONS COMPANY and BOCK IP LLC
All Rights Reserved.
Print rights for Japan administered
by Yamaha Music Entertainment Holdings, Inc.

SUNRISE SUNSET // FIDDLER ON THE ROOF
BOCK JERROLD LEWIS/HARNICK SHELDON M
©by TRIO MUSIC CO., INC.
Permission granted by FUJIPACIFIC MUSIC INC.
Authorized for sale in Japan only

解説

栗澤順一（書店員）

東日本大震災を機に、環境省が定めた「みちのく潮風トレイル」。青森県八戸《はちのへ》市から福島県相馬《そうま》市まで三陸海岸をつなぐロングトレイルだ。およそ三年前、北東北をターゲットにしたタウン誌「ｒａｋｒａ（ラ・クラ）」（川口印刷工業発行）が、このトレイルの全コースを誌面で紹介することになり、私にも声が掛かった。よくあるガイド形式では物足りない。そこで編集部と熟考を重ねたところ、トレイルをエリア別に分け、連載小説形式で紹介するという、思い切った企画が誕生した。執筆は地元在住の作家南《みなみ》海遊《あそう》氏にお願いし、トレイルコースに関連した書籍を一冊、毎回織り込むことに。その書籍のセレクトと、レビューを私が担当することになったのだ。

そして順調に連載を重ね、やがて気仙沼《けせんぬま》を中心にしたパートがやってきた。私は迷わず、発売されたばかりの単行本『サンセット・サンライズ』をセレクトした。もちろん、舞台の宮城県宇田濱《うだはま》は架空の町だ。ただ岩手県との県境に近い設定で、気仙沼付近の町であることは間違いない。そう判断して推したのだった。

そんな経緯があったので、今回、文庫化にあたり解説の話をいただいた際には、喜んで引き受けた。上手く本書の魅力を伝えられる力量があるかどうかは置いておき、それだけ三陸出身の私にとっても思い入れが深い作品だ。


主人公は、大手電気機器メーカー・シンバルの東京支社に勤務する西尾《にしお》晋作《しんさく》。財務部資産管理課の課長代理だ。趣味の釣りは、もはやプロ級。釣った魚を自ら捌《さば》き、それを肴《さかな》に晩酌するのが楽しみの三十六歳だ。

コロナ禍が猛威を振るい始めている一方、ワクチンが実用化されていなかった時期の話である。ソーシャルディスタンスが叫ばれるなか、シンバルでも実験的にテレワークを導入することが決定した。これ幸いと独身で身軽な晋作は、空き時間に釣りを楽しめそうな物件を探し始める。

舞台は変わり、岩手県との県境に位置する宮城県の宇田濱。人口六千人で漁業を生業《なりわい》にする小さな町だ。町役場に勤務する関野《せきの》百香《ももか》は、新年度から企画課に異動になり、町内の空き家対策に従事することに。それを機に漁師の義父と暮らしている現在の家とは別の住居を貸し出すことを決意する。築九年の３ＬＤＫで未入居、しかも家具や家電製品といった生活用品が完備され、港まで近いという一軒家。それでいて家賃はなんと月八万円というこの破格の物件、百香がアップしたサイトを目にした晋作は、すぐさま手を挙げる。

こうして宇田濱の新居に移り住み、空き時間に釣りを楽しみつつテレワークを始めた晋作だったが……。

と、物語は小気味良いテンポで進むが、たんなる地方に移り住んだサラリーマンの物語では終わらない。本書のテーマはいくつかあるが、そのひとつが「地方再生」だ。東京一極集中の是正が叫ばれている中、打開策として地方自治体の多くが移住促進に力を入れているのは周知の通り。その受け皿として、増加し続けている「空き家」を活用する事例を耳にすることも多い。とはいえ、「空き家」はあくまでも個人資産だ。貸し出すにしても自治体がコントロールするのは難しい。なかなか思い切った手を打てないのが現状だ。それでも著者はもう一歩先を見据える。百香が用意した貸家をヒントに、晋作にウイークリーマンションの一軒家版とも言える「宇田濱モデル」を生み出させるのだ。

あくまでも公共の福祉という観点で捉えがちな空き家対策を、しっかりとしたビジネスとして成り立たせる、という発想の転換である。とはいえ、物語上の空論であれば、どんな作家でも声高に書けるもの。著者の凄《すご》みは、ここで、晋作の勤務するシンバルを登場させるところだ。民間企業を絡ませることで、宇田濱モデルに説得力を与えているのだ。しかもシンバルの創業者でカリスマ経営者の大津《おおつ》に直接晋作をバックアップさせることで、実現までの動きをよりスピーディーにしている。世界的ビジネスマンだった著者の描く地方の物語は、あくまで現実を追う。そして理想で終わらせてしまうのではなく、これからの地方の取るべき再生の処方箋まで提示する。それだけに何とかしたい、という思いが痛いほど伝わってくるのだ。

とはいえ、このモデルはシンバルのように手を挙げてくれる企業が不可欠だ。実現へのハードルは決して低くはない。それでも、丁寧に著者が道筋を描いてくれたこのモデル、ぜひ全国各地の自治体で実践してもらいたいものである。

といっても、本書は決して堅苦しい経済小説ではない。例えば、晋作が宇田濱に移住してきたところ。コロナ禍の真っ只中、いくら陰性とはいえ関東からの訪問者の存在がばれたらまずい。そのため百香があの手この手で晋作との接触を避けようとする場面や、近所の知り合いに見つからないように言い訳に悩む姿はどこか微笑《ほほえ》ましい。また百香に恋心を寄せる居酒屋「海幸」の店主・健介《けんすけ》の晋作へのそっけない対応、晋作の存在がすぐに百香の結婚に結びついてしまう田舎《いなか》あるあるなど思わずクスリとさせられる場面が織り込まれている。その一方で、百香が家を貸し出す要因になった三陸地方では避けることが出来ない東日本大震災の話や、移住生活のメリットだけではなくデメリットにも触れており、バランスの取れた物語になっているのだ。

さらに胡瓜《きゅうり》とゴショ芋が入った「紫蘇《しそ》の実漬け」や、とろけるように柔らかい上に弾力も楽しめる「サクラマスのルイベ」、喉越しに恍惚《こうこつ》となるほどの快感を覚える「夕顔《ゆうがお》のカス煮」。そして晋作いわく「こりゃあ逸品、絶品……」という「鯖《さば》のカブラ寿司」……。説明文を追っただけでも涎《よだれ》が出てきそうな料理の数々が登場する点も見逃せない。しかも地元でとれたものを使い、地元ならではの食べ方、味つけがされたものばかりだ。蛇足だが、私は特に「イカの塩辛の旨味はワタの旨味」と健介がいう「塩辛」に心を奪われた。釜石《かまいし》市で生まれ育った私だが、母が作ってくれた塩辛がまさしくワタをまぶしたものだったからだ。本書では、こうした地場料理がいいアクセントを醸し出している。著者は岩手県の内陸、藤沢町《ふじさわちょう》（現・一関《いちのせき》市）の出身。それがまるで三陸沿岸で生まれ育ち、常日ごろから登場する料理を口にしてきたかのようにスラスラと説明させている。一夜漬けの取材ではなかなかこうはいかないはず。どうしてここまで書けるのか、いつか伺ってみたいものだ。

こうした料理や自然の豊かさ、温かい近所付き合い。地元の住民にとっては「当たり前」のものでも、都会に暮らす人々にとっては価値あるものであることを、著者はしっかりと伝えていく。地方も捨てたものではない、と受け取れるメッセージだ。その一方で、様々なしがらみに縛られた都会に暮らす人々には、リスクの少ないお試し移住という新しいライフスタイルを提示している。晋作と百香、宇田濱の人々、シンバルの仲間たちが織りなす物語は、実は誰もが当てはまる物語だ。本書を手に取る読者が増えれば増えるほど、社会も変わっていくのでは、と考えてしまうのは大げさか。

タイトルの「サンセット・サンライズ」、それにしてもなんて胸を打つタイトルだろう。

本作は二〇二二年一月、小社より単行本として刊行されました。

|著者|楡 周平　1957年生まれ。慶應義塾大学大学院修了。米国企業在職中の'96年に発表した初の小説『Cの福音』がベストセラーに。翌年から作家業に専念、綿密な取材と圧倒的なスケールで読者を魅了しつづけている。主な著書に「ワンス・アポン・ア・タイム・イン・東京」シリーズ、『プラチナタウン』『バルス』『サリエルの命題』『食王』『黄金の刻 小説 服部金太郎』『日本ゲートウェイ』『ラストエンペラー』などがある。

サンセット・サンライズ
楡《にれ》 周平《しゅうへい》
© Shuhei Nire 2024
2024年10月16日第1刷発行
2024年12月19日第2刷発行

発行者──篠木和久
発行所──株式会社 講談社
東京都文京区音羽2-12-21　〒112-8001
電話 出版 (03) 5395-3510
　　 販売 (03) 5395-5817
　　 業務 (03) 5395-3615
Printed in Japan

講談社文庫
定価はカバーに
表示してあります

KODANSHA

デザイン─菊地信義
本文データ制作─講談社デジタル製作
印刷───株式会社KPSプロダクツ
製本───株式会社KPSプロダクツ

落丁本・乱丁本は購入書店名を明記のうえ、小社業務あてにお送りください。送料は小社負担にてお取替えします。なお、この本の内容についてのお問い合わせは講談社文庫あてにお願いいたします。
本書のコピー、スキャン、デジタル化等の無断複製は著作権法上での例外を除き禁じられています。本書を代行業者等の第三者に依頼してスキャンやデジタル化することはたとえ個人や家庭内の利用でも著作権法違反です。

ISBN978-4-06-536667-7

講談社文庫刊行の辞

二十一世紀の到来を目睫に望みながら、われわれはいま、人類史上かつて例を見ない巨大な転換期をむかえようとしている。

世界も、日本も、激動の予兆に対する期待とおののきを内に蔵して、未知の時代に歩み入ろうとしている。このときにあたり、創業の人野間清治の「ナショナル・エデュケイター」への志を現代に甦らせようと意図して、われわれはここに古今の文芸作品はいうまでもなく、ひろく人文・社会・自然の諸科学から東西の名著を網羅する、新しい綜合文庫の発刊を決意した。

激動の転換期はまた断絶の時代である。われわれは戦後二十五年間の出版文化のありかたへの深い反省をこめて、この断絶の時代にあえて人間的な持続を求めようとする。いたずらに浮薄な商業主義のあだ花を追い求めることなく、長期にわたって良書に生命をあたえようとつとめるところにしか、今後の出版文化の真の繁栄はあり得ないと信じるからである。

同時にわれわれはこの綜合文庫の刊行を通じて、人文・社会・自然の諸科学が、結局人間の学にほかならないことを立証しようと願っている。かつて知識とは、「汝自身を知る」ことにつきていた。現代社会の瑣末な情報の氾濫のなかから、力強い知識の源泉を掘り起し、技術文明のただなかに、生きた人間の姿を復活させること。それこそわれわれの切なる希求である。

われわれは権威に盲従せず、俗流に媚びることなく、渾然一体となって日本の「草の根」をかたちづくる若く新しい世代の人々に、心をこめてこの新しい綜合文庫をおくり届けたい。それは知識の泉であるとともに感受性のふるさとであり、もっとも有機的に組織され、社会に開かれた万人のための大学をめざしている。大方の支援と協力を衷心より切望してやまない。

一九七一年七月

野間省一